チャールズ
メイスフィールド公爵家の
執事。家人に全身全霊で
仕える。
ローラ
メイスフィールド公爵家の
侍女。滞在中のアリシアを
世話している。
ルー
ギルマイヤー侯爵家の
当主。国の諜報員として
働いており、任務中に
アリシアと出会う。
サイラスの弟。
兄を敬愛するあまり、
アリシアを目の敵《かたき》に
している。

目次

冷血公爵のこじらせ純愛事情

プロローグ

私――アリシア・バートリッジは、まるで夢の中にいるような気分だった。

ここがどこで、自分が何をしているのかもよくわからない。ただとても心地よく、幸せな気持ちで目を開けた。

すると目の前に、美しい男性の顔がある。どうやら私は彼に組み敷かれているらしい。

今まで見たことのないほど鮮やかな青色をした瞳。柔らかい茶髪は、ところどころ光を反射し、金色に煌《きら》めいている。彼の唇から漏れる熱い吐息が、私の頬を撫でた。

美形の彼はおそらく三十代半《なか》ばで、大人の色気を醸《かも》し出している。その瞳の奥には燃えるような情欲の炎が灯《とも》っていた。

彼は熱い息を漏らしながら、私の体に手を這《は》わせる。大きな手が私の腰に触れた拍子に、私は自然と腰を浮かせてしまう。

体の中心が、まるで炎が宿《やど》ったように熱くなった。その熱はゆっくり全身に広がり――切なくて、もどかしくてたまらない。

私は縋《すが》るものを求めて、両腕を伸ばした。すると次の瞬間、全身が何かに包まれる。

彼に抱きしめられたのだと気がつき、私は腕にぎゅうっと力をこめて抱きしめ返した。温かくて、お風呂に浸《つ》かっているかのように心地いい。

「本当に幸せだ……っ。君に出会えて、心から嬉しい……！」

彼はそうつぶやくと、激しく口づけてきた。

「ん……っ！　ふ……っ、んん……」

くちゅくちゅと淫《みだ》らな水音が響き、私の体が快感に震える。

気づけば涙がこぼれて、頬を伝《つた》っていた。

「あぁ……ん……っ、はぁ……っ」

自分の口から、信じられないほど甘ったるい声が漏れてしまう。彼の体の熱も、口づけも、経験したことがないくらい気持ちがいい。彼のことも、これ以上ないほど愛《いと》おしく思える。

それはあまりにも私の日常とかけ離れていて――きっと夢を見ているのだろう、と思った。

夢ならばいいか、と快感に身を委《ゆだ》ねる。そして夢中で、彼のがっしりした体を抱きしめた。

すると、体の奥で熱いものが擦《こす》れるような感覚がある。それがまた愉悦《ゆえつ》を呼び、たまらず声を漏らした。

「はぁ……っ、んん……ん。あぁ……っ」

吐息まじりの甘い声が、淫靡《いんび》な空間に響く。

全身をくまなく愛され、愛し、心が満たされる。そんな夢を見た……はずだった。

1　出会いはベッドの中で

「う……ん……」

鳥のさえずりで目を覚まし、私は重い瞼《まぶた》をゆっくりと持ち上げる。

すると、見知らぬ男性の顔が目に飛びこんできた。

長い睫毛《まつげ》に、筋《すじ》の通った鼻。形のいい唇はほんの少し開いていて、規則的な呼吸の音が聞こえた。どうやら男性は眠っているようだ。

(誰!?)

私は一瞬驚いたが、すぐに夢だと思い直して瞼《まぶた》を閉じる。

(……ああ……私、まだ夢を見ているのね)

しかし、頬に触れるシーツが、自室のものより格段に柔らかい。夢でもこんなにリアルに感じるものかと疑問に思いながら、再び目を開けた。そして、ゆっくりと考えを巡《めぐ》らせる。

私はアリシア・バートリッジ、二十歳。バートリッジ子爵を伯父《おじ》に持つが、紡績《ぼうせき》工場を営《いとな》む父のもとに生まれた平民だ。二ヶ月前から王立図書館で司書の補佐として働いている。

しかし昨夜は、従姉《いとこ》のルイスの代わりに、公爵家の夜会に出席した。ルイスが風邪を引いてしまったと聞き、私を連れていってと伯父《おじ》にねだったのだ。今まで何度かルイスの代理で夜会に出席したことがあったから、伯父《おじ》はあっさり了承してくれた。

夜会はとても豪奢《ごうしゃ》だった。料理もお酒も高級で美味《おい》しいものばかりだったから、挨拶《あいさつ》もそこそこに、夢中でお腹を満たしたことは覚えているのだけど……その先が、全然思い出せない。

(……もしかして、これは夢じゃなくて……現実!?)

私は慌てて体を起こそうとしたが、それは叶わなかった。

どうやら男性に抱きしめられているようで、体がまったく動かないのだ。

「ここは、ど……どこ!?　こ……この人は、誰なのっ……!?」

思わず、かなり大きい声で叫んでしまう。しかし目の前の男性が起きる気配はない。

その時、自分が一糸《いっし》まとわぬ姿であることに気がついた。私を抱きしめている男性も、同じく裸のようだ。

(これは――かなりマズい状況なのではないかしら)

私はとにかく状況を把握したくて、あたりを見回した。

今いるのは、天蓋《てんがい》付きの大きなベッドの中らしい。部屋は広く、テーブルセットなど一通りの家具が揃っている。家具にはどれも繊細《せんさい》な装飾が施《ほどこ》され、いかにも高級そうだ。

室内に、他の人の気配はない。

改めて、私を抱きしめながらぐっすりと眠る男性の顔を見る。彼は一体何者なのだろう。きっと夜会で出会った人なのだろうが、ちっとも思い出せない。

――頭を悩ませているうちに、とんでもないことに気がついた。これはきっと、早急に解決しなければいけない問題である。

私たちはベッドの上で横向きになり、向かい合っている体勢だ。私の右足は男性の腰の上にのっていて、隙間もないほど体が密着している。

そして、信じたくないことに、私の股の間にとてつもない違和感があった。違和感というよりも、異物感と言ったほうがいいだろうか。まるで、何かが中に入っているかのようだ。

いや、もう認めなくてはならない。

彼のモノが、私の中に入っているのだろう。――どうしてこうなったのかは、理解に苦しむが。

（これは何かの間違いだわ。なんらかの事故で、こうなってしまっただけよ!!）

私はもう一度、昨夜のことを思い出してみる。

（料理とお酒を楽しみながら会場を巡《めぐ》っていて……あぁ、そうだわ。伯父様《おじ》とはぐれたのよね。探していたらお酒が回ってきて、酔いを覚まそうと中庭に出て……。素敵な庭園で、とても感動したのよ。それでその後どうしたのかしら――あぁ……、彼のことは、まったく思い出せない）

とにかく今の状況から脱したいのだけれど、どうしたらいいのかさっぱりわからない。

私は恥ずかしさに悶《もだ》えながら、男性の安らかな寝顔を見つめた。彼は熟睡《じゅくすい》しているようで、まだ起きない。

夜会では、招待客が休憩できるよう、いくつかの部屋が開放されるものだと聞く。この高級感溢《あふ》れる部屋は、夜会の会場だったメイスフィールド公爵家の一室なのだろう。

そんな場所で一夜の過《あやま》ちをおかしてしまったというのは、大変マズい。

何より私は、子爵令嬢である従姉《いとこ》の代理で、ただの平民。この話が広まれば、伯父《おじ》のバートリッジ子爵に迷惑がかかってしまうかもしれない。

不幸中の幸いとでも言うべきか、窓の外はまだ薄暗い。この暗がりに紛《まぎ》れて屋敷から抜け出すことは、不可能ではないだろう。

何もなかったことにして、屋敷から出よう。

そう決意して、私は男性の腕の中から抜け出そうとした。しかし彼と繋がった状態である上に、ガッチリと抱きしめられているせいで、少しも動けない。

「うぅ……ん……」

彼が急に唸《うな》りだしたかと思えば、私の体を抱きしめたまま仰向《あおむ》けになった。そのせいでさらに深く繋がってしまったようで、おへその下がきゅうんと収縮する。

「……え……あ……やっ……」

しかも、彼はより一層腕に力をこめてきた。彼の隆起《りゅうき》した胸筋に顔が押しつけられて、息が苦しい。

「ん……んんっ――」

――いや、それだけではない。彼自身が、私の中で容量を増してきているのだ。そのせいで体が勝手に火照《ほて》って、変な感覚に襲われている。

胸の鼓動が速くなり、瞳が潤《うる》んでしまう。泣きたいような切ないような気持ちで、いっぱいになった。

こんな状態ではもう、彼に気づかれずに脱出することなど不可能だ。

私は両腕を彼の胸に置くと、思い切り力をこめて上半身を起こした。

すると、彼はようやく腕をほどき、ゆっくりと目を開ける。見覚えのある綺麗な青色の瞳だ。

よかったと思う一方で、私は身をこわばらせた。彼の剛直がますます膨張するのを感じ、体が小刻みに震えてしまう。

涙が頬を伝《つた》い――我慢できなくなった私は、彼に頼むしかなかった。

「あ……駄目――もう……大きくしないで……っ」

「なんだ……!?　くっ……！」

彼も意識がはっきりしたらしく、目を大きく見開いた。けれど次の瞬間、苦しそうに目を細める。

息を呑みながらそれを見つめていると、彼はくしゃりと顔を歪《ゆが》めた。その頬には赤みがさし、笑っているのか泣きそうなのかわからない表情だ。

「――あぁ、君か。あれは夢じゃなかったんだな……」

「は……早く、抜いて……お願い……あぁ……っ」

私は彼にまたがったまま、懇願《こんがん》する。涙が溢《あふ》れて、彼の胸の上に落ちた。

「駄目だ……。私は君の中からまだ出たくない。このまま君といつまでも繋がっていたい。こんな気持ちは初めてだ」

男性は甘やかな声で囁《ささや》くと、体を起こす。そして私の腰に手を回して、大事そうに抱きしめた。

ぴったりと肌が重なり、彼の体温を感じる。同時に、体の奥深くに挿入《そうにゅう》された剛直が動いた。

「あぁ……っ！」

私が声を上げると、彼は吐息を漏らす。

「はぁ……君の中はなんて温かいんだ」

私のほうは、温かいというよりも熱い。まるで灼熱《しゃくねつ》の楔《くさび》に貫《つらぬ》かれているみたいだ。

そう思っていたら、彼は私の腰を掴《つか》んだまま、上下に動きはじめた。

入り口近くまで引き抜かれた熱い塊《かたまり》が、体内をえぐるように突き上げてくる。そのたびに、私の口から嬌声《きょうせい》が上がった。

「あっ、あっ、……やっ……んっ！」

異物への違和感が、次第に今まで味わったことのない快感に変わっていく。

「やぁっ！　あぁ……っ！」

彼は私の体を何度も持ち上げては力を緩《ゆる》め、質量を増した硬い楔《くさび》で穿《うが》つ。

ギシッギシッと軋《きし》むベッドの音と、ぐちゅぐちゅといやらしい水音が部屋の中に響く。

あまりの淫靡《いんび》さに、恥ずかしさが押し寄せる。

「やぁっ……あぁ、駄目ぇ！」

「くぅっ……あまり締めつけないでくれ。これ以上きつく咥《くわ》えこまれたら、もう持たない。イってしまいそうだ」

そう言うと、彼は突然体勢を変えて、私を仰向《あおむ》けにした。あっという間に上下が逆転して、視界にベッドの天蓋《てんがい》が広がる。

そして、余裕を失った彼に組み敷かれた。彼の額《ひたい》には汗に濡れた前髪が貼りつき、頬は朱色に染まっている。まるで獲物を貪《むさぼ》ろうとする獣《けもの》のようだ。

「これ以上に幸福なことは、おそらくこの世には存在しないだろう……」

彼は自身を挿入《そうにゅう》したまま上半身を屈《かが》め、私の体にキスを落としはじめた。

「ひゃっ……!?」

驚く私をよそに、唇を肌に這《は》わせていく。そしてちゅっちゅっとキスを繰り返しては、私の反応を確認するかのようにゆっくり舌先で舐《な》めた。

まるで全身を味わい尽くされているみたいだ。しかし彼の動作は優しく、甘さすらある。

「あっ……あ……あ」

吐息まじりの嬌声《きょうせい》が、何度も口からこぼれてしまう。

（あぁ、駄目。何も考えられなくなりそう……！　でも早くこの屋敷を抜け出さないと、大変なことになるわ。そうなったら伯父《おじ》様に迷惑がかかってしまう……）

私はなんとか力を振り絞り、彼を両手で押し返そうとする。けれどそれほど力が入らず、彼の体を無闇《むやみ》に触ってしまう。

それを彼は、私が求めているのだと思ったらしい。

「君はおねだりがうまいな。これほど感情を乱されるなんて思ってもみなかった。そんなに寂しそうな顔をしなくてもいい。すぐに君の最奥を突いてあげよう」

「ま……待ってくださ……話を……あっ！」

彼は言葉を遮《さえぎ》るように腰を動かし、私の中を強く穿《うが》った。

「ああっ！　やぁああんっ……！」

理性を揺さぶるような強い快感に襲われ、私は悲鳴を上げる。

彼の剛直が、何度も荒々しく最奥を穿《うが》つ。腰を掴《つか》まれ上下に動かされていた時とはまた違う激しさに、あっという間に翻弄《ほんろう》された。

快感に浮かされながらも、なんとか彼の顔を見る。やはり見知らぬ男性であることは間違いない。

でも不思議と嫌ではなかった。それどころか、体と心が満たされていく。

そんなことを考えていると——ある場所を、ガツンと穿《うが》たれて頭が真っ白になる。

「あぁ……っ!!」

強烈な快感が頭のてっぺんからつま先まで駆け抜けて、甘く甲高《かんだか》い声が上がった。

男性は顔を歪《ゆが》めて唇を噛みしめ、全身をブルリと大きく震わせる。

「く……っ！」

彼が声を漏らすのと同時に、私の中に熱が広がったような気がした。

「はぁっ……あ……はぁっ」

(これで終わったの……かしら？)

初めて味わう悦楽《ゆえつ》の余韻《よいん》の中で、やっと思考が働きはじめる。

彼が私の足に、優しくキスを落とすのが見えた。

(とにかく、早く彼を説得してここを抜け出さないと……)

その時、男性が私の全身を舐《な》めるように見ていることに気がつく。

途端に羞恥心《しゅうちしん》が湧いてきた。いたたまれなくなった私は、両手で彼の目を覆《おお》う。

「見ないでくださいっ！　それに早く、服を着ないと……！　こんな状況を誰かに見られでもしたら、言い訳ができな——んんっ!?」

突然、彼が唇で私の口を塞《ふさ》いだ。舌が強引に入ってきて、私の口内をくちゅくちゅと嬲《なぶ》る。

抵抗しようと体に力を入れた瞬間、あることに気がついた。

――私の中に入ったままの彼自身が、再び硬くなっている。

「んんんん!!」

私が抗議の声を上げると、彼はしぶしぶというように唇を離した。

「まだだよ……これでは終わらない。君がそんな顔で私を煽《あお》るのが悪いんだ。それに、誰かに見られても言い訳などする必要はないよ」

そう言うと、再び唇を寄せてくる。私は慌てて顔を背《そむ》けた。

「待って！　話を聞いてください！」

「今は駄目だ。もう少し君を味わいたい。あとで、いくらでも聞いてあげよう」

なおも口づけしようとする男性に、私は負けじと言う。

「あのっ！　これは何かの間違いですよね？　なんらかの理由で裸になったら、偶然こんな風になってしまった、みたいな……！」

今にも腰を打ちつけようとしていた彼は、私の言葉を聞いて動きを止めた。

そして、鋭《するど》い目つきで睨《にら》みつけてくる。

あまりの豹変《ひょうへん》ぶりに、私の背筋に寒気が走り、体がビクリと震えた。

すると彼は、一層目を吊り上げる。どうやら怒らせてしまったらしい。何が悪かったのだろうか。

困惑する私に、彼は低い声で尋《たず》ねる。

「間違い、だと……？」

「え……ええ。間違い、ですよね？」

「……もしかして、君は昨夜の出来事を、何も覚えていないのか？」

彼はそう言うと、熱い塊《かたまり》をギリギリまで引き抜いた。

その切ないような感覚に、思わず声が出る。

「ふぁ……っ」

「どうなんだ!!」

苛立《いらだ》ったように聞かれて、少し怯《おび》えてしまう。

「す、すみません……！　実は、何も記憶がなくて……あぁん！」

彼の熱い楔《くさび》が、ゆっくりと奥へ侵入してくる。その緩慢《かんまん》な動きに、私の中がきゅううんと収縮した。

「記憶がない……。そうか、あの幸せな時間を、君は覚えていないのか……」

彼が何やらつぶやいたが、よく聞こえない。

「……っあの、すみません、今なんて――」

「覚えていないと言うのならば、教えてあげよう。昨日、君が私のことを誘惑したのだ。名前も名乗らず、実に淫《みだ》らなやり方でな。私は本来、名も知らぬ女性を抱くような男ではないのだが、昨夜はどうかしていたらしい。私の理性を揺るがすなんて、相当なものだ。媚薬《びやく》でも使ったのか？　君は一体何者なんだ？　そうまでして、私に取り入りたかったのか!?」

「えっ、ちがっ――やぁっ！」

彼は叫ぶように問うやいなや、腰を動かしはじめた。熱く昂《たかぶ》った剛直が、蜜をたたえた肉壺を緩《ゆる》やかに刺激する。

「あぁぁっ……ん！」

甘やかで切ない快感に襲われ、体に力が入らない。何度も中を擦《こす》られて抵抗すらできなくなってしまう。

「あ……あぁ……っ」

「はぁっ……名前を聞いているんだっ。さあ、答えて」

ぐちゅりと引き抜く水音と、ぱんっと肌を打ちつける音が交互に聞こえる。そのたびに、腰の中心がどんどん痺《しび》れていく。

「あっ……ぁんっ！　な、名前は、アリシア……っ、アリシア・バートリッジ……っ」

「バートリッジ子爵の娘か」

「ち……ちがっ！　あぁっ！」

次第に思考が鈍《にぶ》くなり、快楽に溺《おぼ》れていく。数えきれないほど体を貫《つらぬ》かれて、お腹の奥深くまでぐちゅぐちゅに掻きまぜられる。

彼は私の胸を両手で掴《つか》むと、激しく揉《も》みしだきはじめた。そして舌で胸の蕾《つぼみ》を嬲《なぶ》り、強く吸いついてくる。

「あ……ぁっ！」

一方的に与えられる快感に抗《あらが》えない。歯を食いしばってもこらえきれず、唇の端から悦《ゆえ》楽《つ》の声が漏れ出してしまう。

「ふっ……！　ん……んあぁっ！」

「私にここまでさせておいて、覚悟はできているんだろうね！　君の中にはもう、私の子種が注《そそ》がれているんだぞ！」

「やぁ……っ！　だ、だめです……！　早く……抜いてください……！」

涙声で懇願《こんがん》しても、彼はやめようとしない。

「仕方がないだろう！　君が私を煽《あお》るから悪いんだ！　どうしてそんなに誘うような目

で私を見る!?」

「誘ってなど……あっ！　やだぁっ……！　やぁっ！」

最奥を穿《うが》たれ、雷に打たれたような快感が全身を突き抜ける。頭が真っ白になって、目の前がチカチカした。

「あああぁぁ……っ!!」

今までにないほど大きな嬌声《きょうせい》を上げ、ぐったりと脱力した。しかし全身にざわざわした感覚が残っている。

彼は荒い息を何度も繰り返し、節くれだった指で私の頬を優しく撫でた。けれど表情は冷たく、責めるような目で私を見る。

「イったみたいだね。君の中はこんなに濡れそぼっているのに、誘っていないだなんてよく言えたものだ。ほら……また私のものを締めつけている」

「だって勝手に体が……あぁっ！　動かないでください！　もぅ……許して……」

「私は達していない。まだ……駄目だ」

そう言うと、彼は私の両膝を抱えこんで、再び腰を動かしはじめた。

その容赦《ようしゃ》のない動きに、私の体は激しい快感に襲われる。

「あっ……だめ……！　抜いてくださ……あぁっ！　子どもができたら……！　ん

んっ！」

「はぁっ……もうやめられるはずがないじゃないか……っ！　……くぅっ！」

彼は荒い息を吐き、何度も繰り返し腰を打ちつけてきた。

最奥を突かれて、次第に意識が朦朧《もうろう》としてくる。

やがて中に熱いものを注《そそ》がれた瞬間、ぼんやりとした視界にふと大きな窓が映った。

カーテン越しだが、朝日が昇《のぼ》っているのがわかる。

朝が来てしまう――そう思ったのを最後に、私は意識を手放した。

――目を開けると、そこはまだ見知らぬ部屋のベッドの上だった。

カーテンは閉められたままだが室内は明るく、すっかり日が昇《のぼ》ったのだとわかる。

私は全身のだるさを感じながら、何気なく寝返りを打つ。

するとベッド脇の椅子に、スーツを着た男性が座っていた。彼は腕を組んでこちらを見ている。

その明るい青色の瞳を見て、すぐに先ほどの男性だと気づく。垂れ目がちだが、視線は強く迫力がある。髪は整髪料で整え、上品に仕立てられた紺色のスーツでビシッと決めていた。

その冷たい表情からは、感情を読み取ることができない。

私はベッドに寝たままの状態で、咄嗟《とっさ》に顔を背《そむ》けて身をこわばらせた。その途端思い出したかのように、下腹部がじんじんと痛みだす。

「大丈夫か……？　アリシア」

私の体を気遣う言葉だが、声は冷たい。

返す言葉が見つからず黙っていると、彼は大きなため息をついた。

「はぁ。バートリッジ子爵の娘じゃないと言っていたな。では、一体君は何者なのだ？」

「わ……私はアリシア・バートリッジと言いまして、バートリッジ子爵の姪《めい》です。昨夜は、熱を出した従姉《いとこ》の代わりに、夜会に連れてきてもらいました」

絞り出した声は掠《かす》れていた。きっと、彼に激しく抱かれたせいだろう。

体も痛くて、まともに動けそうになかった。

「そうか……」

「あの……昨夜は酒に酔ってしまったようで、何も覚えておらず本当に申し訳ありません。ただ、お互いにとって望まない状況になっているのは理解しています。ですから、その……昨夜のことは、なかったことにしませんか？　ここはメイスフィールド公爵様のお屋敷ですよね。夜会の最中に、ここで一夜を共にしたことが知れたら、よくない噂が流れてしまうかもしれません。メイスフィールド家の方《かた》に見つかる前にお屋敷を出ないと、大変なことになります。ですから私はすぐに……」

ここを出ます、と言おうとしたが、私は言葉を続けられなかった。

彼が憤《いきどお》った表情を浮かべ、鋭《するど》く睨《にら》んできたからだ。

「望まない状況……ね。ところで、どうして君はそんなに困った顔をしているのだ？」

「あ……あの、早くこのお屋敷を出ないといけないのに、体が痛くて歩けそうにないんです。どうしたらいいのでしょうか……」

じわりと涙がこみ上げてくる。

男性はひどく怒っているようだし、私を連れて屋敷を抜け出してくれるとは到底思えない。このまま放置される可能性すらある。

「……心配するな、屋敷を出る必要はない」

彼は組んだ腕をほどいて顔を背《そむ》けると、私のほうに手を伸ばした。こちらを見ようともしないのに、泣くなと言わんばかりに頬を指で撫でる。

「え……？　どういう意味ですか？　こんなことが周囲に知られたら、メイスフィールド公爵様はとてもお怒《いか》りになると思うのですが」

「だから心配ないと言っている。すでにメイスフィールド公爵は怒っているが、君が屋敷を出る必要はない」

私はキョトンとして、彼をまじまじと見る。

すると彼はようやくこちらに顔を向け、呆れたようにつぶやいた。

「私がこの屋敷の当主、メイスフィールド公爵だ。この客室には、私が指示しない限り誰も来ない」

「え……？　公爵……様？」

あまりのことに言葉を失う。同時に、涙も止まった。

「……次の月のモノは、いつくるんだ？」

彼――メイスフィールド公爵はそう言って、深いため息をつく。

私はひとまず姿勢を正そうと上半身を起こす。

その時、自分が仕立てのいいシャツを着せられていることに気がついた。体も拭いてもらったようで、肌がさっぱりしている。

誰かが体を綺麗にしてくれたのだと思うと、恥ずかしくて仕方がない。きっと、侍女がやってくれたのだろう。氷のような冷たい目で私を見ている公爵が、そんなことをするはずがない。

もう一度公爵の顔をよく見ると、ベッドの中で見た彼とは違っていた。今朝《けさ》ベッドにいた時の彼は、もう少し感情をあらわにしていたように思う。

だが目の前の彼は無表情で、威圧的だった。

そんなことを気にしていると、返事が遅れてしまった。

公爵は苛立《いらだ》ったように声を荒らげる。

「だから、次の月のモノはいつくるのだと聞いている！」

再び問《と》い質《ただ》されるが、その意図がわからない。私は戸惑って首を傾《かし》げた。

「あ……あの、どうしてそのようなことをお知りになりたいのですか……？」

「君は私の子を妊娠している可能性がある。君は昨夜が初めてだったのだろう？」

公爵の言葉に、顔がかあっと熱くなる。確かに私は昨夜まで、男性経験がなかった。

それはわかりきったことだからか、彼は返事を待たずに話を続ける。

「月のモノがきて、君が妊娠していないと確信できるまでは、この屋敷で過ごしてもらう。これは決定事項だ」

「そ……そんなっ！」

私の月のモノは終わったばかりだ。次の月のモノがくるまで――最低でも三週間はこの屋敷に滞在するということになる。そんなことはとても受け入れられない。

私はシーツを握りしめて、ぐっと身を乗り出した。

「そ、そ、それは無理です！　私には仕事がありますし、それに未婚の身で男性の屋敷に滞在するだなんて、非常識なことはできません！」

動揺する私を見ても、公爵は顔色一つ変えずに淡々と語る。

「……君は、結婚相手ではない男性の子種を、その体に受け入れたのだ。それ以上に非常識なことはないだろう。とにかく、君が私の子どもを宿《やど》していないことが明確になるまでは、私のそばにいてもらう。そうでないと君は、他の男性の子を産んでメイスフィールド家の跡取りだと偽《いつわ》り、ここに押しかけてくる可能性があるからな」

「子種を受け入れたと言われましても、あれは――」

大きな声で反論しようとしたが、お腹に力が入った時に温かい液体がドクリと出てきて、股の間を濡らした。それが公爵が放ったものだと気づき、頬を熱くして下腹部に手を当てる。

「とにかくアリシア。私の子を妊娠した可能性がある限り、君を解放することは絶対にない。メイスフィールド公爵家は、王家の流れを汲《く》む由緒《ゆいしょ》ある家系だ。私自身も王位継承権を持ち、順位は五位になっている。もうこれは私たちだけの問題ではない」

王位継承権という言葉を聞いて、私はびくりと体をこわばらせる。

今さらながら、メイスフィールド公爵家の家格の高さを思い知った。今は鈍痛《どんつう》を感じるだけのこのお腹の中に、もしかしたら王位継承権を持つ子がいるのかもしれないのだ。

事の大きさを実感し、気を引き締める。

「わかりました。記憶がないとはいえ、私にも責任があるのでしょう。公爵様のおっしゃる通り、次の月のモノがくるまで公爵家に滞在させていただきます。でも妊娠していないことがわかれば、家に帰していただけますよね」

そう尋《たず》ねたら、公爵はなぜか目を逸《そ》らした。

何か怒らせるようなことでも言ったのだろうかと心配になる。けれど公爵は無表情のまま低い声で答えた。

「……もちろんだ。しかし、もし妊娠していれば、たとえ不本意でも君と結婚する。公爵の妻としてはいささか身分が低いが、子爵家の血が流れているのだからそこは目をつぶろう。今日は一日この部屋で休みなさい。食事はあとで届けさせる。明日は出かけるから、そのつもりでいるように。ドレスはこちらで用意しておく」

「出かけるって、どこにですか?」

その言葉に、公爵は私をまた睨《にら》みつけると、淡々と語った。

「バートリッジ子爵家と君のご両親のところだ。ひとまず連絡はしておくが、きちんと説明しておかないと困るだろう。それに君にはこの屋敷に一ヶ月もの間、滞在してもらうのだからね。子どもができていなかった場合も、相応の慰謝料は払う」

公爵の言葉を聞き、全身が冷たくなるのを感じた。

「ま、まさか今おっしゃったことをそのまま両親に話すおつもりですか!?　それはやめてください。そんなことを突然聞かされたら、両親がショックで倒れてしまいます。もしも私が妊娠していたら、その時は私から両親に話をします。ですから妊娠が確定するまでは、私たちの間にあったことは内密にしていただけないでしょうか？　それに、私は慰謝料なんていりません！」

私が慌てて言うと、公爵は眉根を寄せた。眉間《みけん》に二本のしわが深く刻みこまれる。

「アリシア……もしかして君には婚約者がいるのか？　だからご両親に、私とのことを知られたくないんだろう？」

「そ、そんな相手はいません。ですが、自分たちの娘が公爵様と一夜を共にして、子を宿《やど》している可能性があるだなんて、ショックが大きすぎるでしょう？　それに、一夜の過《あやま》ちを両親に知られるのは……」

「過《あやま》ち……」

私が言葉を濁《にご》すと、公爵はぼんやりと言葉を繰り返してから、こちらに背を向けた。

「ならば君は、私の仕事の手伝いをするという名目で、この屋敷で暮らせばいい。バートリッジ子爵家と君の両親に、その旨《むね》の手紙を出しておこう。君の勤め先は――王立図書館だと言っていたな。そこにも、私が連絡しておく」

感情のない低い声が耳に響く。

私は昨夜、仕事のことを公爵に話していたようだ。

彼は私のことをどこまで知っているのだろうか。少し不安になる。

(もうお酒は二度と飲まないわ……。まさか、こんなに大変なことになるだなんて、思ってもみなかった)

もしも妊娠していたら、公爵は私と結婚すると言った。しかしそれは、愛のない結婚。

彼は私のことを好きではないどころか、憎《にく》く思っていてもおかしくない。

(気持ちの通じ合っていない相手――しかもこんなに冷たい人との結婚生活なんて、生き地獄《じごく》と同じだわ……！　もし彼の子を宿《やど》していたとして、私はその子を愛し、育てていける……？)

不安でたまらなくて、お腹に手を当てた。

私は、メイスフィールド公爵について知っていることを、必死で思い出す。

十五歳の時に両親を事故で亡くし、公爵位を継いだこと。

現在は領地を管理すると共に、汚職や犯罪を監視する組織をまとめていること。

彼の代から始めた貿易業でも莫大《ばくだい》な利益を得ていて、その財産は王国でも一、二を争《あらそ》うほどだという噂があること。

常に冷静沈着で、どんな無慈悲な決定でも顔色一つ変えずに下すこと。

その様子を揶揄《やゆ》して、『冷血公爵』とも呼ばれていること。

――これらが、私の知るメイスフィールド公爵についてのすべてだ。

そして今こうして話しているだけでも、彼が『冷血公爵』と呼ばれていることに納得できる。

不安は膨《ふく》れ上がるけれど、かといって彼の提案を断ることもできない。

こうして、表向きは公爵の仕事を手伝うということで、名門メイスフィールド公爵家に滞在すると決まったのだった。

2　公爵家での生活

私はサイラス・ド・メイスフィールド。

公爵家の跡取りとして生まれた私は、立場にふさわしい人間となるための教育を施《ほどこ》されてきた。どんな時でも冷静に物事を判断して決定する。感情に揺るがされることのないよう、自《みずか》らを律《りつ》してきたのだ。

感情をあまり表にも出さないようにしていたが、それが顕著《けんちょ》になったのは、十五歳のころ――両親が事故で他界し、私が爵位を継いでからである。

感情に蓋《ふた》をして職務に徹しなければ、メイスフィールド家の莫大《ばくだい》な財産と領地を管理することは不可能だったのだ。

そうしているうちに、どうやって感情を表せばいいのかわからなくなってしまった。

次第に人から恐れられるようになり、気がつくと世間では『冷血公爵』と呼ばれていた。

それでも二十代のころは近づいてくる女性もいたが、会話が続かず、深い仲にはなれない。このまま伴侶《はんりょ》を得ずに、人生を終えるのだと思っていた。

そんな私のもとに、昨夜、天使が舞い降りた。彼女――アリシアは天が私に与えた一《ひと》筋《すじ》の光だ。

夜会で出会ったアリシアは、不思議な女性だった。

『冷血公爵』と呼ばれ恐れられている私に、物怖《ものお》じせずに近づいてきた。それどころか、まるで昔から知り合いだったかのように自然と隣に座り、私を受け入れてくれたのだ。

私はあっという間に彼女に心を奪われ、昂《たかぶ》る感情のままに抱いてしまった。アリシアは酒に酔っていたし、名前すら聞いていなかったが、彼女は言ったのだ――私と抱き合って『幸せだ』と。

その時、彼女が何者であろうと絶対に結婚しようと心に誓《いと》った。

夜が明けて目を覚ました彼女も、最高に可愛かった。愛おしくてたまらず、もう一度抱いてしまったのだが――

夢心地のまま彼女の体を堪能《たんのう》している途中、様子がおかしいことに気がついた。

なんと、アリシアは昨夜のことを覚えていないらしい！

私とのことを間違いだと言われ、かつてないほど絶望する。

しかし、すぐに気持ちを落ち着かせ、考えを巡《めぐ》らせた。

（そうだ。彼女が私の子を宿《やど》せば、結婚する口実になる。やっと出会えた唯一無二《ゆいいつむに》の女性を、失いたくない！）

そう考えた私は、彼女の中に思いきり子種を注《そそ》いだ。

そして、それを理由に、アリシアをしばらくこの屋敷に滞在させることに成功した。

かなり強引ではあるが、彼女を失わないためには、これが最善の策だったのだ。

（どうかアリシアが私の子を身籠《みごも》っていますように――）

私はそう何度も神に祈るのだった。

◇　◇　◇

一夜の過《あやま》ちをおかした私は体中が痛くて、昨日は丸一日ベッドの中で過ごすことを余《よ》儀《ぎ》なくされた。

メイスフィールド公爵も一日中、私と同じ部屋で過ごした。食事や仕事はもちろん、夜も簡易ベッドを持ってこさせ、隣で眠る始末だ。

きっと私がこの屋敷から抜け出さないよう、見張っているのだろう。半ば呆《なか》れながら、私はベッドの中で目を閉じた。一日にたくさんのことが起こりすぎたので、疲れもあってか、すぐに意識を沈ませた。

そして今朝《けさ》、目が覚めると一番に目に飛びこんできたのは、隣のベッドで眠る公爵の姿。

私は声を上げそうになるほど驚いたが、すぐに状況を思い出し、彼を起こさぬようそっとベッドから下りた。ゆっくり休んだからか、体の痛みは引いている。

ひとまず体の調子を見ようと部屋の中を歩いてみた。

（だいぶよくなったかしら）

体のあちこちを動かしていると、公爵が突然ガバッと起き上がった。彼はきょろきょろと部屋を見回し、私に気がついて大きな声を上げる。

「ベッドにいないと思ったら、そんなところにいたのか！　もう体は大丈夫なのか？　どこか変わったところは？」

「お、おはようございます、公爵様。おかげさまで、すっかり元気になりました」

公爵が、ほっと息を吐く。

（……あら？）

なぜだか彼が、心から安心したように見えた。

「アリシア、もう歩けるようになったんだな」

「……はい、公爵様」

そう答えながら、ぼんやりと考える。

(もしかして彼は、私が心配で一日中そばにいてくれたのかしら？　――でも、相手は『冷血公爵』様なのだし……あぁ、責任を感じてそばについていた、とか？　何にしても、私を見張るためだけじゃない……のかもしれないわね)

しかし彼は相変わらず無表情で、その心情を推し量《おはか》ることは難しかった。

その後、侍女に手伝ってもらってドレスに着替える。公爵も着替えのため一旦自室に戻った。

そして朝食が準備された食堂へ、侍女が案内してくれる。

食堂まで行く間に、改めてメイスフィールド公爵家の屋敷を観察する。伯父《おじ》に連れられて貴族の屋敷で催《もよお》される夜会に何度か行ったことがあるが、そのどれと比べても別格だった。

王都に広大な敷地を有しているだけでなく、内装や調度品がとてつもなく豪華で高級なものばかりなのだ。その上、歴史的価値のある芸術品が、屋敷のいたるところに飾ってある。総額でいくらになるのか、私には想像もつかない。

だが残念なことに、それらはただ置かれているだけ。その美しさや素晴らしさを理解した上で飾られているようには見えなかった。

そして屋敷内を歩いているうちに、公爵の几帳面《きちょうめん》な性格を理解した。

暗いモスグリーンのカーテンは、ひだがキッチリと綺麗に整えられている。単調に飾られた装飾品や、等間隔に並ぶ絵画。絨毯《じゅうたん》や壁紙は無難な――というより地味な色で統一されていた。

しかし、とにかく華やかさがない。夜会の会場となった大広間はそこそこ華やかだったが、それ以外の場所に関しては装飾品がもったいなく思えるほどだった。

これほど大きな屋敷が、無機質な印象だなんて味気ない。

無駄を省《はぶ》くようにと徹底されているのか、使用人は会話を交わすことなく無表情で仕事をしている。私を見ても誰も驚かないばかりか、静かに頭を下げるのみだ。

伯父《おじ》のバートリッジ子爵の屋敷では、使用人とも和気あいあいと話をするのが普通だったので、その違いに驚く。

戸惑いながらも、案内の侍女に公爵について聞いてみた。彼のことがわからなすぎるので、情報収集を試《こころ》みたのだ。けれど、返事はほとんど「お答えできかねます」だった。

わかったのは、この広大な屋敷で暮らすのは公爵と弟のダレン様の二人だということと、彼らの年齢だけ。公爵は三十四歳、ダレン様は二十五歳であるらしい。

あまり収穫が得られないので話題を変え、屋敷について尋ねる。

すると公爵家には、貴族の間では有名な書庫があり、歴代公爵が集めた貴重な書物が保管されていることがわかった。

（貴重な書物ですって！　是非読んでみたいわ！）

そんなことを考え、胸を躍《おど》らせているうちに食堂に到着する。

大きな長テーブルに、公爵が着席していた。

テーブルには真っ白なテーブルクロスがかけられ、たくさんの料理が所狭しと並べられている。

給仕する侍女とは別に五名の侍女が部屋の隅に並び、公爵の後ろには執事が控えていた。私はそそくさと公爵の向かいの席に座る。

食堂にはたくさんの人がいるのに、みんな無表情で冷ややかな空気だ。さっきまでの興奮が、一気に冷めていく。

すると執事から順に、使用人たちが私に挨拶《あいさつ》をしてくれた。私は一人ひとりに会釈《えしゃく》を返す。

そうして全員が挨拶《あいさつ》を終えたところで、公爵は無言で食事を始めた。

私もナイフとフォークを持ってはみたものの、手が震えてしまう。公爵がなぜか私を睨《にら》みつけているからだ。

居心地が悪くて、私はうつむいたまま朝食を口に運んだ。

一流シェフが作ったのであろう朝食は、シンプルだがとても美味《おい》しい。気づけばどんどん食事が進んでいた。ひと息つこうと紅茶を口にすれば、口中に繊細《せんさい》で豊かな味が広がる。その美味《おい》しさに、自然と顔がほころんだ。

紅茶を注《つ》いでくれた侍女に思わず話しかける。

「この紅茶は春摘みのものですね。ということは、先週あたり港に届いたものかしら。すっきりとしたフルーツのようないい香りがします。それと紅茶に入っている蜂蜜《はちみつ》は、ラベンダーの花から採れたものね。本当に美味《おい》しいわ。ありがとう」

私の言葉を聞いて、公爵が紅茶のカップを持つ手を止めた。

「メイスフィールド公爵家は、常に一流のものを取り揃えている。美味であるのは当然のこと。それ以上でもそれ以下でもなく、礼を言うほどのものではない」

公爵の発言に、私は少しムッとする。

「確かに、一流のものを選ばれているようですね。でも、この春摘みの紅茶をこれほど美味《おい》しく淹《い》れるのも、紅茶に合う蜂蜜《はちみつ》を選ぶのも、簡単なことではありません。淹《い》れてくださった方《かた》のお気遣いと努力があってのこと。それに対して、感謝を申し上げたのです」

言いたいことをひと息で言い切ると、胸がすっとした。けれど公爵は感情のうかがえない目で私を見るだけだ。

彼に気持ちをわかってもらいたくて、私は言葉を続ける。

「それに……紅茶の味と香りの違いによって、季節を感じられます。私は春摘みの紅茶の香りを嗅《か》ぐと、春だなぁと思います。この紅茶を飲んだだけで春を実感して、なんだかワクワクしてくるのです」

紅茶の香りを大きく吸いこんでみせてから、公爵に微笑みかける。

すると彼は戸惑ったような表情を浮かべて、紅茶を一口飲んだ。そして無言で目を逸《そ》らす。

私の言葉に何かを感じてくれたのかしらと嬉しくなって、私はさらに続けた。

「メイスフィールド公爵家は、その年一番早い春摘みの紅茶を購入されるのですね。我《わ》が家では、もっとあとに出回る庶民向けのものを買います。この紅茶には及びませんが、春の香りがして美味《おい》しいですからね。春摘みの紅茶を買ったら、その時季に庭で採れる苺《いちご》を使ったケーキを焼いて、お茶会を開きます。私の焼いたケーキは美味《おい》しいとみんな喜んでくれます」

「……苺《いちご》が実をつけるころには君はここにいないかもしれない。よって私がそのケーキを食べることもない。無駄な話はやめてくれ」

公爵は目を逸《そ》らしたまま、冷たく言い放った。

彼がなぜ突然そんなことを言い出したのかわからず、私はきょとんとしてしまう。

彼にケーキを作ると話したわけではないのに、どうして彼は自分が食べるつもりでいるのだろう。

それに、私の話はただの雑談で、コミュニケーションを取るためのものだ。利益がある話ではないけれど、だからといってコミュニケーションを断《た》っていたら人間関係が築けない。彼の思考回路が理解できなかった。

私との会話を嫌がるのは、きっと彼にとって私が邪魔な存在だからなのだろう。

彼は、私が妊娠していなければいい——早く去ればいいと望んでいるに違いない。

(私のことなんか知りたくもないのだわ。妊娠していたら、こんな冷たい男性と一生を共に過ごすことになるなんて、絶対に嫌よ……)

そう考えると、胸の奥がチクリと痛むのだった。

朝食のあと、公爵は仕事場である執務室に行くというので、私は「それでは」と礼をして、与えられた部屋に向かって歩き出した。

すると、突然公爵が腕を掴《つか》んでくる。私が驚いて顔を上げると、彼は無表情で淡々と告げた。

「待て、アリシアは私と一緒だ。そう言ったはずだぞ。私のそばにいてもらうと」

「そばにと言われましても……公爵様はお仕事をされるのでしょう？　私は公爵様のお仕事を手伝うことはできませんし、そばにいても邪魔になってしまいます」

「心配するな、君にはなんの期待もしていない。ただ私の隣で座っていればいいんだ」

そう命じられて、私はがっくりと肩を落とした。せっかく公爵家に滞在するのだから、書庫にあるという珍しい本を読み漁《あさ》ろうと思っていたのに。私の小さな野望が、見事に崩れ去った。

公爵に腕を掴《つか》まれ、彼の執務室に引きずられるようにして連れていかれる。

キッチリと整理整頓された室内には、大きな机といくつかの棚がある。棚には紐《ひも》で綴《と》じられた書類が綺麗に並んでいた。

感心している私に、公爵が身振りで机の脇にある椅子を示す。ここに座れということらしい。

私は小さいけれど背もたれのある椅子にしぶしぶ腰かけた。

すると、公爵は上着を脱いで私のお腹にかける。

公爵の思わぬ優しい行動に、私は戸惑う。

「あ、あの……これは……」

「体をしっかりと温めておきなさい。君はどうでもいいが、私の子が風邪を引いてしまうかもしれない」

（え……？　公爵様は私が妊娠していないことを願っていると思っていたのだけど……そうではないの？　もしかして、妊娠していてほしいのかしら？）

そんな疑問が頭をよぎる。

万が一妊娠していたとしても、まだ胎児の体もできていないころだし、そもそも胎児が風邪を引くわけがない。

いい大人である公爵が、そのことを知らないはずもないだろう。

公爵の考えていることが、まったくわからない。

私は公爵に嫌われていると思っていた。彼の表情は乏《とぼ》しく、感情が読み取りにくい上に、言葉も簡潔すぎるからだ。

でも冷たくされていると思っていたのは、私の誤解だったのだろうか？　そういえば、今朝《けさ》も彼は冷たいだけの人ではないのではと感じた気がする。

しばらく考えを巡《めぐ》らせていたが、まだ出会ったばかりの公爵の真意など、私にわかるはずがない。私はすぐに考えるのをやめ、椅子に体を預けた。

公爵はすでに仕事を始めているようで、羽根ペンで何かを書いては紙をめくっている。壁には大きな窓がいくつか並んでいて、公爵家の広い庭園が一望できた。庭園の向こうに教会と、その奥に王城の塔が見える。

窓越しに庭園を眺めていると、ふと自分の仕事のことが気になった。

公爵は職場にも話を通してくれると言っていた。でも私が休んで、職場は大丈夫だろうか。

というのも、上司である司書のディラン様は、本の知識がまったくと言っていいほどなく、あまり仕事ができないのだ。きっと、てんてこ舞いになっているに違いない。

(申し訳ないけれど、私にはどうしようもないわ。戻った時にたくさん働いて、挽回《ばんかい》させてもらいましょう。あぁ、仕事のことを考えていたら、本を読みたくなってきたわ。でもそれを言ったら公爵様は怒るかしら)

そんなことを考えているうちに、春のぽかぽかした暖かい陽ざしの中で、まどろんでしまう。次第に瞼《まぶた》が重くなって、意識が深い闇の中に沈んでいく。

「アリシアっ!!」

突然大きな声で名前を呼ばれ、私は慌てて目を開けた。すると、目の前に公爵の顔がある。

彼は私が座る椅子の前に膝をつき、私の肩を両手で掴《つか》んでいたのだ。そして感情のない目で、私を見上げている。ただその顔色は、なんとなく青白く見えた。

「あ……申し訳ありません。私、眠ってしまっていたようです」

「はぁっ……君がまた気を失ったのかと思った。驚かせるな。私をショック死させるつもりなのか」

公爵は私の肩を掴《つか》んだまま頭《こうべ》を垂れると、大きなため息をついた。彼の手が、ほんの少し震えているような気がする。

（もしかして、私を心配してくれたのかしら？　まさか私のために、公爵様ともあろう方《かた》が、床に膝をつくだなんて……）

驚きながらも、とりあえず謝る。

「申し訳ありません。何もやることがないので、つい……。あの、書庫があると耳にしたのですが、本をお借りして、ここで読んでもよろしいでしょうか？　このままだと、また眠ってしまいそうですから」

公爵は手を離して立ち上がると、冷たい目を向けてきた。

「ああ、そのほうがいいだろう。こんなことが続くと、私の仕事の邪魔になる。非常に迷惑だ。だが屋敷を出てはいけない。書庫で本を選んだらすぐに戻ってくるんだ、いいね。書庫の場所は、侍女たちに聞くように。あぁそれと、もし他の男に会っても私にしたみたいに誘惑してはいけない」

——心配してくれたのかもしれないと思ったのは、私の勘違いだったようだ。仕事を邪魔された不快感と、嫌味をぶつけられてしまった。

それはさておき、公爵の許可が出たので、私は意気揚々《いきようよう》と執務室を出る。すると廊下に侍女が控えていたので、書庫の場所を聞いてそこに向かった。

すれ違う使用人たちと挨拶《あいさつ》を交わしながら歩いていると、渡り廊下で庭師長の男性と出会う。素敵な庭園について感想を伝えると彼は喜んで、花の世話についての相談にも乗ってくれた。

彼と別れて少し歩いたところで、書庫に到着する。扉を開けると、中にはお宝がびっしりと並んでいた。

思わず感嘆の声が出る。

「あぁ……素敵！　こんな古い本まであるなんて！」

書庫には、古い書物の独特な匂いが立ちこめていた。本棚が四方の壁全体にあり、部屋の中央にもいくつも並んでいる。どれも隙間がないほど書物が詰まっていて、王立図書館では閲覧《えつらん》不可能な本まである。

どの本から読もうかと悩んでいると、突然背後から声をかけられた。

「兄さんから聞いたよ。あんた、兄さんと一夜を共にしたんだってね？　兄さんは俺に気を遣ってはっきり言わなかったけど、あんたが襲ったことはわかってるからな」

振り向けば、公爵によく似た青年が書庫の扉に寄りかかるようにして立っていた。今の言葉やその外見から考えて、彼が公爵の弟のダレン様なのだろう。

彼は公爵と同じ、金色がかった茶色の髪に、青い瞳をしている。そして少し長めの前髪を流していた。

私はドレスの裾《すそ》を持ち上げ、頭を下げる。この国では、身分の低い者が身分の高い者より先に名乗ったり、挨拶《あいさつ》の言葉を口にしたりすることは無礼とされているのだ。

私が黙って待っていると、ダレン様は苛立《いらだ》ったように声を荒らげた。

「返事もできないのか、無礼な女だな。あんたが兄さんを襲ったんだろ⁉」

彼こそ名乗りもしないうちに突っかかってくるなんて、貴族としての礼儀がなっていない。

そう思ったがなんとか呑みこみ、代わりに彼の言葉の意味を聞き返した。

「あの……襲ったというのはどういう意味でしょうか？」

「兄さんは、どんなに誘われても女性の色香に惑《まど》うことはない。そんな兄さんが一夜を過ごした相手だというから、どれほどの美人かと思ったが、どこにでもいる平凡な女じゃないか。だから、お前が無理やり襲ったのだと考えたんだよ。よほど強引なんだな。俺も気をつけないと、押し倒されてしまう」

ダレン様は吐き捨てるように言うと、冷たい視線を向けてくる。

公爵は私と一夜を過ごしたことを、弟に話したらしい。気恥ずかしくて、私はダレン様から目を逸《そ》らした。

態度を見る限り、ダレン様は私のことを快《こころよ》く思っていないようだ。それにしても、初対面の相手に失礼が過ぎるのではないか。

私がそんなことを考えていると、ダレン様は語気を強めて話を続ける。

「どうせ、お前は公爵家の財産が目当てで、兄さんに媚薬《びやく》でも盛って既成事実を作ったんだろう。卑《いや》しい庶民の女が考えそうなことだ。そうでなければ兄さんが、お前みたいな女と寝るわけがない」

その言い草に、カチンときた。地位も名誉も財産も、私はちっとも興味がない。むしろ、冷血で有名なメイスフィールド公爵の奥様になるなんて、大金を払ってでも回避したいくらいだ。

でも私がそう言ったところで、ダレン様は信じてくれないだろう。

私は彼との会話を諦《あきら》めて、本選びに戻った。勝手に話を切り上げるなんて無礼だけれど、彼だって挨拶《あいさつ》をしなかったのだから、お互い様だ。

どの本にしようか迷っていると、背後からダレン様の怒声が聞こえてきた。

「おい、無視するな！　誰と話をしていると思っているんだ！」

私は大きく息を吸った後、ゆっくりと振り返る。そしてわざとらしく目を丸くした。

「あら、申し訳ありません。私は礼儀作法にのっとった挨拶《あいさつ》をしようとお待ちしておりましたのに、そちらから名乗っていただけなかったもので。一度はお返事してしまいましたが、存在を認めていただけない私が話をするのは失礼かと思いまして、お答えいたしませんでしたの」

この国において、身分の低い者は身分の高い者より先に挨拶《あいさつ》できない。そしてもし身分の高い者が挨拶《あいさつ》しなかった場合、それは相手の存在すら認めないという意思表示になるのだ。

ダレン様はカッと顔を赤くし、悔しそうに顔を歪《ゆが》める。そして、吐き捨てるように言い放った。

「ダレン・ド・メイスフィールドだ！」

「ダレン様。私はアリシア・バートリッジです。お目にかかれて光栄です」

私はとっておきの淑女《しゅくじょ》の笑みを浮かべると、ダレン様に挨拶《あいさつ》を返した。

ダレン様はそれが気に障《さわ》ったのか、何も言わずに踵《きびす》を返した。そして大きな足音を立てて部屋から出ていく。

その後ろ姿を呆れながら見送っていると、扉の向こうにいた侍女と目が合った。なぜか慌てて立ち去ろうとする彼女に、私は声をかけた。

「あっ、行かないで、ローラ！　貴方、ローラでしょう？　今朝《けさ》は着替えを手伝ってくれてありがとう」

私がそう声をかけると、侍女――ローラは振り返り、目をまん丸にして驚く。

「アリシア様、私の名前を覚えてくださったのですか⁉」

そんなに驚くことだろうかと私は首を傾《かし》げる。着替えの際、ローラはとても丁寧に仕事をして、些細《ささい》なことにもよく気がついてくれた。朝食の席でも挨拶《あいさつ》してくれたし、すぐに覚えられた。

「今日会った使用人の名前は、もうみんな覚えたわよ。ベティにエリスにシェリル。紅茶を注《つ》いでくれた子がリリアンよね。それに執事のチャールズに、庭師長のビジュー」

「庭師まで⁉　彼とはいつお会いになったのですか？」

「ついさっき、ここに来る途中よ。渡り廊下を歩いていた時に偶然会ったの。素敵なお庭だから、どうしてもお話を聞いてみたくて。それに我《わ》が家の薔薇《ばら》についた虫について、教えてほしいこともあったから。貴方ともお話ができて本当に嬉しいわ、ローラ」

「そ……そんな風に言ってくださって、ありがとうございます！」

ローラは大きな瞳を潤《うる》ませて微笑む。しかし、すぐにハッとして顔を歪《ゆが》め、慌てて周囲を見回した。

「どうしたの？」

問いかけると、ローラはこっそり教えてくれた。

なんでも公爵家では、使用人が笑顔を見せたり仕事以外の話をしたりすると、給金から罰金が引かれるのだという。使用人同士の交流も許されておらず、ひたすら仕事をするだけの毎日らしい。

それもこれもあの『冷血公爵』が決めたルールなんだとか。

信じられない話に、怒《いか》りが湧いてくる。

「そんなの全然楽しくないじゃないの！　公爵様ったら、本当に噂の通りの冷血人間なのね！」

「でも……公爵様は、アリシア様にだけはお優しい気がします。こんなに長く誰かと一緒に過ごしていらっしゃる公爵様は、初めて見ました」

こんなに長くとはいっても、屋敷に来てからまだ少ししか経っていない。どれほど人付き合いがないのだろうかと私は目を丸くした。

それに公爵が私から離れないのは、私のお腹に自分の子がいるかもしれないからだ。月のモノがくれば、喜んで私を屋敷から追い出すに違いない。

そう思った瞬間、なぜだか胸が痛んだ。心臓をえぐるような激しい痛みを感じ、思わず胸に手を当てる。こんな痛みは初めてだ。

(どうしたのかしら……)

「あの、どうかなさいましたか？　アリシア様」

気遣ってくれるローラの優しさに、胸がじーんと温かくなった。

「私は大丈夫よ、ローラ。心配してくれてありがとう。でも、もうそろそろ公爵様のところに戻らないと、怒られそうだわ。また今度、私とお話ししてちょうだいね」

私は急いで本を五冊ほど選ぶと、急いで執務室に向かう。戻るのが遅れて妙な疑いをかけられてはたまらない。

厚表紙の重たい本を抱えたまま、執務室の扉をノックすると、すぐに返事がある。内開きの扉を勢いよく押したら——扉のすぐ向こうに公爵が立っていた。

「きゃっ！　申し訳ありません！　お怪我はありませんか？」

すぐに謝ったのに返事はなく、公爵は微動《びどう》だにしない。

私はどうしたのだろうと首を傾《かし》げる。

「あのぅ……公爵様？　あ、もしかしてどこかに行かれるところでしたか？」

そう尋《たず》ねると公爵は、険《けわ》しい表情でギンッと睨《にら》んできた。

私は体をすくめてうつむき——公爵が羽根ペンを持っていることに気がつく。彼はペンを握りしめたまま、憤《いきどお》ったように話しはじめた。

「二十三分と五十二秒だ。そんなに時間がかかるなんて何をしていたのだ？　こんなことなら私も一緒に行けばよかった。気になって仕事に集中できなかったぞ。君のせいで貴重な時間を無駄にしたではないか」

（そんなことを言われても……）

私は呆れながらも、愛想笑いを浮かべた。そして、おそるおそる公爵を見上げる。

（もしかして公爵様は私が心配だったのかしら？　ペンを置くことすら忘れるほど……？）

私と目が合った瞬間、公爵はまるで凍りついたかのように動きを止めた。そのあと私が抱えていた本を、奪うようにして取り上げる。

「まったく。わざわざこんなに重い本を五冊も持ってきて。次から、君が本を選ぶ時には私もついていく。わかったな」

（え、どういう意味？　もしかして……もしかしてだけれど、重たい本を運んできた私の体を気遣ってくれているの？）

戸惑う私をよそに、公爵は本を抱えて執務室の奥まで歩いていった。そして机の上に本を置くと、さっき私が座っていた椅子の前に立って、何かを言いたそうにこちらを見る。『この椅子に座れ』という意味だろうか。

私は執務室の中に入り、机の上から本を一冊手に取って、ゆっくりと椅子に座った。

すると公爵は、すかさず上着を私のお腹の上にかける。

――いるかどうかわからない赤ちゃんが、それほど心配なのだろうか？

そうっと公爵の様子をうかがっていると、彼は無表情で自分の席について仕事を始めた。

（わ……わからない。彼の気持ちがわからないわ。怒っていないのなら、いいのだけれど……）

その日は公爵が仕事をしている間じゅう、彼の隣で本を読んで過ごした。

夜、寝る支度を終えた私は、シルクのネグリジェの肌触りを堪能《たんのう》していた。こんなに高級なシルクの生地を身につけたのは、初めてだ。

まるで全身を羽毛で撫でられているようで、心が穏やかになる。

ふかふかのベッドの上に座り、布団を腰までかけた。そして、積み重ねたクッションにもたれかかり、本を読みはじめる。

半分ほど読んだところで眠くなってきたので、本を枕元に置いてランプの灯《あか》りを消す。月の光はカーテンで遮《さえぎ》られ、部屋は薄ぼんやりした暗闇に包まれた。

私は最高の手触りの布団にくるまり、長い息を吐き出す。

「ふうぅー……」

『冷血公爵』と暮らすなんてどうなることかと思ったが、意外と快適な生活になりそうだ。

あれから公爵はほとんど無言で仕事をしていた。そして夕方に仕事を終えると、無言のまま私を連れて庭を散歩。その後、二人で夕食をいただいた。この部屋の前で公爵と別れた時に、「おやすみなさいませ」と挨拶《あいさつ》をしたのが最後だ。

今日一緒に過ごしてみて、公爵は無駄を嫌う性格でルールには厳しいが、それほど攻撃的な人ではないとわかった。不器用だがいろいろと気遣ってもくれる。

彼の意に沿わないことをすると、絶対零度の冷たい目で文句を言うけれど、聞き流せばすぐに収まる。

何を考えているのかはさっぱり理解できないものの、そのことさえ気にしなかったら、彼のそばにいるのはむしろ心地いい。

（ふふ。きっと、みんなが言うほど気難しい人じゃないのだわ。きっとあの冷たい目と無表情が誤解を生んでしまうのね）

そんなことを考えながら布団にくるまっていると、まるで繭《まゆ》の中にいるような安らぎを感じる。そして瞼《まぶた》を閉じた瞬間――ガチャリと部屋の扉が開く音が聞こえ、私は再び目を開けた。

「えっ……？」

慌てて体を起こし、扉のほうを振り向く。すると薄闇の中に、寝間着《ねまき》姿の公爵がいた。前髪を下ろしているので、昼間よりも若く見える。

彼はなぜか、責めるような低い声でこう言った。

「アリシア、どうして私の寝室に来ない？　ずっとそばにいろと言っただろう。まさかもう忘れたのか？」

「もちろん覚えています。でも、まさか寝る時まで一緒だなんて……」

「そうでもしないと、君が寝床《ねどこ》に男を連れこむかもしれないからね。監視をつけてもいいが、その者が嘘をつく可能性を考慮しなくてはならない。そんなまどろっこしいことをするよりは、私が一緒に眠るほうが確実だろう。――仕方がない、今晩は君のベッドで寝ることにしよう」

そう言うと、公爵は私の意向も聞かずに、ベッドに入ってきた。

急接近した公爵の匂いが、ふわりと漂《ただよ》ってくる。なぜか、その香りを懐《なつ》かしく感じた。出会って間もない相手なのに、心が落ち着く。

私は不思議に思いながらも、しぶしぶ公爵の隣で仰向《あおむ》けになった。反抗しても、彼は聞き入れないだろう。

しかしそんな状況で眠れるわけもなく、私はベッドの天蓋《てんがい》を見つめる。

それからどのくらい経ったのか――ふと、公爵の手が私の手に触れた。

「「あっ……！」」

私たちは同じタイミングで声を上げて、お互いに顔を向ける。その瞬間、偶然唇が重なった。

あまりのことに驚いて、私は固まってしまう。

公爵もなぜか、唇を合わせたままピクリとも動かない。

互いに目を丸くしたまま数秒経ち――私は、ゆっくりと唇を離した。公爵の青い瞳が、これ以上ないほど近くに見える。

「……また誘っているのか？」

公爵が小さな声で尋《たず》ねてくる。

「ち、違います。これはただのアクシデントで……」

「そうだな――ならこれもアクシデントだ」

公爵はそう言うと、布団を撥《は》ね上げて私に覆《おお》いかぶさった。

そしてゆっくりと顔を近づけてきて――熱い唇を重ねる。

公爵の柔らかな髪が私の額《ひたい》を撫でた。

初めは唇を重ねたままで……しばらくすると、公爵は私の上唇をそっと唇で挟んだ。

彼の荒い息が頬を駆け上がって耳をくすぐる。その瞬間、背中にゾクリと甘い快感が走った。

「んっ……」

思わず体を反《そ》らして声を漏らす。するとその声が合図になったかのように、公爵が舌を差し入れてきた。

「ふっ……んんんっ……!!」

ゆっくりと差しこまれた彼の熱い舌が、口内でゆるやかに動いて私の舌を搦《から》め捕《と》る。

くちゅりという水音が聞こえ、体中がぞわぞわと痺《しび》れてしまう。

（あぁ、なんて気持ちいいのかしら……）

公爵の求めに応じて、私もおずおずと舌を絡ませる。すると彼はさらに深く舌を差し入れてきた。互いの唾液《だえき》が舌の上で絡み合い、唇の粘膜が離れるたびに淫《みだ》らな音を奏《かな》でる。

くちゅ……くちゅ……くちゅ。

はしたないと思っても、あまりに気持ちよくてやめられない。

無表情で冷たい公爵の体は、それとは裏腹にとても温かかった。その熱が心地いい。

公爵は私の舌を挟むと、優しく吸い上げた。じゅるっという音と共に、唾液《だえき》を吸い取られる。

私は無意識に公爵の背中に手を回していた。すると彼は一度唇を離して、熱情に浮かされた顔で私を見る。

急に我に返った私は、公爵から視線を逸《そ》らし、急いで手を引っこめた。

（私ったら何をしているのかしら……！　恥ずかしい！）

絡まった二人の唾液《だえき》が、私の唇の端から流れ出る。公爵はそれを、もったいないとでも言わんばかりに唇と舌で舐《な》め取った。

「あ……ん」

首筋から頬をぬるりとした感触が這《は》い上がって、思わず声が出た。私は涙目で公爵を見る。

彼はそんな私を見下ろしながら目を細め、親指で自分の唇を拭《ぬぐ》った。

「君は本当におねだりが上手だな……」

「ち……ちがっ……んっ……！」

公爵は私の反論の声を唇で塞《ふさ》ぐと、さらに深いキスをする。熱い舌が、口内を余すところなく暴《あば》いていく。

私はそのたびに背中がゾクリとする感触を味わっていた。瞳が潤《うる》んで公爵の輪郭《りんかく》がぼやけてくる。

何度も繰り返し甘やかされて溶かされる。

普段の冷たい公爵からは、想像もできないような口づけに、胸がきゅぅぅぅんとした。

（こんな優しいキスをされたら……公爵様に大事にされていると勘違いしそうになるわ）

しかし私と公爵は恋人同士ではない。

（そうよ、私と公爵様はただ一時的に一緒にいるだけなのよ。月のモノがくればもう二度と会うことのない人だわ。こんなの……だめよっ！）

私は両手で公爵の胸を押し、なんとか数センチだけ唇を離すことに成功した。

「アリシア……」

切ない公爵の声が、私の脳の奥を揺さぶる。

（なんて憂《うれ》いを帯びた声なの……公爵様は本気で私が欲しいの……？）

私の疑問に答えるように、激しい鼓動がはっきりと両手に伝わってきた。公爵の瞳には、明らかな熱がこもっている。

二人の視線が絡み合う。私の胸がドキリと大きく高鳴った。

「アリシア、これはアクシデントで——不可抗力なのだ」

公爵は熱に浮かされた目で、再び深く口づけてくる。私の口唇をすみずみまで味わおうと、緩慢《かんまん》に舌を這《は》わせて吸いつく。

ちゅるっ……ぴちゃ……ぴちゃ……

その音は公爵の温かい吐息と重なって、淫猥《いんわい》な音楽へと変わっていく。

（あぁ、気持ちがいい。まるで時間をかけてゆっくりと食べられているみたい……もう、何も考えられない。どうなってもいいわ）

快感で頭がぼんやりしてきたころ、公爵がネグリジェの隙間から手を差しこんできた。胸の膨《ふく》らみに手を添え、優しく揉《も》みはじめる。

「ん……ぁ……」

触れられたところから体が火照《ほて》り、思考が奪われてしまう。声を出さないよう我慢するけれど、どうしても唇から淫《みだ》らな声が漏れる。

「……ん……！　はぁ……っ、やぁ……あ……っ」

しばらくして名残《なごり》惜しそうに唇を離したかと思ったら、公爵は私の両手を掴《つか》み、ベッドに縫《ぬ》いとめる。そして私の顔を覗《のぞ》きこみ、低い声で言う。

「気持ちいいかい？」

公爵はゆっくりと身を屈《かが》め、私の首筋に顔を埋《うず》めた。彼の熱い吐息を感じて腰がむずむずし、思わず両足を擦《こす》り合わせる。

公爵は私の首筋に、何度も口づけを落とした。

「あぁ、アリシア……」

その声はどこか切なげで、私は気がついたら自《みずか》ら彼に顔を寄せ、口づけをねだっていた。すると、彼はすぐに唇を重ねてくれる。

何度も互いを味わったあと、どちらからともなく唇を離した。

公爵がそのままの体勢で私を見つめ、小さな唸《うな》り声を漏らす。

「うぅ……」

「公爵……様？」

どうしたのかと心配になって声をかけると、公爵は情欲に満ちた目を私に向けてくる。

しかし次の瞬間、彼はいつもの冷たい目に戻り、素《そ》っ気《け》なく言った。

「――アリシア、もう夜も遅い。私を誘惑するのはやめて、さっさと眠りなさい」

「え……」

私は思わず残念がるような声を漏らし、彼の服をぎゅっと握ってしまう。

すると公爵が、突然強く抱きしめてきた。

がっしりとした大きな体に包みこまれる。その時、何か硬くて熱いものが私のお腹に触れた。

それが昂《たかぶ》った男性自身だと気づき、私はビクリと震える。

しかも公爵がネグリジェを脱がそうとするので、ハッとして声を上げた。

「こ、こんなのだめです。これ以上間違いを重ねるわけには……！」

私がそう言うと、彼は腕の力を緩《ゆる》めた。

「間違い……。君はやはり、あの夜のことを間違いだと思っているのだな……」

公爵は憤《いきどお》った表情でつぶやく。その目があまりに冷たくて、私は寒気を覚えた。

彼はゆっくりと私の上から退《ど》くと、こちらに背中を向けてベッドに横たわる。

「早く寝なさい。迷惑だ」

抑揚《よくよう》のない声でそう言ったのを最後に、公爵は黙りこんだ。

（な、何⁉　優しくキスをしたかと思ったら、急に突き放して……。誘惑するのはやめろと言いながら、ネグリジェを脱がそうとするだなんて……。それで最後は迷惑ですって？　何を考えているのかさっぱりわからないわ）

しばらく公爵の背中を見ながら考えていたけれど、やはりわからない。どうしようもないので、とにかく眠ろうと反対側を向いて目をつぶる。

しかし、隣で公爵が寝ているせいでドキドキしてしまい、眠れそうにない。

触れてもいないのに、公爵の肌の温もりが伝わってくるかのようだ。

そっと公爵のほうを見ると、すぐ目の前に柔らかそうな髪がある。その下には骨ばったうなじと、私の倍はありそうな大きな背中。

男性らしい背中を見ていると、昨日見た彼の裸を思い出してしまった。

（や、やだぁ……！　こ、こんなの眠れるわけないじゃないっ——‼）

その晩、私はなかなか寝付けなかった。

◇　◇　◇

アリシアは気まぐれに誘惑しては拒《こば》み、私の感情を弄《もてあそ》ぶ。まるで猫のようだ。

誘うような瞳で見つめ、私を受け入れてくれたかと思えば、次の瞬間には拒絶するのだから。

わずかな間だけ触れた彼女の肌は柔らかく、胸は弾むように豊かだった。その誘惑に抗《あらが》えず、私は稚拙《ちせつ》な言い訳を繰り返しながら、その肌と口内を堪能《たんのう》した。

しかし、彼女の愛らしい顔を見て、思いとどまる。欲望のまま抱いてしまいたいが、まだ純潔を失ったばかりの彼女に、無理をさせるわけにはいかない。

そう思い、獣《けもの》のような欲情をなんとか押し殺したが——彼女はまた誘うようなことをし、そのくせ私との一夜を『間違い』だと否定した。

アリシアが出会った日のことを忘れ、否定することが悲しくて、腹立たしい。

私は憤《いきどお》りを抱えながら、彼女に背を向けた。

しばらくして、アリシアは隣で眠りについたらしい。甘い吐息を背中で感じ、再び理性が揺さぶられる。

これで眠れというのは、無理な話だ……。

結局一睡《いっすい》もできず、私は明け方になっても、彼女の寝顔を眺めていた。そして眠ることを諦《あきら》めて、彼女を起こさないよう慎重にベッドから抜け出す。

すると彼女は、「うぅん」と小さな声を漏らしながら寝返りを打った。ネグリジェに透《す》けた白い肌が、目の前にさらされる。仰向《あおむ》けになった彼女の唇は、私を誘うようにうっすらと開いていた。

ああ、彼女は私の理性を破壊する天才だ。

我慢できなくなり、私はそっと彼女に口づけた。でもこれ以上は、抑えがきかなくなってしまう。

後ろ髪を引かれる思いで部屋を出ると、一度自分の部屋に戻って着替えた。みっともない寝起きの姿を、アリシアに見られたくない。

昨日とその前の日は、不覚にも先を越されてしまったが、もう二度と同じ失敗をするつもりはなかった。

私はアリシアより随分年上なのだ。寝起きの気が抜けた姿を見られ、だらしないおじさんだと幻滅されるのは、死ぬよりも辛い。

アリシアの部屋に戻ると、彼女は横向きの姿勢で寝息を立てていた。

ベッドの近くにある椅子に腰かけ、その可愛らしい顔を見つめる。

このままずっと彼女のそばにいたい。時が止まればいいのに……そう何度も願う。

アリシア……目を開けて、その物怖《ものお》じしない瞳で私を見てほしい。だがこのまま可愛らしい寝顔を見続けるのもいい。

ああ、もう、私はどうしようもなく君に囚《とら》われてしまったようだ。アリシア――どのくらいそんなことを考えていただろうか、だいぶ陽が高くなってきた。アリシアはもしや体調が悪くて、起きられないのでは……と心配になってきたころ、彼女がようやく目を開けた。栗色の瞳に、ゆっくりと光が宿《やど》る。

その瞳に見つめられて、ドキリと心臓が跳ねた。

「大丈夫か？　アリシア……」

アリシアはベッドに横になった状態のまま、私を不思議そうに見る。そして、鈴を転がすような声で言った。

「おはようございます。公爵様。……あの、今何時ですか？」

「八時三十分だ。なかなか目を覚まさないから死んでしまったのかと思ったよ。そろそろ医者を呼ぼうかと思っていたところだ。さあ、目が覚めたのなら早く着替えなさい。今日はどうしても出かけなければいけない用事がある」

ジョークを交ぜたつもりだったが、彼女は怪訝《けげん》な顔をして体を起こした。私の言葉が不快だったのだろうか。

優しい言葉をかけたいのに、いつもうまくいかない。

「君のために最高級のドレスを用意させた。私の隣を歩いても恥ずかしく思うことはない」

そう言うと、アリシアはますます怪訝《けげん》な顔をする。

昨日執事に命じて、有名な服飾ブランドの店で、ありったけのドレスを買わせた。夜会の日にアリシアが着ていたドレスを渡しておいたから、サイズは問題ないはずだ。

彼女はもぞもぞとベッドから出ると、両足を揃えて床につけた。そして私の顔を、つぶらな瞳でまっすぐ見つめてくる。

あまりの可愛らしさに声を失い、思わず見惚《みと》れてしまった。

ほうっとため息が出そうになった時、慌てて顔を背《そむ》ける。だらしない顔を彼女に見せてしまっただろうか。

私は手で顔を覆《おお》うようにしながら、部屋の外で待たせておいた侍女を呼んだ。

◇　◇　◇

朝、瞼《まぶた》を開けると、私の目の前には公爵がいた。彼は髪をぴっちりと固めて、紺のスーツに身を包んでいる。

そして夜会の翌朝と同じように椅子に座り、冷たい目でこちらを見ていた。

なぜ公爵がこんな行動を取るのか、私にはさっぱりわからない。彼はなんのために身支度を整えて私の目覚めを待っていたのだろう。

いくらか言葉を交わした後、彼は私をじっと見つめた。けれど急に目を逸《そ》らして侍女を呼び、部屋から出ていく。

私は侍女が持ってきた、新しいドレスに着替える。見るからに高級で素敵なドレスだが、この屋敷にこれを着るような女性はいないはずだ。きっと私のために用意してくれたのだろう。

部屋から出ると、公爵が立っていた。私の支度が終わるのを廊下で待っていたらしい。

「あの、公爵様、素敵なドレスをありがとうございます」

お礼を言うが、返事はない。公爵は黙って歩きはじめた。

公爵に続いて食堂に行くと、彼の弟のダレン様が着席していた。その隣に公爵が座り、私は公爵の向かいの席に促《うなが》されて座る。

無表情のそっくりな顔が二つ揃うとかなりインパクトがあって、笑いがこみ上げた。

噴き出しそうになるのを必死でこらえる。

美味《おい》しい朝食を堪能《たんのう》していたら、なんだか自分自身を取り戻したような気分になった。

一夜の過《あやま》ちが元でこんなことになってしまったが、どうせ一ヶ月ここに滞在しなければいけないのだ。だとすればこの状況を楽しんだほうがいい、と半《なか》ば開き直る。

（言いたいことはなんでも言うことにしましょう。公爵様にどう思われても、怒られても構わないわ）

そう思っていた時、侍女が私のカップに紅茶を注《つ》いでくれた。

「ありがとう。あら、今日は昨日と違う髪型ね。すごく似合っているわ」

私が話しかけると、彼女は頬を赤らめて微笑んだ。しかしすぐにハッとして、怯《おび》えた顔で公爵の顔を盗み見る。

公爵はそれに気がついたのか、いつもの無表情で口を開いた。

「髪の結《ゆ》い方を変えても給仕の仕事には関係ない。使用人の髪型など、どうでもいいことだ」

「兄さんの言う通りだよ。朝から無駄な話を聞かされるのは本当に迷惑だ」

公爵の尻馬《しりうま》に乗って、ダレン様が高圧的に言い放つ。

思わずムッとするが、私は落ち着いて返した。

「申し訳ありません。でも人は仕事をこなすだけの存在ではないでしょう。ですから私は美味《おい》しい紅茶を淹《い》れてくれる人にはお礼を言いたいし、素敵な髪型をしていたら褒めたいの。そのほうが食事の時間が楽しくなりますから」

私の発言を、ダレン様が一笑《いっしょう》に付《ふ》した。

「はっ、食事の時間を楽しむ必要はない。食事は食事だ。無駄なことはやめてくれ」

「そうですか？　私はこうやってダレン様と意見を交換する時間も楽しんでいますよ。そういえば、庭で咲いているマグノリアの花を食卓に飾ってはいかがでしょうか？　そのほうが、気分が華やかになって、もっと食事を楽しめると思います」

公爵はいまだ表情を変えず、紅茶のカップをソーサーの上に戻すと静かに言った。

「……君がそうしたいならそうすればいい。花が庭にあろうがテーブルの上にあろうが、私はどちらでも構わない。食事は生きるために必要なだけで、楽しむ必要はまったくないと思うがね」

素《そ》っ気《け》ないけれど、公爵らしい答えだ。

（生きるためだけの食事だなんて……寂しい考え方ね）

無表情で朝食を口に運ぶ公爵が、可哀想に思えてくる。

ともかく公爵の了承が出たので、さっそく侍女に頼んで庭のマグノリアを切ってきてもらった。料理と必要最低限のものしか置かれていなかったテーブルが、一気に華やかになる。

私は満面の笑みを浮かべ、春の訪れを感じさせる花の香りを楽しんだ。

「ふふふ、いい香り。本当に素晴らしいマグノリアですね。庭師のビジューにお礼を言わないといけないわ」

私がそう言うと、公爵がなぜか睨《にら》んでくる。どうせ子どもっぽいと馬鹿にしているのだろう。まあ公爵からしてみれば、一回り以上年下の私は、子どもに違いない。

開き直りついでに、もう一つ頼みごとをすることにした。私に恐れるものは何もない。次の月のモノがくるまでは、追い出されることは絶対にないし、別に追い出されたって構わないのだ。

「公爵様、使用人同士の会話を禁止していらっしゃると聞きました。もちろん仕事に支障が出るほどおしゃべりに興じるのはよくないでしょうけれど、少しくらいの交流は必要なのではないかと思うのです。どうかそのルールを撤廃していただけないでしょうか？」

おねだりをする子どものように無邪気を装《よそお》うと、公爵は苦虫を噛み潰したような表情で目を逸《そ》らした。

「君の好きにすればいい。さあ、早く食べて。食べ終えたら出かける支度をしなさい」

（あら……怒られるかと思ったけれど、意外に優しいわ。言ってみるものね）

私はそばにいた侍女のローラと顔を見合わせて、微笑んだ。他に控えている侍女や執事も、同じように笑みを浮かべている。儀式のような食事が、一転して和《なご》やかな雰囲気に変わった。

（ほら、こうすればみんなが楽しい気分になれるじゃない。屋敷中に季節の花を飾りましょう。そうしたらこの屋敷も、少しは華やかになるはずだわ。窮屈《きゅうくつ》な思いをしている使用人たちには、少しでも笑顔になってほしいもの……）


朝食を終えて身支度を整えると、私は公爵と一緒に馬車に乗りこんだ。なんでも、王家の方《かた》に直接手渡ししなければいけない重要な書類があるらしい。

「私も王城に行けるのですか!?」

思わず興奮して叫んでしまった。

（王城だなんて！　外から眺めたことはあっても、門の中に入ったことすらないわ！）

「そんなにはしゃぐものではない。王城に着いて、書類を渡したらすぐ帰る。わかっていると思うが、他の男に色目を使うのは禁止だ」

あまりに嬉しくて、公爵の冷たい言葉も気にならない。

そうして十五分ほど馬車に揺られると、王城の門に到着した。

城門を守る近衛兵《このえへい》が馭者《ぎょしゃ》と言葉を交わし、訪問客の身元を確かめて重々しく一礼する。

そして、巨大な鉄の門が開かれた。

門の中に入ると、壮大な城が視界に飛びこんでくる。白と青を基調とした建物は、まるで子どものころに読んだおとぎ話に出てくる妖精の城のようだ。

私はこらえきれず、馬車の窓から顔を出してしまう。そして興奮のままに口を開いた。

「素敵！　あぁ、なんて素敵なのかしら！　私、門の中に入ったのは初めてなんです！まるでおとぎの国にでも迷いこんだみたい！」

向かいに座る公爵は、肘《ひじ》かけに頬杖をつきながら私を一瞥《いちべつ》する。そして窓に視線を戻し、遠い目をしてつぶやいた。

「みっともなくはしゃぐのはやめなさい。王城など、ただの石を組み合わせて作っただけの建物にすぎない。ここには小さいころから何度も来ているが、ひたすら大きくて、冷たくて……とても怖い場所だよ」

なるほど。王位継承権を持つ公爵にとっては、見慣れた場所なのだろう。しかしどことなく、それだけではないようにも感じられた。

美しい王城を、怖い場所だという公爵の気持ちを、少しでも軽くしてあげたくなる。

ふざけたことを、と怒られるかもしれないが、彼に対して言いたいことを我慢するのは、もうやめたのだ。

「確かに、怖い印象もありますね。あの大きなライオンの像なんかは、夜中に動き出して牙《きば》を剥《む》きそうです。東に見える高い塔には悪い魔女が閉じこめられていて、あの小さな窓から私たちを見下ろし、呪《のろ》いの儀式をしているかもしれません……あぁ、怖いっ！」

私がそう言うと、公爵は目を丸くして固まる。そして小さく震えたかと思ったら、こらえきれないといった風に噴き出した。

「ぷっ……！　君の想像力はすごいな。王城についてそんな風に言う女性は初めてだ。ははは！」

公爵の笑い声を、初めて聞いた。表情は変わらず冷たいものだけれど。

意外すぎて、私は目が点になる。怒り出すかと思っていたら、まさか笑うなんて……

公爵の顔を食い入るように見つめると、彼は気まずそうに視線を逸《そ》らした。その頬が紅潮しているように見える。

「不躾《ぶしつけ》に見つめるのはやめろ。そんなに見られたら顔に穴が空《あ》く」

本気で嫌がっているように聞こえるが、彼は耳まで赤くなっていた。

（こ……これって照れているの!?　そうよ、公爵様は照れているのだわ！）

私は雷に打たれたかのごとく衝撃を受ける。

（まさか……今まで妙だと思っていたちぐはぐな言動も、ただ不器用なだけだったのか

しら）

思いもよらぬ反応に、今までの公爵の冷たい言葉や態度も、私が思っていたのとは意味合いが違ったのではないかと考える。

「……公爵様……あのぅ」

「なんだ……言いたいことがあっても何も言うな。口を開くな。黙っていろ」

公爵は目を逸《そ》らしたまま、いつものように低い声で命じる。

「公爵様……先ほどのお顔、素敵でしたわ！」

私を拒絶する公爵に構わず、前のめりになって言った。

すると公爵は不機嫌な顔になり、これまで以上に鋭《するど》い目で睨《にら》みつけてくる。一方で、公爵の膝の上で握られている拳《こぶし》は、ほんの少し震えていた。

（今までは、怒っているのだと思っていたけれど……恥じらっているだけなのだわ。なんだか、すごく可愛らしい。ふふっ）

公爵の胸の内を察し、心がほっこりしてくる。駄目だと思っても、頬が緩《ゆる》んでしまう。

彼は絶対零度の冷たい目で睨《にら》み続けているが、もうちっとも怖くない。

「ほら、もう王城に着く。そのにやけた顔をどうにかしないと、頭のおかしな女性だと思われるぞ。そんな女性を連れて歩く私の身にもなってみなさい。メイスフィールド公爵家の恥だ」

公爵に文句を言われても、まったく頭に入ってこない。意外な一面に驚くと同時に、くすぐったくなるような感情がゆっくりと湧き上がってきて、ますます笑顔になる。

（ぷぷっ、だんだん公爵様の性格がわかってきたわ。口は悪いし、無表情か怒っているかのどちらかだけれど、きっと素直になれないせいなのね。それを知っているのは私だけじゃないかしら）

公爵の口が悪いのも、天《あま》の邪鬼《じゃく》だからなのかもしれない。相変わらず憤《いきどお》ったままの彼の横顔を、私は笑いを噛み殺しながらじーっと見つめた。

王城の入り口に着いて馬車から降りると、王城の兵たちが丁重に迎えてくれる。

その時、急に思い出したように緊張してきた。王城で何か失礼があってはいけない。

固くなる私を、公爵は慣れた様子でエスコートしてくれた。

憧《あこが》れの城に足を踏み入れ、胸が高鳴るが、同時に不安も大きくなってくる。

幼いころは、子爵である伯父《おじ》の屋敷で、従姉《いとこ》のルイスと一緒にマナーの授業を受けた。おかげで一通りの作法は身についていると思うが、きちんとできているだろうか。

公爵に恥をかかせるわけにはいかない。昔覚えた知識を必死で思い出し、指の先まで気を配る。

そうしていると、息が苦しくなってきた。それに気づいたのか、公爵は私を守るように体を寄せる。

「大丈夫だ、きちんと歩けているよ。今のところ君は私に恥をかかせるような行動はしていない。おかしなところがあれば私がすぐに正してやるから、安心するといい」

――それは安心させようと思っている人の台詞《せりふ》としては、いかがなものか。

呆気に取られ、肩の力が抜ける。そしてようやく、城内をゆっくりと観察する余裕ができた。

王城はとても豪奢《ごうしゃ》で、華やかに飾られている。その美しさに目を奪われながら、公爵に手を引かれて進んでいく。

すると、廊下で談笑《だんしょう》している高官たちが目に留まった。

彼らは公爵に気がつき、貴族の礼をして敬意を示す。けれど公爵が冷たい視線を向けると、みな一様に怯《おび》えた目をして身を縮こまらせた。

公爵が廊下を歩くだけでその場に緊張が走り、談笑《だんしょう》していた人たちは口をつぐむ。

さすが『冷血公爵』と呼ばれ恐れられているだけのことはある。

私が感心していると、一人の男性がにこやかに近づいてきた。小太りで、顎髭《あごひげ》を生やした年配の男性だ。彼は見目《みめ》のいい若い侍従を二人連れている。

「ああ、メイスフィールド公爵、久しぶりですなぁ。前回お会いしたのは、武器の密輸業者を取り締まった時でしたかな。あの時の公爵の手腕には、感服いたしましたぞ。あれがきっかけで、無許可で武器を仕入れて国内で売りさばいていた奴らを一掃《いっそう》できて、すっきりしましたからなぁ。いや、まさかバートラム卿《きょう》が一枚噛んでいたとは知りませんでしたが。あの男は昔から気に食わないと思っていたのですよ。はっはっは」

年配の男性はべらべらとしゃべり、下品な笑い声を上げた。

話の後半はよくわからなかったが、どうやら公爵は武器の密輸の取り締まりを行《おこな》ったらしい。そういえば彼は領地の管理の他に、汚職や犯罪を監視する組織をまとめていると聞いたことがある。

公爵は無表情で彼を一瞥《いちべつ》すると、きっぱりと告げた。

「申し訳ありませんが、ハルグリーズ最高議長。私は不正を正しただけです。貴殿のためにバートラム卿《きょう》を糾弾《きゅうだん》したわけではありません。最近では貴殿が不正を行《おこな》っているという噂も耳に入っております。まずはご自分の襟《えり》を正されることをおすすめします」

公爵の言葉に、ハルグリーズと呼ばれた男は肩をすくめる。最高議長ということは、彼は王国議会の最高権力者なのだろう。

彼は公爵を睨《にら》み返すと、王城の廊下だというのに、無作法にも大きな声で言う。

「ほぉ……!?　『冷血公爵』の異名は伊達《だて》ではないというわけですか。しかし、どの派《は》閥《ばつ》にも属することなく、王国で生きていけると思わないことですな。公爵の摘発を逃《のが》れた残党が、復讐《ふくしゅう》の機会を虎視眈々《こしたんたん》と狙っていると聞きましたよ」

（な……なんて男！　最高議長でありながら不正をしている上に、公爵様を脅《おど》しているの？　あり得ないわ!!）

私は黙っていられず口を開いたのだが、公爵が前に立ってそれを阻《はば》む。大きな背中が視界を覆《おお》いつくして何も見えなくなった。

公爵は地を這《は》うような低い声で、はっきりと言い放つ。

「ご忠告ありがとうございます。これ以上はお話ししても無益だと思いますので、失礼します」

公爵は私の腰を抱くようにしてハルグリーズに背を向け、さっさと歩き出す。すると、背後からハルグリーズの嫌味が聞こえてきた。

「ふんっ……くれぐれも気をつけたほうがよろしいですよ。王家と縁があるからといって気が大きくなっているんでしょうが、油断せぬことです。逆賊の汚名を着せられて、処刑された王子も過去におられますから。はっはっは」

私は一言言い返してやろうと再び口を開くが、公爵が私の肩を強く抱き寄せ、耳元で囁《ささや》く。

「よしなさい。あんな男でも王国議会の最高議長だ。君みたいな庶民は、一族もろとも踏み潰される。私の妻になるなら別だがね」

その言葉に私は目を丸くした。

「それはどういう意味ですか？」

「だから、メイスフィールド公爵である私の妻となるなら、アリシアをどんなものからでも守ってあげられる。しかしそうでなければ君は自分の首を絞めることになる。ハルグリーズ議長のような男に立ち向かおうとするなら、そのくらい考えておくのだな。考えなしで行動するのは感心しない」

どこをどう突っこんでいいのかわからなくて、私は口をつぐむ。

（とりあえず、私の立場を考えて止めてくれたのでしょうけど……。もしかして公爵様は、私に妻になってほしいと思っているの？）

頭を悩ませている内に、目的の部屋の近くまで来たようだ。

けれど彼は、なぜだか私をすぐ近くの中庭に連れていき、ベンチに座らせる。各階の廊下に面した吹き抜けの中庭は、太陽の光が降り注《そそ》ぎ、たくさんの草花で埋め尽くされていた。

「ここで待っていなさい。君は単純な女性だから、花さえあれば楽しんでいられるだろう？　すぐに用事を済ませて迎えに来るから、他の男をたぶらかす時間はないぞ。もし話しかけられたとしても、私以外の男と話をしないように」

きっと私が花を好きだと知っているから、この場所を選んでくれたのだろう。それにしても、もう少し言い方というものがあるのではないか。

私は呆れたが、公爵に何を言っても無駄だと思い、黙って頷《うなず》いておく。そして離れていく公爵の後ろ姿を見送った。

確かに、廊下で公爵の帰りを待っているよりも、中庭にいるほうがいい。もし、またハルグリーズに会って何かを言われたら、彼に食ってかかってしまうかもしれない。

そんなことを考えていると、公爵がわずか二分足らずで中庭に戻ってきた。

「お……お早いお戻りですね」

私が驚きながらそう言うと、彼は眉根を寄せた。

わざわざ王城に来たにもかかわらず、いくらなんでも早すぎないだろうか。

その時、公爵のきっちり固められた完璧な前髪が、ひと房《ふさ》前に垂れてきた。気のせいか、息も上がっているように見える。いや、よく見ると肩が小刻みに上下していた。

（公爵様は私のことが心配で、急いで用事を終わらせて戻ってきてくれたのかもしれな

いわ）

　いつもの無表情で、城内の廊下を足早に歩く公爵を想像すると、笑いがこみ上げてくる。その姿を目にした者がいたとしたら、さぞ驚いたことだろう。

「お帰りなさいませ、公爵様。残念ながら、私に声をかけてくださる男性は現れませんでした。ふふっ」

　笑顔でそう言うと、公爵は切なげで困ったような表情をした。

　私は胸がきゅんとして、咄嗟《とっさ》にうつむいてしまう。

（な……何、今の表情……？　なんだか私、今すっごく公爵様に触れたくなったわ。でもそうしたら彼は怒ってしまうかしら。――いいえ、きっとそんなことないわ。私の想像が正しければ、彼は怒ったりしないはず）

　思い切って自分から公爵の腕に手を添える。すると予想通り、彼は私の手を振り払わなかった。

　それどころか自分の手をその上に重ねると、顔を背《そむ》けて小さな声でつぶやく。

「サイラスだ……」

「……えっ？　今なんておっしゃいましたか？」

　あまりに小さな声だったので、よく聞こえなかった。思わず聞き返すと、公爵は私の手を握る。

「本当にアリシアは、鳥のような矮小《わいしょう》な脳みその持ち主なのだな。私の名前を忘れたのか？　いつまで公爵様と呼ぶつもりなんだ？　城内には私の他にも公爵がいる。名前で呼ばなければ、誰を呼んでいるかわからなくて紛《まぎ》らわしい。そのくらいのことは察してくれないと困る」

（もしかして……名前で呼んでほしいということ？　だったらどうして、もっと素直な言い方ができないのかしら）

公爵は一体、どんな表情でこんな台詞《せりふ》を言っているのだろう。

興味津々《しんしん》で顔を上げると、いつも通り冷たい目で私を睨《にら》む彼がそこにいた。でも心なしか頬が赤らんでいて、唇の端がほんの少し上がっている。

（なんて……なんて可愛らしいのかしら！）

興奮で叫びだしたいのを、なんとかこらえた。淑女《しゅくじょ》たるもの、王城で大きな声を出すわけにはいかない。高鳴る鼓動をどうにか抑え、私は公爵に笑いかける。

「ではサイラス様、屋敷に戻りましょうか」

温かいものが胸にこみ上げてくるのを感じながら、不機嫌な表情の公爵と一緒に、屋敷に戻ったのだった。

◇◇◇

アリシアが私をサイラス様と呼ぶようになった。誰かに名前を呼ばれるのは、両親が亡くなって以来だから、実に二十年ぶりだ。

アリシアが私の名を呼んだ瞬間、全身が幸福感に包まれた。名を呼ばれただけで、これほど嬉しく思ったのはこれが初めてだ。

王城からの帰り、浮かれた気分で馬車に乗りこむ。

だがしばらくして、はたと気がついた。

（そういえばウィットニー男爵の長男もサイラスという名だ。そう思うと、アリシアが他の男の名を呼んでいるような気がしてくるじゃないか。駄目だ、まったく面白くない）

そう思って心が沈んでしまった瞬間、向かいに座るアリシアがなんだか妙な顔をする。

私が内心で首を傾《かし》げると、彼女は澄《す》ました笑顔で首を横に振った。『なんでもありません』とでも言いたげに。

なんとなく彼女との距離が縮まっているように感じて、浮き足立ってしまう。

にやつきそうになるのをこらえ――ハッとした。

少し距離が縮まったとして、それがなんだというのだ。彼女は妊娠していなければ、屋敷を出ていくことになる。

そのことに思い至り、さらに暗い気持ちになった時、アリシアが膝の上に置いてあった私の手を取る。突然のことに心臓が飛び跳ねた。

「……っ！　何をいきなり。心臓が止まるかと思ったぞ！」

「サイラス様が、悲しいお顔をされたので……大丈夫でしょうか？」

愛らしい茶色の目が、心配そうに私の顔を覗《のぞ》きこむ。

表情筋は動かしていないはずなのに、どうしてわかったんだ？　まるで私の心を読んだかのようだ。

（まさか……そんなはずはない）

彼女のしなやかな細い指が、私の左手を包みこむ。こんな風に誰かに愛情深く手を握られたのは初めてだ。

そこに意識が集中して、感覚が研《と》ぎ澄《す》まされる。

（あぁ、アリシアの手はこんなにも小さいのに、まるで全身を彼女に抱きしめられているみたいだ。なんて心地がいいんだ……）

結局公爵家に戻るまで、私はアリシアに手を握られたままの状態だった。

ほんの束の間だったが、それは私にとって、最高に幸福な時間だった。

屋敷に到着すると、昨日と同じように私の執務室で仕事をした。アリシアは私のそばで本を読んだり、家族に手紙を書いたりして過ごし、日が暮れると一緒に夕食を取る。その後、就寝《しゅうしん》の支度をするため、彼女の部屋の前で別れた。さすがに、彼女が入浴や着替えをするのをそばで見ていることはできない。

この時間が、一日の中で一番辛い。

もしも次の月のモノがきたら、彼女はこの屋敷を去ってしまうのだ。それまで少しでも長く彼女と過ごしていたい。

彼女のお腹に子どもが宿《やど》っていてほしいと望む一方で、現実的にそう簡単に子どもができるわけがないということは理解していた。

自室に戻ると、支度をいつもより早く済ませ、アリシアの準備が整うのを今か今かと待つ。

はやる心を抑えるため、机の上に重ねてある数冊の本のうちの一冊を手に取った。すでに一度読んだものなので、内容は頭に入っているのだが、空《あ》いた時間についい読んでしまう。

しばらくして、私の部屋の扉がノックされた。アリシアの準備ができたらすぐに知らせるよう執事に命じてあるが、彼ではない。

執事だけはノックをせずに主人の部屋に入れるルールだ。

そもそも使用人が、こんな夜中に私の部屋を訪れることはない。何かトラブルが起きたのだろうか。

（まさかアリシアの身に何かっ！）

そう思って緊張した瞬間――

「サイラス様、アリシアです。もう眠ってしまわれましたか？」

扉の向こうからアリシアの声が聞こえた。

なんてことだ！　まさか彼女のほうから私の部屋に来てくれるなんて！

走っていって扉を開けると、そこには本を胸に抱えて愛らしく微笑むアリシアがいた。

風呂上がりだからか頬が紅潮して、さらに可愛らしさを増している。

一方でアリシアの体調が心配になり、彼女の両頬に手を当てて顔を覗《のぞ》きこんだ。

「君は馬鹿なのか!?　今から私が君の部屋に向かおうと思っていたのに！　ここに来るには、外の渡り廊下を通らなければならないだろう!?　どうしてこんな夜更《よふ》けに外に出るんだ！　あぁ、頬が冷たくなっている！　春とはいえ夜は冷えるんだから、気をつけなさい。さあ、早く中に入って！」

矢継早《やつぎばや》に言うと、アリシアは目を丸くして固まってしまう。私はじれったくなり、彼女を抱え上げた。そしてソファの上に座らせ、部屋にある毛布を探す。

その時、読んでいた本が机の上に置きっぱなしになっていることに気がついた。

（あれを彼女に見られるわけにはいかない！）

私は毛布を取りに行くふりをしながら、その本をさっと手に取り、ベッドの下に押しこんだ。

それから、毛布やひざかけを手当たりしだい集めて、アリシアの体に巻きつける。体を冷やして風邪を引いてはいけない。昔に比べて医療が発達したとはいえ、風邪で死ぬ人間はいまだにいるのだ。

「あ、あ、あの、サイラス様。このままでは手も動かせませんし、本も読めません」

毛布でくるまれたアリシアが、小さな可愛らしい声を出した。

毛布を巻きつけすぎたのか、彼女は確かにミノムシのようになっている。だが冷えた体を温めるのが先決だ。

「本が読みたいなら私が朗読してあげよう。君はどうなってもいいが、その体は私の子を宿《やど》しているかもしれない。大事にしなければいけないのだから、しばらくはそのままでいるように。大体アリシアは浅はかすぎる。どう育ったらそのように短慮でいられるのだ？　その辺にいる犬のほうが、よほど己《おのれ》を気遣っている」

私はアリシアの隣に腰かけてひとしきり文句を言う。そこでハッとした。思わず感情のままに言葉を口にして悪口のようになってしまったが、それを素直に謝ることもできない。

取《と》り繕《つくろ》う言葉すら出てこなくて、気まずさを隠すように本の朗読を始めた。

彼女が持ってきたのは、半世紀前に書かれた推理小説だ。

しばらく朗読していると、アリシアは眠くなってきたようだ。小さなあくびを何度か繰り返している。

しかし今朗読しているシーンは、かなり緊迫したものだ。私は内心首を傾《かし》げた。

（おかしい、これほど緊迫したシーンで眠くなるなんて。……ハッ！　妊娠中は普段より眠くなるのではなかったか？　もしかしたらアリシアは、本当に私の子を宿《やど》しているのかもしれない）

そう考えるだけで嬉しくて、ついにやけてしまう。

（駄目だ。妙な顔をアリシアに見せるわけにはいかない！　――いや、私の表情筋は使わなすぎて固まっているのだ。自分が思うよりも、頬は緩《ゆる》んでいないだろう）

そのまま朗読を続けると、とうとうアリシアは私の肩に体を預けて、寝息を立てはじめた。

私にこれほど無防備な姿をさらけ出してくれたのは、アリシアが初めてだ。私がそばに寄ると、誰もが緊張して無口になるというのに。

人懐《ひとなつ》っこい彼女に少し戸惑うが、同時に嬉しくて、どうしようもなく幸福だ。

(あぁ、なんて幸せなんだ――)

私はしばらくそのままの状態で、幸せを噛みしめるのだった。

◇ ◇ ◇

「う……ん。サイラスさ……ま?」

気がつくと、私は公爵のベッドの上に寝かされていた。灯《あか》りはすでに消されていて、部屋は薄闇と静寂に包まれている。

あたりを見回すと、ベッド脇の椅子に公爵が足を組んで座っていた。彼は私をまっすぐ見て、口を開く。

「懐妊《かいにん》すると眠くなるものだと、本で読んだことがある。君のお腹には、やはり私の子どもがいるのかもしれないな」

無愛想な顔でぽつぽつとつぶやく公爵。

申し訳ないが、私が眠いのは昨日の夜ほとんど眠れなかったことが原因だ。

でも公爵の心の中が覗《のぞ》いてみたくて、つい質問してしまう。

「サイラス様はどちらがいいのですか。私に子どもができていてほしいのですか？　それとも、できていないほうがいいのですか？」

すると公爵はしばらく黙って考えてから答える。

「――子どもか……欲しいと思ったことは一度もなかった。公爵家の跡継ぎにはダレンの子を据《す》えればいいと、ずっと思っていたからね。だから君とのことは、本当に私の人生における最大の誤算で、深刻な悩みの種だよ」

（それは質問の答えになってないわ。でも――『一度もなかった』と過去形にしたということは……今は子どもが欲しいということでいいのかしら）

きっとそういうことなのだ。だって私は、公爵の秘密を見てしまったから。

さっきソファに座らされた時、公爵は机の上に置いてある本に気がつき、何やら慌てていた。そして毛布を取りに行くふりをしながら、数冊の本を慌ててベッドの下に押しこんだのだ。

その本の題名は『初めての胎教』『妊娠初期の母体』『妊婦の気持ち』。子どもが欲しくない人が、そんな本を読むはずはない。

「うふふふ……」

思わず唇から笑いがこぼれた。そんな私を、公爵が珍獣でも見るかのような目で見てくる。

それもそうだろう。これまで公爵が接した女性は、その表情の冷たさと口の悪さに、怯《おび》えたり怒ったりしてきたはずだ。

そういう態度を取らない私は、公爵にとって変わった存在なのかもしれない。

しばらくして、公爵は椅子から立ち上がった。そして私に覆《おお》いかぶさるようにして、左腕をベッドにつく。

私は公爵の青い瞳から目が離せなくて、瞬《まばた》きもせずにいた。

「君はいつも物怖《ものお》じせずに私を見る。どうしてだ？」

「――逆に、どうして物怖《ものお》じしなければいけないのですか？　サイラス様はちっとも怖くありませんのに」

公爵は私を見つめたまま、一度大きく息を吸った。そうしてそのまま呼吸を止める。

微動《びどう》だにせずこちらを見ている公爵を、私は微笑ましく見守っていた。でもしばらくして次第に不安になってくる。

（私、何かおかしなことを言ってしまったのかしら？　さっきから息をしていないように思えるのだけれど……。サイラス様は大丈夫かしら？）

「サイラス様――？」

手を伸ばして公爵の唇に指を当て、呼吸を確かめようとする。すると公爵は急に動き出して苦しそうに息を吐いた。

「はぁ――アリシア。君は……本当に……」

「はい。サイラス様。なんでしょうか？」

にっこり笑って返事をすると、公爵は続きの言葉を呑みこんだ。代わりにゆっくりと顔を近づけてきて、熱い口づけを落とす。

柔らかな唇が重なり、くちゅ、という音が寝室に響く。

公爵とは、すでに何度も唇を合わせてきた。そのたびに心の奥の何かが満たされていく。唇を吸って舌を絡ませ合う。ただそれだけの行為なのに、公爵との絆《きずな》が深まっていく気がするのは、どうしてなのだろう。

公爵のキスの仕方が、私を大切にして、心から求めているのだと思わせてくれるから――？

彼は私が嫌がっていないのを確認すると、私の舌を舐《な》めて堪能《たんのう》する。

じれったいほどゆっくりと、公爵の舌に搦《から》め捕《と》られ、先端を吸われた。

くちゅ……くちゅ……くちゅ……

甘くて優しいキスに、体が痺《しび》れてしまう。頭の先までぼうっとしてくる。

「ん……んんっ……はぁっ」

(あぁ……っ、だめ、やっぱりこんなの駄目だわ。だって私たちは恋人同士ですらないんだもの……このキスにはなんの意味もないのよ)

そう考え直して、キスを拒否しようと思ったのだが、体が動かせない。公爵が覆《おお》いかぶさっているせいではない。彼は私に体重をかけないように、気遣ってくれている。

そこでハッと気がついた。

――私が公爵を拒否したくないから、体が動かないのだと。

この安らぎを与えてくれる体温を、この甘い吐息を、この熱情に溢《あふ》れる口づけを――

それらすべてを失うことに、心が耐えられない。

(束の間の夢でもいいから……このままサイラス様に触れていたい)

胸の奥がぎゅぅっと締めつけられる。

(私……どうしちゃったのかしら。キスを止められないばかりか、サイラス様のことを考えると胸が苦しくなる。きっと、気持ちよすぎておかしくなってしまったのだわ。けれど、どうしてサイラス様は、私にこんなことをするの？）

とことん甘やかされて、優しく味わわれるような甘美な口づけ。

この口づけの意味はなんなのだろうか。

私は、お腹に子どもがいるかどうかわかるまで、ここに滞在しているだけ。公爵が私にこんなことをする必要はないはず。

（それでも口づけるということは——サイラス様は、私が好き、ということよね？　しかもこんなに甘ったるいキスなのよ。やっぱり、そういうことでいいのよね？）

そう考えると、苦しかった胸が熱くなってくる。幸せな気持ちで、全身が満たされた。

（私……私もサイラス様が好きなのだわ。彼がこうしてそばにいるだけで、こんなにも満たされた気持ちになるんだもの。あぁ、好き。大好きよ）

うっとりしている間も、緩慢《かんまん》な口づけはやむことなく続けられている。

一昨日《おととい》よりも昨日、昨日よりも今日のほうが愛《いと》しい。背筋がもぞもぞするような感覚に襲われて、胸の鼓動が速くなる。

「んん……っ」

私が甘い声を漏らし火照《ほて》った体をよじると、公爵は唇を離した。

（えっ……もう終わりなの？）

熱を突然奪われて切なくなり、公爵を見上げた。

「君はまたそうやって私を誘うのだな。本当に計算外で、破天荒《はてんこう》で……困った女性だ……」

（もっと……もっとキスをしてほしいわ）

そんなことを考えながら公爵を見つめる。

すると私の考えを読んだかのように、公爵がもう一度だけキスをしてくれた。奪われた熱が戻ってきて私は安心する。

そして最後にゆっくりと唇が離れた。

「——これ以上は駄目だ」

彼はそう言って顔をしかめると、ベッドの上に上がった。私の体に布団をかけ直すと、しっかりと巻きこむように包む。それを満足げに眺め、ようやく自分も横になった。

布団のほとんどを私に取られているので、公爵の片方の肩が布団から出ていて寒そうだ。それなのに彼は自分の体に布団をかけようとしない。

「おやすみなさい、サイラス様。いい夢を……」

公爵の顔を見つめてそう言うと、彼はぐるりと私に背を向けた。

本当に照れ屋で、不器用な人なのだろうと、微笑ましい気持ちで瞼《まぶた》を閉じる。

しばらくして、私が眠りに落ちかけた瞬間、空耳かと思うほど小さな声が聞こえてきた。

「おやすみ、アリシア……」

あまりにも時間差がありすぎるおやすみの挨拶《あいさつ》に、私は一気に目を覚ます。

（ぷっ……お、面白すぎるわ！　せっかく眠れそうだったのに……）

私は布団の下で、公爵に気づかれないようにこっそり身悶《みもだ》えした。

そして寝返りを打つふりをして、公爵の体全体に布団をかける。それから彼の背中にぴったりくっついて、眠りについたのだった。


次の日の朝、私が目を覚ますと、公爵はベッド脇の椅子に座り、身じろぎもせずに私を眺めていた。

「おはよう、アリシア」

公爵はにこりともせずに、無表情のまま低い声で言う。

起きるのが遅いと責めているわけではなさそうだが、どうして毎朝この状況なのだろう。公爵は一体いつまでこれを続けるつもりなのか。

「おはようございます、サイラス様……」

私は公爵の瞳の色に見惚《みと》れながら、挨拶《あいさつ》を返した。

目つきは鋭《するど》いが、その瞳の色はまるで海のように鮮やかで美しい。公爵の迫力と冷たい表情が恐ろしくて、きっと誰もじっくりと見たことがないのだろう。

（こんなに綺麗な瞳をしているのに、もったいないわ……）

私はぼんやりとそんなことを考えながら、シルクのシーツに頬を擦《こす》りつけた。最上級のシルクの肌触りに、体が溶けてしまいそうだ。そんな私を公爵はじっと見つめている。

しばらく無言で見つめ合い──急に公爵が立ち上がった。そして、ベッドに横たわる私に覆《おお》いかぶさってくる。

彼が両手で私の体を掴《つか》むと、マットがギシリと音を立てた。熱い吐息を感じて、心臓がどきりと跳ねる。

昨夜と同じ体勢だ。きっと口づけをされるに違いない。

そう思い、咄嗟《とっさ》に目を閉じた瞬間──全身を何かに包まれた。そうかと思えば、急にふわりと体が宙に浮く。

「えっ!?　きゃっ！」

慌てて目を開けると、公爵が私を睨《にら》みつけていた。どうやら彼は、私の体を布団でくるんで抱き上げたようだ。そして抑揚《よくよう》のない声で言う。

「どうした、アリシア。そんなに力いっぱい目を閉じて……目が痛いのか？　おそらく

なった。

「ち――違います……朝日が眩《まぶ》しかっただけです」

苦しい言い訳で誤魔化《ごまか》す。口づけをされるのだと勘違いした自分が、急に恥ずかしく

なった。

けれども公爵はそんなことにはまったく気がついていないようだ。私はほっと胸を撫

で下ろす。

（よ、よかったわ。サイラス様が鈍感で！　そうでなきゃ、恥ずかしすぎるもの！）

内心悶《もだ》えていると、公爵は私を抱きかかえたまま、私の部屋に向かう。そういえば、

昨夜は公爵の寝室で眠ったのだった。

「あのサイラス様……私、自分で歩けますから」

「駄目だ。屋敷内とはいえ、ネグリジェ姿で歩かせるわけにいかない。かといって、布

団を巻いたまま歩けば、足元が危ないだろう。君はどうでもいいが、お腹の子が心配だ。

だから些細《ささい》なことは気にせず、私にしっかり掴《つか》まっていなさい」

厚手のガウンを着れば解決する問題だと思うのだが……まあ、いいか。

「じゃあ、お願いします、サイラス様。私を落とさないでくださいね」

私は公爵の胸に顔を寄せて、彼の首に腕を回した。すると公爵が腕の力を強める。

彼の体温を感じ、心が落ち着く。彼がこの上ない安らぎをもたらしてくれることを、私の本能はすでに知っているようだった。


その日の午後、私は公爵と一緒に庭園を散歩した。公爵家の庭園は貴族社会でもかなり有名らしく、まるで天国のような美しさに心が満たされる。

その庭園を抜けて砂利《じゃり》の小道を歩いていると、幾人かの使用人とすれ違う。そのたびに二言《ふたこと》三言《みこと》会話を交わした。使用人たちは私の背後にいかめしい顔で立つ公爵に怯《おび》えながらも、私と話してくれるのだ。

公爵は私の少し後ろを歩きながら、顎《あご》に手を当ててつぶやいた。

「今の使用人はハリスというのか。そういえば私が幼いころから屋敷で見かけていたな。だが、彼の娘も公爵家で働いていたとは知らなかった」

「彼の娘は侍女で、銀食器やカトラリーをいつも綺麗に保ち、季節や天候に合わせて変えてくれているの」

「そうか」

「サイラス様は、どうして使用人にあまり関心がないのですか?」

そう尋《たず》ねると、彼は冷たい目で見てくる。

「私の役目は、当主としてこの歴史のある公爵邸を維持し、次代のメイスフィールド公爵に完璧な状態で引き渡すことだ。誰が働いているかではなく、仕事が遂行されているかどうかを確認すればいい」

「でも、そんな考え方は寂しいです」

「私はメイスフィールド公爵としての責務を果たしている。だが当然のことを行《おこな》っているだけで、そのことを誰かに知ってもらいたいとは思わない。だから周囲の者のことを知る必要があるとも思わない」

その冷たい言い方に、胸がズキンと痛む。

（サイラス様は自分の存在を認めてもらえる喜びを、あまり知らないのかもしれないわ……仕事をこなすことだけに、人間の価値があるわけではないのに）

「そうですわね。でもたとえ仕事だとしても、それに気がついて肯定してくれる存在があれば、もっと頑張れる人も多いのです。ですから……」

途中で言葉を切って足を止め、公爵に向き直る。

そして微笑んで、深く頭を下げた。

「ですから、私はいつもお礼を言うようにしているのです。優しく気遣っていただいて、サイラス様には感謝しています。本当にありがとうございます。それに、毎日真剣にお仕事をされているサイラス様を、尊敬しています」

「――――ぐぅっ！」

突然、妙な声が頭の上から聞こえた。驚いて顔を上げると、公爵が片手で自分の口元を押さえて、顔を背《そむ》けている。

「アリシア、こっちを見るな！　君が妙なことを言うから、頭がおかしくなりそうだ。それに私はアリシアに優しくした覚えなどまったくない。変なことを言って私を混乱させないでくれ！」

「サイラス様はいつも優しくしてくださいます。覚えがないということは、ご自分では気がついていらっしゃらないのね。ふふふ。だとしても嬉しいです。ありがとうございます」

公爵の反応がもっと見たくて、もう一度感謝の言葉を述べる。

すると彼は耳まで真っ赤になって、体をぶるりと震わせた。手で口元を隠しているが、目は隠していない。そのまま時々私の様子をうかがっては、目が合うと再び視線を逸《そ》らす。

また新しい一面を知って、胸の奥からじんわりと温かいものが溢《あふ》れてきた。

(可愛らしい。なんて素敵な方《かた》なのかしら……ふふ)

しかし、別の使用人が近くを通りかかった途端、その表情は残念ながらいつもの無愛想なものに戻ってしまった。

公爵家での生活が始まって一週間が過ぎ、そろそろ私も慣れてきた。

この家には、毎日正午過ぎに配達人が手紙を持ってくる。それを受け取った執事が、私宛ての手紙を選《よ》り分けて渡してくれるのだ。

私は従姉《いとこ》のルイスと手紙でやりとりをしていた。四日前に出した手紙の返事が、そろそろきてもいいころである。

幼い時から親しくしているので、ルイスは私にとって姉のような存在。そんな彼女に、私の職場である王立図書館の様子を見に行ってほしいと、手紙で頼んだのだ。

その返事を、首を長くして待っている。いつものように仕事中の公爵の隣で本を読んでいるのだが、そわそわして落ち着かない。

王立図書館の司書で私の上司であるディラン様は、地味な容姿の男性だ。ブラウンの髪はいつもぼさぼさで、牛乳瓶の底のような眼鏡をかけている。

司書なのに本に関する知識があまりにも少なく、私がいないことで仕事に支障が出ていないか心配で仕方がない。しかも彼は時々仕事中に姿を消すこともあり、頼りない上司なのだ。

そんなことを考えていたら、公爵はペンを持つ手を止めて、私をじろりと見た。

「アリシア、本を読まないのか。先ほどから三十分以上も同じページを見ているだろう。うわの空のようだが、何を気にしているのだ？」

とてつもない量の仕事をこなしながら、私の行動までよく見ているものだと感心する。

「サイラス様、お仕事の邪魔をしてしまいましたか？　申し訳ありません。私、手紙がくるのを待っているのです」

「――手紙？」

公爵の持つペンがピクリと震えた。

「従姉《いとこ》のルイスからの手紙です」

不器用でこじらせた思考の公爵に、妙な誤解をされては困る。だから誤解されないよう、説明しておく。

「王立図書館に行って、上司であるディラン様の様子をこっそり見てきてもらえないか、ルイスに頼んだのです。私はその方《かた》の補助として雇《やと》われたのに長くお休みをいただいているので、お困りではないかと思いまして」

「――ディラン……それは男か」

「そ、そうですけれど」

公爵が突然、不穏な空気を漂《ただよ》わせた。嫌な予感がする。

「君は従姉《いとこ》に頼んで、こっそり男の様子を探っているのか⁉　しかもその報告を待ち焦《こ》がれているのだな‼」

「そ……そういうことになりますね」

意味深な言い回しが気になるが、間違いではないので、頷《うなず》いておく。

すると公爵はいきなり立ち上がり、椅子にかけてあった上着を羽織《はお》った。そして呼び鈴を鳴らして執事を呼ぶ。

どうしたのかと私が戸惑っているうちに、執事が部屋にやってくる。彼に手伝ってもらい、外出の用意をする公爵の姿に、私の思考が追いつかない。

「サイラス様……一体どちらにお出かけになるおつもりなのですか？」

公爵は冷たい目で私を睨《にら》むと、静かに答える。

「そんなに気になるなら、私がその男に直接聞いてあげよう。アリシアがいなくなって困っていないか尋《たず》ねればいいのだな。王立図書館なら馬車で三十分ほどだ。もちろん君も一緒に連れていく」

「や、やめてください！　公爵様が突然現れてそんなことを聞かれたら、大騒ぎになってしまいます！」

「けれどアリシアは、私のそばにいてもその男の様子が気になって仕方ないのだろう？　ルイス嬢からの手紙を待つより、王立図書館に行くほうが早い」

公爵は聞く耳を持たない。

けれどルイスの名を聞き、執事が思い出したように「あっ」と声を上げる。そしてルイスから私宛ての手紙が先ほど届いたと言って、差し出してくれた。

「ありがとう、ございます……」

私は手紙を受け取ったものの、そのまま固まってしまった。

公爵はやきもきしたように私を見てくる。しかし目が合うと、勢いよく顔を背《そむ》けた。

――どんなリアクションをしたらいいのかわからない。

戸惑う私の様子を、公爵は外出着のコートを羽織《はお》ったままうかがっていたが、しばらくして口を開いた。

「――読んで……みなさい。中身が気になるのだろう？」

すると執事が、ポケットからペーパーナイフを素早く取り出して渡してくれる。

私はしぶしぶそれで手紙の封を切り、中から便箋《びんせん》を出して読みはじめた。

――親愛なるアリシア

元気ですか？　今朝《けさ》、王立図書館に行きました。アリシアが働いている、歴史の本が所蔵された部屋に行くと、例の上司の方《かた》らしき人がいましたわ。茶色の乱れた髪に、分厚い眼鏡の男性ですわよね。話しかけてみたけれど、彼が何を言っているのか、よくわかりませんでした。でも図書館の様子を見る限り、別段変わったところはなかったように思います。なのでアリシアは安心して、公爵様のお仕事をお手伝いしてください。

貴方を誇りに思っています。

万事うまくいきますように。

ルイス

おっとりとしたルイスらしい文章だ。結局何がなんだかわからないが、とにかく王立図書館に変わった様子はないのだろう。私はほっと息をつく。

すると公爵が心配そうな顔で、こちらを覗《のぞ》きこんできた。

「ルイスからの手紙ですが、お読みになりたいですか？」

私が尋《たず》ねると、公爵は弾かれたように顔を背《そむ》ける。

「……！　そんな無作法なことを私がするはずがないだろう。他人宛ての手紙を読む趣味など、メイスフィールド公爵にはない！」

その言葉とは裏腹に、手紙の内容が気になっていることは態度でバレバレだ。ここで手紙を読まなければ、どんな突拍子《とっぴょうし》もない想像をするのか、考えるだけで恐ろしい。

　私は少し考えて、言い回しを変えた。

「そうですね。では――ルイスからこんな手紙を受け取ったのですけれど、どんな風に返事をしたらいいか迷っているので、相談に乗っていただけませんか？」

「仕事が忙しくて、そんなつまらないことにかまけている暇はない」

「では、他の方《かた》に頼みますね」

「ま……待てっ！　ア、アリシアがどうしてもと言うなら仕方がない。見せてみなさい」

　公爵は焦ったように手紙を手に取り、読みはじめる。そしてしばらく考えていたが、やがて執事を下がらせると、コートと上着を脱いだ。それから机に向かって、すごい勢いで何かを書きはじめる。

　――十分ほどして、公爵から十二枚に及ぶ紙の束を渡された。一枚目の最初の行には『手紙の返事の提案書』とあり、その下にびっしりと文章が書かれてある。

「あ……ありがとうございます。サイラス様」

　私が驚きながらもお礼を言うと、公爵は満足そうに頷《うなず》く。彼の口角は、微妙に上がっていた。

3　意地っ張りな公爵

公爵家に来て三週間ほど経ち――近ごろ毎日が楽しくてしょうがない。

妊娠していたらどうしようかと、憂鬱《ゆううつ》だった以前の私に教えてあげたいくらいだ。

私は毎晩公爵の寝室に行って一緒のベッドで眠る。寝る前に口づけをするのが習慣になり、このところは私のほうから求めていた。

口づけをねだると、公爵は怒ったような顔をしたあとに赤くなる。それが面白くて、毎晩繰り返してしまうのだ。

昨日の夜などは、長くて熱い口づけのあとにこんなことを言われた。

『君は私をそうやって誘惑するが、それが私にどれだけの苦しみを与えるか、わかっているのか!?　あぁ、またそんな顔で私を煽《あお》る。そのみっともない顔を、他の男の前でさらしては絶対に駄目だよ！　精神力の強い私だからこそ我慢できるのだからね！』

何を我慢しているのかよくわからないが、とにかく私は、公爵の反応を見るのが楽しくて仕方がない。

そうしてひとしきり文句を言い終えた公爵は、ベッドにごそごそともぐりこみ、こちらに背を向けて眠る。

そんな素直ではない公爵を、私は微笑ましく見守っていた。

朝も毎日同じように始まる。

身なりをピシッと整えて椅子に座った公爵が、私をじっと見ているのだ。

どうして彼がそんなことをするのかさっぱりわからず、私は数日前、公爵よりも早く起きて狸寝入り《たぬきねい》りを決めこんだ。その結果、公爵が毎朝どんな行動をしているのかわかった。

彼は朝の五時ごろに目を覚まして、三十分ほどベッドの中で過ごす。目を開けたらバレるので推測なのだが――おそらく、私の顔を眺めているのだ。そのあとベッドから出て一度寝室をあとにすると、身支度を整えて、六時にはまた寝室に戻ってくる。

それから椅子に足を組んで座ったまま、私の目が覚めるのをひたすら待っているらしい。

その行動の意図はやっぱりよくわからないけれど、一つ思いついたのは、もしかしたら私に寝顔を見られるのが嫌なのかもしれないということだ。

そう思うとより一層、口の悪い公爵が可愛らしく見えて仕方がない。かなり年上の男性だというのに、頭を撫でてあげたい衝動に駆られるのだから――私は重症だ。

今日は朝食を終えた後、化粧室で口紅を直した。

そして公爵の執務室に向かう途中、テラスに面した廊下で庭師長とばったり会い、挨《あい》拶《さつ》を交わす。テラスに飾ってある花々は、競うように咲いていた。

「ハナミズキの花が咲いたって本当ですか？　少し早いけれど、もしそうなら素敵だわ。私のお気に入りのドレスは、ハナミズキみたいな薄い桃色なの」

私の言葉に、庭師長は日に焼けた顔をほころばせた。

「ええ、咲きはじめましたよ、アリシア様。ハナミズキがお好きなのであれば、何本か切って侍女に持たせます」

彼はとても気さくでいい人だ。彼の家系は何代も前から公爵家に勤めていて、彼の父はメイスフィールド領にある屋敷の庭を管理しているそうだ。

なんでも、領地にある屋敷はこの屋敷以上に広くて、さらに豪華なのだという。私には想像もつかない。

「いつもありがとう」

私が庭師長にお礼を言ったちょうどその時、侍女のローラが廊下の先から現れた。

「おはようございます、アリシア様。庭師長とお話をされていたのですね。公爵様がお探しでしたよ」

「それはいけない、早く行かないと公爵様がお怒《いか》りになります」

庭師長が青ざめる。使用人にとって公爵は、やはり畏怖《いふ》の対象のようだ。

「大丈夫よ、サイラス様は怒ったりしないわ。サイラス様ったら本当に心配性なのよ。朝食のあとに別れてからそれほど経っていないのに」

できれば使用人たちにも、公爵の可愛らしい一面を知ってほしい。

私は彼らを安心させるように穏やかに笑い、なんでもないことのように答える。

庭師長はそれでも心配そうに仕事に戻っていった。

そこでローラが、思い出したように口を開く。

「アリシア様、そういえば鴨《かも》の雛《ひな》に餌《えさ》をあげたいとおっしゃっていましたよね。料理長に聞いてみたら、余った食材を分けてくださるそうです」

「そうなの？　ローラ、ありがとう！　もう二十二羽も雛《ひな》が産まれていたのよ」

「アリシア様、もしかして全部の雛《ひな》を数えられたんですか⁉」

私は腰に手を当てて、自慢げに語って聞かせた。

「そうよ、すごく大変だったの。数えている途中にどこかに行ってしまうから、もう数えた雛《ひな》かどうかわからなくなって……結局二時間もかかったのよ。そうしたら、サイラス様がこんな顔をして『君は生まれたばかりの雛《ひな》にさえ馬鹿にされているようだね。いっそのことすべての雛《ひな》の頭にペンキで数字でも書けば、数えやすいのではないか？』と言ってフッて笑ったのよ」

公爵の真似をして無表情を作り、口調まで似せた。

するとローラが妙な顔で、おずおずと声をかけてくる。

「あのぅ……アリシア様……後ろ……」

振り返ると、今真似したのと同じ――無表情の公爵が、私の背後に立っていた。

彼は私を睨《にら》みつけ、低い声を出す。

「化粧室に行くだけだと言っていたのに、遅いと思って来てみれば……。アリシア、とても面白そうな話をしているね。一体私がどんな顔をしていたって？　一度見せてくれないか？」

彼の性格を知らなければ、その迫力に怯《ひる》んで怖気《おじけ》づいてしまっただろう。だが私はもう本当の公爵を知ってしまったから、まったく怖くない。彼はただ、私を心配しているだけなのだ。

私は満面の笑みで振り返ると、公爵に駆け寄った。

「サイラス様!!　私のことを心配して、わざわざ様子を見にいらしてくださったのですね！　そういえば、お願いがあるのですけれど……今日のお昼に二時間だけ、自由時間をいただいてもよろしいですか？」

公爵は私のお願いに弱い。それがこの屋敷から出ることでなければ、きっと叶えてくれるだろう。

彼は私から視線を逸《そ》らすと、さっきよりも低い声で言う。

「君は私の言葉を理解できているのか？　先日、君には鳥のような矮小《わいしょう》な脳みそしかないと言ったが、訂正しよう。きっと君には毛虫のような極小の脳みそしかない」

「あら、よかった、毛虫ならまだ大きいほうですね。蟻の脳みそと言われるかと思いました。それに、蚤《のみ》の脳みそとか、ミジンコの脳みそとか……小さいのはたくさんありますものね。サイラス様が私の脳みそをどんな面白いものにたとえてくださるか、今から楽しみです。ふふっ」

公爵は、唖然《あぜん》とした表情を浮かべて口を開いたが——何も言わずに閉じた。

最近、彼は以前よりも表情が豊かになっていた。無表情、憤《いきどお》った表情の他に、呆れ顔も頻繁に見せてくれる。そしてこれは稀少《きしょう》だが——照れて真っ赤にした顔も。

そんな日は、嬉しくて頬の緩《ゆる》みをこらえきれなくなるから、困ったものだ。

「はぁーー、わかったアリシア。負けたよ、君には……。でも、二時間だけだ。この屋敷を出ることは絶対に許さない。それと必ず侍女をそばにつけなさい。私は今でも君のことを信頼しているわけではないんだ。いつ他の男に色目を使うか、わかったものじゃないからね」

公爵はそう言って、冷たい視線を送ってくる。

（ふふ……サイラス様ったら意地っ張りね。私の体が心配だって、素直に言えばいいのに……。どこか知らないところで私が倒れてしまったら困ると心配しているのよね。本当に可愛らしいんだから……）

このくらいの不器用な言葉には、私はもう動じなかった。

公爵の了承を得たので、昼食を食べた後、ローラと一緒に厨房《ちゅうぼう》へやってきた。厨房《ちゅうぼう》を借りたいというのは、あらかじめ料理長にお願いしてある。もう薪《まき》のオーブンには火がついていて、温度も調節されている。あとは手慣れた作業をこなすだけだ。

私はさっそく、作業を始めた。ウキウキしながらボールに卵白と砂糖を入れてひたすらかき混ぜていると、隣に立つローラがおずおずと声をかけてくる。

「アリシア様は公爵様が恐ろしくないのですか？　それにいつもあんな風にけなされたり、きつい言い方をされたりして、この屋敷を出ていきたくなったりは……」

「恐ろしいとは思わないわ。だってサイラス様は不器用だけれど、わかりやすい方《かた》ですもの。でも私を気遣ってくれてありがとう。すごく嬉しいわ」

出会ったころは彼の態度に驚いたし、わけがわからなかったが、恐ろしいとまでは思わなかった。しかもすぐに、その印象は『可愛らしい』に変わったのだ。

私の答えに、ローラは大きな安堵《あんど》のため息をついた。

「ああ、よかったです。アリシア様がいらしてから、この屋敷は本当に変わりました。みんな笑うようになりましたし、働くのが楽しくなったとよく話しているんですよ。アリシア様がこの屋敷にずっといてくださるならば、これ以上嬉しいことはありません」

ローラはとびきりの笑顔を見せる。私は感動で、胸がじーんと熱くなった。

けれども次の瞬間、あることに気がついてハッとする。

彼女たちは、私と公爵の微妙な関係を知らないのだ。それどころか、私が毎晩公爵の寝室で一緒に眠っているので、恋人同士だと思っているかもしれない。

(時期がくれば、私はこの屋敷を去ることになるのに……)

突然黙りこんだ私の顔を、ローラが心配そうにうかがってくる。

「どうかなさいましたか……アリシア様?」

「あ、あぁ——大丈夫よ、ローラ。卵をかき混ぜていて、腕が少し疲れただけ。そこの小麦粉を取ってくれるかしら？」

私は慌てて笑顔を作った。でも心の中に浮かんだ不安は消えない。

（サイラス様は私が子を宿《やど》していなくても、屋敷に留まってほしいと言ってくれるかしら。それとも、引き留めてくれないのかしら……）

普段の様子から考えて、公爵は私のことを嫌ってはいないだろう。嫌いな相手をあんなに心配したり気遣ったりはしないはずだ。

でも公爵は、究極に素直じゃない男である。

私が彼の子を身籠《みごも》っていなければ、『行かないでほしい』と思っていても、正直に言うとは到底思えない。

（私は……サイラス様のそばを離れたくないわ……。だって私、彼のことが好きなのだもの）

オーブンを覗《のぞ》きこんで火の調子を見ながら、揺れ動く炎と同じように、心を揺らしていた。

（どうしたらこのままサイラス様のそばにいられるのかしら。もし彼が私を好いていてくれたとしても、私から好きだと言わないと、駄目かもしれないわ。サイラス様ったら、本当に素直じゃない上に意地っ張りなんだから……）

悶々《もんもん》と考えながら作業を続けるうちに、目的のものが出来上がった。

私は不安な気持ちのまま、ローラと共に執務室に向かう。

するると公爵は私の顔を見るなり、眉をひそめた。

「約束の二時間を七分ほど過ぎているよ。あまりに帰りが遅いから、様子を見に行こうかと思っていたところだ。何をしていたんだ？」

いつもなら聞き流せる彼の文句になぜだか苛立《いらだ》ち、いつになく冷たい言葉が口からこぼれる。

「サイラス様。予定よりも七分遅かったくらいで、へそを曲げたりなさらないでください。大人げないですよ。ローラ、手伝ってくれてありがとう。助かったわ」

私がそう言うと、ローラは礼をして部屋を出ていく。その背中を見送ってから、私は公爵の顔を見ずに棚に置いてある本を手に取り、いつもの椅子に腰かけた。なんだかイライラしてどうしようもない。

怒《いか》りをどうにかこらえながら、読みかけの本の続きに目を走らせる。

すると、公爵の持つペンの音が一瞬止まった。少し気になったが、怒《いか》りを忘れるために本を読み続ける。

それから数分経ったころ、ペンの音も書類をめくる音も聞こえてこないことに気がついた。

（きっと難しい問題について考えているのだわ。だってサイラス様は広大な領地の管理だけでなく、王国の重要なお仕事を任されているんだもの。その上、貿易業もなさっているのだから、いくらダレン様が手伝っているとはいえ、大変に違いないわ）

そう考え、再び本に集中する。

そろそろ本も終盤という時になって、突然、公爵がつぶやいた。

「――アリシアは私と一緒にいるのは嫌……なのか……？」

急に何を言い出すのかと思って公爵を見ると、彼はどことなく青い顔でうつむいている。

「……嫌も何も、一緒にいろとおっしゃったのはサイラス様です。私に選ぶ余地など残してくださらなかったじゃないですか」

私が責めるような口調で返すと、公爵は動きを止めたまま黙りこむ。私は彼の次の言葉をイライラしながら待った。

するとしばらく経ってから、公爵は苦しそうな声で途切れ途切れに言葉を紡《つむ》ぐ。

「――わかった。ではアリシアが……自分で決めればいい。好きな場所で、好きなことを……しなさい。屋敷の中にいてくれさえすれば、何をしても……構わない」

（何を言うかと思ったら、そんなこと……）

私は半《なか》ば呆れて、簡潔に答えた。

「わかりました」

そして視線を本に戻し、物語の続きを読む。すると一番盛り上がるところにさしかかり、胸が高なる。

しかしその時、公爵の声に再び読書を遮《さえぎ》られた。

「私は君に何をしてもいいと言ったはずだ！　アリシアの好きなところで、自由に過ごせばいいんだ。早く出ていけばいいだろう！　どうして君はまだこの部屋にいる！」

（また何を怒っているのかしら……？　さっぱり分からないわ）

「――私は好きなところで、好きなことをしていますけれど」

そう告げると公爵は妙な顔をした。

これ以上読書を邪魔されてはかなわない。私ははっきり言うことにする。

「私は仕事をなさっているサイラス様のそばで、本を読むのが一番好きなのです！」

「ア、アリシア……？」

「この部屋にいると、サイラス様が仕事をしている音――ペンや紙の音が心地よくて落ち着きます。好きなところにいていいのでしたら、私はサイラス様のそばにいるつもりです。ですが、今この本はクライマックスで、とてもいいところなのです。読書の邪魔をしないでください」

「そ、そうなのか……アリシアは私のそばにいるのが好きなのか。わ……わかった。もう君の邪魔はしない」

公爵はそう言うが、本当にわかったのか疑わしい。私は本を持ったまま、横目で公爵を見る。

するとと彼はわずかに口角を上げ、頬をほんのりと赤く染めた。

(デ……デレた!? 今、サイラス様が一番レアな顔を見せたわ! どうしてかしら? さっぱりわからないわ……)

疑問に思ったものの、今は本の続きのほうが大事だ。私は本に意識を戻したのだった。

――あっという間に本を読み終えた私は、余韻《よいん》に浸《ひた》りながら背もたれに体を預ける。

するとそこへ、執事がお茶の時間を告げにやってきた。私は公爵様と一緒にティールームに移動する。

ティールームには、咲いたばかりのハナミズキが飾られて、華やかに彩《いろど》られていた。

春色に染められたテーブルクロスに、花の形に折られたナプキン。テーブルの上には、チューリップの花びらが散らされている。

いい香りの紅茶がカップに注《つ》がれ、ローラが大きな皿にのったケーキを運んできてくれた。

私は席を立つと、彼女の隣に並んだ。そんな私を、公爵は不思議そうに見守っている。

「サイラス様、今年採れたばかりの苺《いちご》を使ったケーキです！　執事のチャールズが苺《いちご》を調達してくれて、料理長のフレンツにお願いして他の材料と道具を揃えてもらいました。そうしてさっき、侍女のローラと一緒にケーキを焼いたのよ！　レシピは私のオリジナルです。それに、侍女のベティが、このティールームを彩《いろど》ってくれたの。屋敷のみんなの協力でやっと出来上がりました。ぜひ食べてみてください！」

今日私は、屋敷のみんなと協力してこの苺《いちご》のケーキを完成させた。

例年ホールケーキを作るのだけれど、今年は短時間で作らなくてはいけないから、同じ生地でロールケーキにしたのだ。生地が薄いから焼く時間を短縮できるし、冷ます時間もそれほどかからない。

「……アリシア、君はこれを、今日の昼の二時間で作っていたのか？」

「ええ、そうです。屋敷に来たころ、私が苺《いちご》のケーキの話をしたら、サイラス様はとても食べたそうにしていらっしゃったでしょう」

妙に気にしている様子だったから覚えていたが、彼のことがわかるようになった今考えると、あれはケーキを食べたがっていたのだろうという結論に至ったのだ。

「ですから、みんなで相談して計画しました。みんなの分は別に作ってあるので、ここにあるものは全部食べてくださって大丈夫ですよ」

私は話しながらケーキをナイフで切り分けて、公爵の皿の上にのせる。

すると公爵は震える手でフォークを握り、ケーキを一口サイズに切って口に運んだ。

そんな彼の様子を、私は使用人たちと一緒にワクワクしながら見守る。

すると公爵は、感情がまったく見えない表情になった。

まるで陶器の人形のような顔で、無言のままケーキを切っては口に運んでいく。

（こ……これは初めての表情だわ!?　美味《おい》しいのかしら、それとも美味《おい》しくないのかしら？　それすらわからないほど顔に出ないだなんて、さすがはサイラス様ね。奥が深いわ）

妙に感心していると、皿の上のケーキはあっという間になくなった。公爵は隣に立ったままの私を見上げて、冷たい声で言う。

「早く次の分を切りなさい。私とアリシアで、この大きなケーキを全部食べきらなければいけないのだからね」

「あ……はい。でもサイラス様、無理して全部食べてくださらなくても大丈夫ですよ」

おかわりを催促《さいそく》するということは、口に合わなかったわけではないのだろう。ひとまず安心したが、いくらなんでもそんなに食べられないはずだ。

その時、公爵の唇の端に生クリームがついているのに気がついた。それを拭《ぬぐ》おうと思って手を伸ばすと、公爵が肩をビクッと震わせて、厳しい目で私を睨《にら》みつける。

私たちの様子を不安げに見守っていた使用人たちが、一斉に顔を凍りつかせた。無許可でケーキを作って私が公爵に叱られやしないかと、計画を相談した当初から彼らは心配していたのだ。

（あぁ、これじゃダメだわ。本当は優しいサイラス様が、使用人たちに冷たい主人だと思われたままだなんて、嫌なのよ。今だって、全然怒っていないはずなの。きっと嬉しさをうまく表せなかったり、ただ驚いたりしただけでしょうに……）

私は悩んだ末に、とっておきの技を使うことにした。

ナイフをテーブルの上に置いて、私を睨《にら》む公爵に顔を近づける。そして彼の唇についた生クリームを、舌でペロッと舐《な》め取った。

「ひゃっ……！」

背後でローラが小さく悲鳴を上げる。

「ふふっ、サイラス様。お口に生クリームがついていました」

「……ア、アリシア。そうか……生クリームがついていたのか」

公爵はそう言うと、鋭《するど》い目つきのまま顔を赤くする。耳まで真っ赤だ。

その様子を見た使用人たちが、一斉に呆気にとられた顔をする。

（サイラス様の貴重なデレ顔を、他の人に見られるのは悔しいけれど、仕方がないわね。公爵は怖い方《かた》じゃないって、みんなにわかってもらうためよ……）

私は何事もなかったかのように、彼と自分の皿にケーキを一切れのせて、自分の椅子に座る。そしてケーキと紅茶をいただいた。公爵家にある最高級の食材を使ったので、いつもよりも繊細《せんさい》な味に仕上がっている。

「サイラス様、お味はどうですか？　お口に合いましたでしょうか？」

私が尋《たず》ねると、彼はケーキを食べる手を止めた。どんな感想がくるかとウキウキしながら待つ。

しばらくして公爵は、ケーキを見つめてぼそりとつぶやいた。

「もちろん苺《いちご》と小麦粉と砂糖の味だ。口に合うといえば合うし、合わないといえばまったく合わない」

（こ、これは、どういう意味なのかしら？　難問ね……）

「……それは美味《おい》しくないということでしょうか？」

わけがわからなさすぎて、悲しい顔で聞き返す。

するとと公爵はケーキから視線を上げ、私の顔をじっと見た。どうしてだか眉間《みけん》に深くしわを寄せている。フォークを持つ手に力が入り、指が白くなっていた。

ややあって、公爵は絞り出すように言葉を紡《つむ》いだ。

「アリシア、私は生まれた時から一流の料理人が作った料理しか口にしていない」

「ええ、そうでしょうね」

「だから、美味であることが当然で、料理に特別な感情を抱《いだ》いたことはない。だがアリシアのケーキは、なぜだか苺《いちご》と小麦粉と砂糖以上の味がする」

またもまどろっこしい言葉だが、やっと本意が掴《つか》めてきた。

（ああ、そういうことね。サイラス様は、私のケーキがものすごく美味《おい》しくて、戸惑っているのだわ）

「それは、私と使用人たちの愛情の味ですね」

私がそう言うと、公爵はフォークをテーブルの上に落とした。

「あ……愛情!?」

かなり動揺しているようだ。愛情という言葉の選択が悪かったのだろうか……

「ええ、苺《いちご》を調達してくれたのも、テーブルをこんなに素敵に飾ってくれたのも、使用人の皆さんが一丸となって、サイラス様に幸せな気持ちになってほしいと願ったからです。それに、私もサイラス様に笑顔になってほしくてケーキを作りました」

「わ、私の――笑顔……」

公爵は戸惑いの表情を浮かべた後、妙な顔になった。目に力が入っているのか、瞼《まぶた》がピクピクと痙攣《けいれん》している。口角は上がっているが、視線で人を射殺さんばかりの迫力に満ちていた。

おそらく、笑顔を作っているつもりなのだろう。でも、これでは逆効果だ。

使用人たちが警戒している。

こんなにも不器用だから、公爵は本質を理解されずに生きてきたのだろう。

胸の奥がきゅぅぅうんと切なくなる。

(可哀想だけれど……可愛い！　なんて可愛いのかしら！)

心の中で悶《もだ》えながら、テーブルの上に置かれている公爵の手に、自分の手を重ねた。

公爵は私の行動に驚いたのか、手をギュッと握りしめる。私はその拳《こぶし》を両手で包みこんだ。

「サイラス様の笑顔はとても素敵ですね。今日ほど楽しいティータイムは、今までありませんでした。ありがとうございます、サイラス様」

これは私の本当の気持ちだ。私にとってあれほど素敵な笑顔はない。

そんな私たちの様子に、使用人たちはホッと胸を撫で下ろすのだった。


その日の午後のティータイムは、使用人たちに公爵の魅力《みりょく》を伝えきれずに終わってしまった。

それから公爵と二人で庭の鴨《かも》に餌《えさ》をあげる。そのあとは仕事に戻り、夜には夕食をいただいて、いつものように寝る支度をするため自室に戻る。

ローラが私のネグリジェを出してくれるのを待っていると、ワードローブの中がちらりと見えた。幅四メートルほどの大きなワードローブには、ドレスや宝飾品がぎっしり詰めこまれている。

そこは侍女と執事の領域で、私は自分で開けたことがない。しかし、日を追うごとに数が増えているように見えた。

公爵家に来て以来、毎日違うドレスを着ているので、少なくとも三週間分――二十一着以上ある。月のモノはもういつきてもおかしくないし、もう少しで屋敷を去るかもしれないというのに、どういうつもりなのだろう。

それでもいいからドレスを揃えたいと思うほど、私を気に入ってくれているということなのだろうか？　公爵を問い詰めたくなる。

そんなことを考えながら、ローラに手伝ってもらってお風呂に入る。そして、寝る支度が終わると、彼女は聞き捨てならない話をした。

今日のティータイムの出来事は、あっという間にメイスフィールド公爵家の使用人全員に広まったらしい。しかも、伝言ゲームのように途中で変わってしまい、『怒《いか》りで我を忘れた公爵様に、アリシア様が口移しでケーキを食べさせて、正気に戻した』というとんでもない内容になっていた。『その時のアリシア様は、まるで猛獣使いのようだった』――と。

それを聞いた私は、あまりの衝撃に、その場でひっくり返りそうになる。

そういえば何人かの使用人が、尊敬と畏怖《いふ》を含んだ目で私を見ているようだったが、気のせいかと思っていた。不本意すぎて涙が出てくる。

公爵の優しい裏の顔は、誰にも伝わらなかったのだろうか……

わなわなと肩を震わせていると、公爵が扉をノックして中に入ってきた。相変わらずの無表情だ。

それを見たローラはすぐに顔をこわばらせ、会釈《えしゃく》をして退室する。

公爵は使用人たちの噂話に、さっぱり気がついていないらしい。

だろう。

鈍《にぶ》いにもほどがある。こんな風に鈍《にぶ》すぎるところも、公爵が冷血だと誤解される要因だろう。

「明日の夜はブルニエール伯爵家の夜会に出席する。君も一緒に行くんだ。私の顔に泥《どろ》を塗らないように頼むよ。一級品のドレスと宝飾品をいくつか用意させたから、それを身につけていくといい。君は特筆すべきところのない地味な見た目だ。それを少しでもよくするために必要なものなら、いくらでも金を出す。遠慮せずに言いなさい」

（えーっと、私のために最高級のドレスと宝石をわざわざ用意してくれたのね。それに私が望めば、なんでも買ってあげるって言いたいのだわ。本当に意地っ張りなんだから……。はあ……）

彼の真意を分析し、心の中でため息をつくと、呆れながらも笑みを作る。

「お気遣いありがとうございます、サイラス様。でも私なんかが、サイラス様のパートナーとして同行してもよろしいのでしょうか？」

伯父《おじ》が貴族だとは言え、私の父は爵位もない小さな会社の経営者だ。そんな庶民の娘が、由緒《ゆいしょ》正しいメイスフィールド公爵と共に夜会に出席するなど、あり得ない。

しかも私たちは、恋人同士ですらないのだ。どう説明するつもりなのだろう。ともすれば、公爵の身分の低い愛人として見られる可能性だってある。

不安に思い公爵を見ると、彼は無表情のまま私の頭に手を置いた。そうしてゆっくりと優しく撫でる。髪が公爵の指に絡まって、少し痛い。

「君は何も気にしなくていい。私のすることに文句を言うような人物は、夜会には招待されていないはずだ。それにアリシアは屋敷に住みこみで私の仕事を手伝っているのだぞ？　夜会に同行してもおかしくない」

確かに表向きはそういうことにしてあるが、他の人はそう思わないだろう。やはり夜会には出席しないほうがいいのではないか。

「アリシア、私は君と一緒に夜会に出席したいのだ。他の女性を誘うのは、今からでは遅すぎるからね。それとも何か？　君はメイスフィールド公爵を、一人で夜会に出席させるつもりなのか？」

相変わらず、一言多い公爵だ。しかし彼にとってはそれが口実なのだろう。

(明日なんて急な話、おかしいと思ったわ。きっと、もっと早くから予定がわかっていたのに、私に断らせないようにと、こんな間際になって告げたのね。どうしても私と一緒に参加したいのだわ)

公爵の気持ちは嬉しいが、私はそれどころではない。

誰かのパートナーとして夜会に出席した経験はないのに、うまく振る舞えるだろうか？　しかもパートナーは、高貴なメイスフィールド公爵だ。みんなが注目するに違いない。

子爵夫妻の姪《めい》として夜会に出席した経験ならあるが、それも片手で数えるほどしかない。じわじわと不安が募《つの》っていく。

「わかっているだろうが、私のもとを離れてはいけない。化粧室に行くにしても廊下で待っているからね。他の男性に色目を使われては困るから、ずっと私がそばについている」

（ずっと自分がそばにいるから心配しなくていいと言いたいのね……。ふぅ、本当に不器用なんだから）

「わかりました、サイラス様。でも、もし少しでも目を離せば、私はすぐに他の男性とダンスを踊ってしまいますよ。覚悟なさってくださいね。その場合、私に責任はありませんから。ダンスを申しこまれて断るのは礼儀に反しますもの。パートナーであるサイラス様に恥をかかせるわけにはいきませんから」

公爵は目を大きく見開いて、私の頭に置いたままの手に力をこめた。鷲掴《わしづか》みにされて、正直痛い。

「ぜ……善処する。そうだ、夜会の間、アリシアは私と手を繋いでおけばいいだろう。歩きにくいが、我慢しよう」

素直でない公爵に、なんだかだんだん腹が立ってきた。

「サイラス様、明日の夜会に出席するにあたって、絶対に必要なものがあります。それをいただいてもよろしいでしょうか？」

「あ、ああ、なんでも好きなものを買うといい。明日、朝一番で街に出かけよう。馬車を用意させておく」

「いえ、それはお金で買えるものではありません。私はサイラス様のお気持ちが知りたいのです。貴方のお気持ちが、必要なのです。正直におっしゃってください。サイラス様は私のことを、どう思っていらっしゃるのですか？」

「アリシアのことを……私が――？」

ぼんやりとつぶやくと、公爵はそのまま固まった。

それくらいは想定の範囲内なので、じっと彼を見つめて反応を待つ。

公爵は質問の答えを、かなり真剣に考えてくれているようだ。

――そうして、十分が経った。公爵は苦々しい表情で、重い口を開く。

「ア……アリシアは――メイスフィールド家の子どもを身籠《みごも》っているかもしれない女性だ」

（えぇっ！　こんなに考えて、その答えなのっ!?）

私は呆れを通り越して、がっくりと項垂《うなだ》れた。

幼いころからコツコツと築かれた天《あま》の邪鬼《じゃく》な彼の性格は、思ったよりもかなり強固なようだ。

さすがの公爵も、自分のせいで私が落ちこんでいると気がついたらしく、慌てて弁解しはじめる。

「き……君といると、私は心臓が苦しくなって息ができなくなる時がある。君のそばにいるだけで、胸の奥がぞわぞわして病気になったのではないかと不安になるのだが、そばにいないともっと不安になって落ち着かない。私にとってアリシアはそんな存在だ！」

――それはもう、どう考えても恋の症状ではないか。それなのに、公爵はそのことに気づいていないらしい。

がっかりするが、彼の気持ちがわかって、少し気分が浮上する。顔を上げると、私を睨《にら》みつける公爵の青い瞳があった。その目の奥に、どことなく怯《おび》えの色が見える。――私に嫌われることに対する恐怖心、だろうか。そうであれば嬉しい。

私は大きなため息をついて、公爵に微笑む。

「ふぅ――今はそれでもいいです、サイラス様。でも次は、別の言葉が聞きたいです」

「わ……わかった。今度、報告書にして君に渡そう。アリシアのそばにいると、心臓の鼓動が速くなって、考えがまとまらないからね」

公爵はそう言うと、私を毛布でくるんで横抱きにした。そしていつものように、公爵の寝室に向かう。

私の部屋は西館の三階に、公爵の部屋は東館の三階にある。間には屋根のついた渡り廊下があり、そこを渡っていく。

『夜更《よふ》けに風が吹きつける廊下を一人で歩くのは自殺行為だ』と公爵が言い張り、それ以来、彼が私を迎えに来てくれるのだ。

公爵に抱かれて渡り廊下を進んでいると、大きな月が見えた。周囲には無数の星が散らばっていて、その中にひときわ目立つ星が三つ、輝いている。

「あ、サイラス様。明日は満月のようですね。それに春の星座がくっきり見えます。すごく綺麗ですね。これを見ると、春だなぁと感じます」

「春の星座か……。幼いころに習ったが、注意して見たことはなかったな。君といると、以前と違って毎日が楽しいよ」

足を止めて夜空を見上げた公爵は、寂しさと嬉しさが混じったような顔でつぶやいた。

その表情を見て、私の胸はきゅうんと切なくなる。

公爵はこれまで、どれほど味気ない人生を送ってきたのだろう。十五歳で両親が亡くなり、年の離れた弟ダレン様とずっと二人きりで暮らしてきたのだ。

生きるために食べ、家を守るために仕事をし、寝るだけの毎日だったに違いない。

私は衝動的に公爵の首に両手を回して、彼の額《ひたい》に自分の額《ひたい》をくっつけた。互いの鼻先がかすかに触れる。

彼は驚きで固まり、眼光を一層鋭《するど》くして私を見た。

「サイラス様、これからは私と一緒に探していきませんか。世の中の無駄なことは大抵、喜びに変えることができると思うのです。肌寒い夜更《よふ》けに、こうやって寝間着《ねまき》のまま空を見上げるだなんて、無駄の極致だもの」

「――あぁ……またそんな表情をする。アリシア、その顔を絶対に誰にも見せては駄目だよ。いいね」

公爵は悔しそうな表情でそうつぶやくと、私の唇に自分のそれを重ねた。彼の温もりを感じ、私の胸は幸せでいっぱいになる。

（素直じゃなくて不器用で……鈍《にぶ》くて優しい公爵様。好き……大好きよ）

満天の星の下、私たちは互いの熱を分け合いながら、しばらく抱き合っていた。

（今はこれでいいわ。月のモノがきて、この屋敷を去ることになったら、その時は正直に私の気持ちを伝えましょう。そうすれば尋常じゃなくこじらせている公爵でも、無理

に私を屋敷から追い払ったりはしないはずだわ。ここに滞在したまま図書館の仕事に復帰することも、夢じゃない……たぶんね）

そう思うと、自然と頬が緩《ゆる》むのだった。

4　悲しいすれ違い

ブルニエール伯爵家の夜会には、公爵と私だけでなくダレン様も出席するという。

夜会の支度は、公爵家の侍女が総出で手伝い、とても華やかに仕上げてくれた。

髪はハーフアップにして細かく結《ゆ》い上げられ、全体には小さな宝石がちりばめられている。

ドレスは今年流行の肩が見えるデザインで、生地は薄いピンク色。大きく開いた胸元には、上質のルビーとダイヤを使った大ぶりのネックレスが輝いている。

化粧もばっちり施《ほどこ》され、いつもより目鼻立ちもはっきりしているように見えた。

その様子に、侍女たちは満足げに頷《うなず》いてくれる。

部屋の外では、公爵が待っているはずだ。

そろぉっと扉を開けて、廊下に出る。ここまで完璧に着飾ったのは初めてなので、気恥ずかしい。

廊下にいた公爵は、私の姿を見るなり固まった。

「お待たせしました、サイラス様。こんな豪華な宝石を身につけたのは生まれて初めてです。途中で落としてしまったらと思うと、怖くて足が震えます――サイラス様？　どうかなさいましたか？　サイラス様？」

何度か名前を呼ぶと、彼はハッとする。そしてもう一度私の全身を眺め、早口で話し出した。

「あ――ああ、アリシア。ドレスと宝石の色が眩《まぶ》しくて目が霞《かす》んでしまったようだ。次からはもっと抑えた色にしなさい。目がくらんで君を見失ってしまいそうになる」

（えぇっと……これは褒めてくれているってことね。ふふっ、素直じゃないんだから）

彼は話し終えると、照れくさそうにそっぽを向く。

その時、背後からダレン様の急《せ》かすような声が聞こえた。

「もう出かけるよ。本当に女は支度に時間がかかって困る。それだけやっても何も変わらないのに、無駄な努力だね。地味な女は地味なままで――ッ!?」

私が振り向いたら、ダレン様は言葉の途中で息を呑んだ。どうしたのだろうと思っていると、ダレン様はさっと目を逸《そ》らす。

公爵は褒めてくれたが、他の人からすると見苦しい姿なのだろうか。

「さ、さあ、行くぞ。アリシア、くれぐれもメイスフィールド公爵家の恥にだけはならないでくれよ」

そう言って、ダレン様は右肘《みぎひじ》を差し出した。なぜかわからないけれど、私に対する敵意は消えたようだ。

促《うなが》されるままその腕に手をかけようとした瞬間、公爵が割って入ってきた。

「ダレン、アリシアは私がエスコートする。私が見張っていないと、夜会で何をしでかすかわからないからね」

「兄さん。アリシアは表向きは、兄さんの仕事を手伝っているだけなんだよ？　ただの助手を兄さんがエスコートするのはおかしい。アリシアが兄さんの婚約者だと誤解されたら困る。彼女はどうせ、もうすぐ屋敷からいなくなるんだ」

どうやらダレン様は、大好きな兄が私をエスコートするのが気に食わないようだ。それなら自分が……とでも思ったのだろう。

相変わらずのブラコンぶりだ。私はにこやかに笑って、両脇に立つ二人の男性の腕に手をかけた。

「お二人の男性にエスコートしていただけるなんて、初めての経験です。ふふっ、一生の思い出になりそう」

するとダレン様は顔を真っ赤にして私の手を振り払う。そして数歩後ずさった。

「俺がアリシアをエスコートしたいなんて、思っているわけないだろう！　わかったよ、兄さんが彼女を監視しておいてくれ！」

一見気難しそうだが、ダレン様も意外と単純なようだ。彼の根底にあるのは兄への強い憧《あこが》れと敬愛。そこさえうまく突けば、取り扱いはそんなに難しくない。

今朝《けさ》、苺《いちご》のケーキをダレン様に出した時も『サイラス様のお気に入りのケーキなの』と言っただけで大絶賛していた。さんざんケーキを褒めちぎったあとで、私の手作りだと伝えたら、顔を歪《ゆが》めていたけれど。

それはさておき、支度が終わった私たちは、馬車でブルニエール伯爵家に向かった。到着すると、ダレン様が先に馬車から出て、次に公爵が降りた。そして公爵は、馬車の扉を押さえながら私に手を差し出す。

その手を取って馬車を降りると、大勢の貴族たちが公爵を迎えるために並んでいた。夜会の主催者であるブルニエール伯爵夫妻はもちろん、多くの人がメイスフィールド公爵に挨拶《あいさつ》をしたがっているらしい。

しかし公爵は、相変わらず冷たい表情で短い挨拶《あいさつ》を交わすだけで、私をエスコートして屋敷の中に入っていく。気づけばダレン様は姿を消していたが、私たちは挨拶《あいさつ》に追われてそれどころではない。

とはいえ、挨拶《あいさつ》の回数こそ多かったものの、人々は『冷血公爵』に怯《おび》えて言葉少なだし、公爵は私の名前だけを伝えて相手を睨《にら》むのだ。私は公爵の右肘《みぎひじ》に手を添えて、微笑みながら立っているだけでよかった。

この分ならなんとかなりそうだ。王立図書館で会ったことのある貴族もいたが、私に気づいた様子はない。最高級のドレスで着飾って公爵にエスコートされている女性が、図書館で働く庶民だとは思わないのだろう。

そう胸を撫で下ろした時、目の前に細身の紳士が現れた。五十代くらいで、大きな宝石のネックレスをつけている。彼の隣には、全身を宝石で飾った淑女《しゅくじょ》がおり、意味ありげな視線を私に向けた。

なんだか横柄《おうへい》な態度で、他の貴族とは何かが違う。

「メイスフィールド公爵、久しぶりだな。しかも夜会に女連れで現れるなんて、初めてじゃないか？　やっとそういう女性ができたのか」

その紳士は、片手で顎《あご》を撫でながらぞんざいに話す。公爵は私の手をしっかりと掴《つか》み、かばうように一歩前に出た。そして一礼すると、いつもより低い声で応じる。

「アデリアニ伯爵。お久しぶりです。彼女は私の仕事を手伝ってくれている女性です。たまには私も夜会でダンスを踊ってみたくなり、連れてきたのですよ」

「それなら、私の娘をいつでも貸すよ。親戚同士じゃないか。遠慮せずになんでも言うといい。でも元気そうでよかった。そうだ、いい投資話があるんだ。今度話をさせてくれ」

公爵は適当に返事をして、冷たい表情のままその場を離れた。

どうやら親戚関係らしいが、公爵はまったく気を許していないように見える。そればかりか、怒《いか》りに似た感情を抱《いだ》いているのではないかと感じたくらいだ。

私は話題を探して会場をぐるりと見回し、おずおずと彼に声をかける。

「あのぅ……サイラス様」

「なんだい、アリシア」

公爵の声はやはり低く、いつもより硬質だ。私は公爵の腕に絡めた手に力をこめた。そしてできるだけ明るく振る舞う。

「夜会に連れてきてくださり、ありがとうございます。あそこにかかっている絵画が有名なものだと、噂で聞いたことがあります。まさか本物を見られるなんて、嬉しいです」

「――そうか、よかったな」

公爵は少し戸惑ったように返事をして、絵の前で足を止める。

明るい庭で家族が楽しく食事をしている写実的な絵だ。楽しそうにテーブルを囲む家族の隣には、大きな犬がいて、テーブルの上に置かれた肉にこっそり噛みついている。

「首輪をしているから、この家族に飼われているのだろう。裕福な家庭に見えるし、犬は痩《や》せてもいない。それなのに隙があれば己《おのれ》の腹を満たそうとするなんて、卑《いや》しい犬だ」

公爵は絵を眺めてそんなことを言う。その表情には、うっすらと悲しみが滲《にじ》んでいた。

おそらく彼が本当に卑《いや》しいと感じているのは、犬ではなく親戚であるアデリアニ伯爵なのだろう。

（サイラス様は親族にも気を許せない状況の中で生きてきたのね。そんなの悲しすぎるわ）

「そうですね。でもサイラス様。この家族はとても楽しそうです。そう思いませんか？」

私の言葉に、公爵は答えない。

「犬に肉を食べられても、この家族は一緒にいるだけでとても幸せなのだと、私は思います」

私は公爵と一緒に、絵の前で無言のまま立ち尽くしていた。

しばらくして、着飾った年配の淑女《しゅくじょ》たちが近づいてきた。その気配に気がついた公爵が、冷たい視線で彼女たちを睨《にら》みつける。しかし彼女たちは怯《ひる》まず、頭を下げて挨拶《あいさつ》した。

公爵が今までと同じように、私を紹介する。すると彼女たちは私を、頭のてっぺんからつま先まで舐《な》めるように見た。そうして何やら囁《ささや》き合うと、少し太めの一人が前に進み出て、居丈高《いたけだか》に言い放つ。

「アリシア嬢、初めてお目にかかりますわ。公爵様がお連れになるくらいなのだから、さぞ高貴な家柄の女性なのですわよねぇ？」

その言葉に、別の女性が反応した。

「あら、そんなことは当たり前でしょう。だって彼女は高級ブランドの新作ドレスをお召しなのよ。もしかしてどちらかのプリンセスなのではなくて？　ほほほ」

淑女《しゅくじょ》たちはいやらしく笑い合う。私が高貴な家の娘でもプリンセスでもないことがわかっていて、嫌味を言っているのだろう。もし私が彼女たちより身分が高ければ、問題になってもおかしくない発言なのだから。

「申し訳ありません。私は貴族ではありませんし、ましてやプリンセスでもありません」

悔しいが正直に答えると、彼女たちは顔を見合わせて小さく笑う。そして侮蔑《ぶべつ》の視線を向けてきた。

「そうなのですわね。それは、失礼しましたわ。ほほほ、公爵様もお遊びがすぎますこと……」

（やっぱりサイラス様の愛人だと思われているみたい。サイラス様ったら、黙っていないでなんとか言ってくだされぱいいのに！）

私は隣の公爵を見るが、彼は黙って聞いているだけだ。彼が私のことを好いてくれていると思ったのは、間違いだったのだろうか？

「ほほほ、アリシア嬢。なんて可愛らしい方《かた》なのかしら。近ごろ有名になった詩をご存じ？　それに出てくる天使のようですわ」

その詩のことは、もちろん知っている。しかしそれに出てくる天使というのは魔性の女を揶揄《やゆ》するもので、決して褒め言葉ではない。

私はその詩を知らないほど、無教養だと思われているのだろう。

感情的にならないようこらえながら、隣の公爵を見た。公爵はいつもの無表情で立っている。

大切な女性が目の前で馬鹿にされたら、普通は怒るものだろう。しかし彼は、まったく気にしていないように見える。

私はだんだん、自分の考えに自信がなくなってきた。

（もしかしたらサイラス様は、私のことをなんとも思っていないのではないかしら……？）

淑女《しゅくじょ》たちは、賞賛していると装《よそお》いながら何度か私を侮蔑《ぶべつ》すると、満足したのか公爵に向かって去り際の挨拶《あいさつ》をする。彼女たちの顔には、私に対する蔑《さげす》みがありありと浮かんでいた。

私は公爵の面子《メンツ》を潰さないために、なんとか笑って耐える。

「ではメイスフィールド公爵様、わたくしたちはこれで失礼します。お話ができて本当によかったですわ、アリシア嬢」

すると黙って聞いていた公爵が一歩前に出て、私を背中に隠す。

その行動に私が戸惑っているうちに、彼は冷たく低い声で言った。

「そうですね。私がエスコートする彼女への賛辞の数々は、私に向けられたものとしてしっかり記憶しておきます。近いうちに私から感謝の気持ちを、ご主人にお伝えしますね。では私たちはここで失礼します」

公爵の大きな背中でまったく前が見えない。私も別れ際の挨拶《あいさつ》をしようと横から顔を出したが、公爵は私の手を思い切り引っ張って歩き出した。これでは挨拶《あいさつ》どころではない。

「あ……あのサイラス様！　ご挨拶《あいさつ》は……!?」

振り返ることもできず、引きずられるようにして廊下に出た。

公爵の顔を見上げると、恐ろしいほどの殺気がみなぎっている。

背中がゾクリとし、彼にはこんな一面もあったのかと身震いした。

「アリシアは挨拶《あいさつ》しなくていいよ。私が君の分もしておいたからね。それよりアリシアに会わせたい人がいる」

　そう言われて、大広間に連れてこられた。そこには色とりどりのスイーツが置かれた丸テーブルがいくつかあり、招待客が賑《にぎ》やかに会話を楽しんでいる。

　その中に見知った顔があった。彼らは私たちに気がつくとすぐに近づいてくる。伯父《おじ》夫妻と従姉《いとこ》のルイスだ。

「メイスフィールド公爵様！　姪《めい》が大変お世話になっているそうで……！」

「バートリッジ子爵夫妻にルイス嬢。先日は手紙で失礼しました。ほらアリシア、どうした、彼らに会いたくなかったのか？」

　公爵は伯父《おじ》に挨拶《あいさつ》すると、私を振り返る。

　私は思ってもみなかった展開に驚いて言葉を失っていたが、ハッと我に返った。

「伯父《おじ》様たちも夜会にいらっしゃったのですね。知りませんでした！　あぁ、ルイス。直接会うのは久しぶりだわ。元気そうでよかった！」

「ありがとう、アリシア。それにしても、アリシアはすごいわ。メイスフィールド公爵様のお仕事をお手伝いしているだなんて、自慢の従妹《いとこ》よ。そのドレスや宝石も、とても似合っていて素敵！　一瞬、どこかの深窓《しんそう》のご令嬢かと思ったわ。まさか貴方だったたなんて！」

こんなところでルイスと会えるなんて信じられない。他愛もない会話をしているだけなのに、安心して目が潤《うる》んでくる。

そこで公爵が、私に声をかけた。

「アリシア。君の御両親にも招待状を送らせたのだが、来られないと連絡があったそうだ」

私が両親と離れて悲しんでいると思い、公爵が気を回してくれたのだろう。

彼は私の手をがっちりと握りしめたまま、眉をひそめていた。私の解釈では、彼は申し訳なさそうにしている。

しかしルイスは、公爵が怒っていると思ったらしい。真っ白な顔で全身を震わせ、頭を下げた。

「も、申し訳ありません、公爵様。叔父《おじ》様たちはどうしても来られない用事があるようで……まさか公爵様のお心遣いだったなんて、気づかなかったのでしょう」

ルイスが可哀想なほど恐縮してうつむくので、私は彼女の耳にそっと口を寄せた。

「ルイス、心配しなくても大丈夫。公爵は怒ってなんかいないわよ。むしろ私が落ちこんでいないかと心配して、申し訳なく思っているのだわ。すごくわかりにくいけれど、とてもお優しい人なのよ。嬉しい時や楽しい時も怖い顔になるから、見ていて面白いくらいよ。ふふっ」

私が囁《ささや》くと、ルイスは目を丸くして私たちを交互に見る。

私が笑ったので、公爵は喜んでいるのだろう。目に力がこめられて、さらに凄《すご》みを増していた。その様子を見て、私は一層笑みを深める。

「む、向こうでダンスが始まるようですよ。公爵様、踊られてはいかがですか？」

伯父《おじ》はぎこちなく笑って、私たちにダンスをすすめた。おそらく公爵の機嫌が悪いと思い、助け舟を出したつもりなのだ。

「そうだな、アリシア。君もダンスくらいは踊れるのだろう。ダンスホールでみっともなく転んで私に恥をかかせたりしないようなら、一緒に踊ってあげても構わない」

(私がダンスを踊って転んでしまわないか心配なのね。でも、言い方ってものがあるんじゃないのかしら？　ルイスがハラハラしているわ)

少し呆れつつ、私は笑顔で公爵の誘いを受ける。

「ご心配ありがとうございます、サイラス様。転ばないように気をつけますので、是非、踊っていただきたいです」

そうして私と公爵は、ルイスと共にダンスホールに移動した。するとルイスはすぐに男性から誘われる。

楽団の演奏が流れてきて、ホールに集まった人々はステップを踏みはじめた。

公爵のリードは完璧で、手足を器用に動かしてゆく。だがそれは教本通りに踊っているだけで、ダンスに不慣れな私の足さばきを考えてくれてはいないようだ。

公爵についていくのに必死で、私は何度も彼の足を踏みつけてしまう。公爵は顔色も変えずに平然と踊り続けていたが、そのたびに隣で踊るルイスの顔色が青くなる。

私はいたたまれなくなり、ダンス中にもかかわらず公爵に話しかけた。

「ご、ごめんなさい、サイラス様。私、ダンスは下手ではないと思うのですけれど……。今まで、相手の方《かた》の足を踏んだことは一度もなかったのに、今日は調子が悪いみたいです」

「――君は多数の男と踊った経験があると言いたいのだね。しかもその男たちは、私よりもダンスがうまかったと」

公爵がいじけてそんなことを言いはじめた。私はムッとして公爵を睨《にら》む。

「ほんの数回ですが、夜会で男性とダンスを踊ったことはあります！　けれどそれは、サイラス様のダンスがどうとか、そういうことではなくて――」

「そうか……なら、仕方ないな」

公爵は冷たい表情で言葉を遮《さえぎ》ると、いきなり私の腰を両手で持って抱き上げた。

「きゃっ！」

足が宙に浮いたことに驚いてしまい、私は咄嗟《とっさ》に公爵の肩に両手を回した。すると公爵は自分に抱きつく私を見て、嬉しくなったようだ。私の腰を自身の体にぴったりと押しつけるようにして、強く胸に抱きしめる。そんな状態のまま、公爵は音楽に乗って軽やかに踊り続けた。

周囲の人たちが、一斉に私たちに視線を注《そそ》ぐ。

「サ、サイラス様！　おやめください！」

「ははっ……これならアリシアが転ぶこともないし、私が足を踏まれることもない。名案だろう」

公爵は笑い声を上げたが、その顔はまったく笑っていない。そればかりか眼光の鋭《するど》さが増していて、まるで睨《にら》みつけられているみたいだ。

私でなければ泣いて逃げ出すほど恐ろしい顔なので、周囲の淑女《しゅくじょ》たちが小さく悲鳴を上げる。

「サイラス様、これはダンスではありません。下ろしてください。それにみんなが私たちを見ています！」

私は必死に頼みこむが、公爵に聞き入れるつもりはないようだ。

「それは困ったな。君を他の男に見られるのは駄目だ。まったくもって許しがたい」

そう言うと、公爵は私を抱いたまま、ダンスを踊る人たちの間を縫《ぬ》ってダンスホールを出た。そしてテラスから屋外に出る。

人々のざわめきや音楽が一気に遠くなり、かわりにザワリと葉が擦《こす》れ合う音が聞こえてきた。

そのまま庭園の草花の間を通り抜けて、誰もいない場所まで来た。

そこには煉瓦《れんが》造りの丸い池があり、その周囲は生垣《いけがき》で覆《おお》われている。大きな満月が池に映り、まるで月が地面にもあるかのような幻想的な光景だった。

公爵は池のそばのベンチに私を座らせると、上着を脱いで私の肩にかけた。ふわりと公爵の匂いがして、なんだか胸が温かくなる。彼は私の隣に腰を下ろし、そろりと手を握ってきた。

それから、無言で夜空を見上げる。人々が談笑《だんしょう》する声が遠くのほうで聞こえるが、二人でいるこの場所は夜会とはかけ離れた、特別な空間のように静かだった。

私たちは何も話さず、少しも動かず、ただただ互いの手を握りしめ合って夜空を見る。

どのくらいの時間が過ぎたのだろうか……どちらからともなく体を寄せて、唇が重なった。

公爵の舌がゆっくりと歯列をなぞって、私の口内を優しく愛撫《あいぶ》していく。いつもの甘ったるいキスが始まった。

　その感触は、まるで体内から溶かされてしまうかのように心地がいい。くちゅりと唾《だ》液《えき》の絡まる音がして、惜しむようにゆっくりと彼の唇が離れていった。

「アリシア、初めて会った時も君はこんな感じだった。……何も話さずに、それでいて私のことを理解しているとでも言いたそうな目で見るのだ。君は他の女性のように、私を恐ろしいと思わないのか？」

　公爵が戸惑うような顔で、私に問いかけた。この表情はどんな感情によるものなのか、私にはよくわからない。

「恐ろしいなんて思ったことはありません。それよりも、出会った夜のことを覚えていらっしゃるのですよね。どんな風だったか教えていただけませんか？」

「――そんなことはどうでもいい。今思えば、あの夜アリシアと出会ったことは、それほど悪いことではなかった。君は予想外で突発的で、私の理解を遥かに超える存在だが、それなりに面白い。おかげで私の人生は滅茶苦茶《めちゃくちゃ》だ」

（えーっと、私と出会えて嬉しいのね。それに、私のことを好きだということでいいのかしら？）

　私は、素直じゃなさすぎる公爵の顔を見上げた。茶色の髪が満月の光に透《す》けて、まるで黄金のように輝いている。その青い瞳は何かを言いたそうに私を見つめていた。

「サイラス様、もうすぐ……おそらく月のモノがきます。そうなったら私は家に戻ります。その前に、何か私に言うことはありませんか？」

「もうそんなに経つのか……。あぁ、確かにそういう約束だったね。それが来て君が私の子を身籠《みごも》っていないとわかれば、屋敷を出ていくと……」

公爵は私を熱のこもった目で見つめると、ゆっくりと言葉を紡《つむ》ぐ。

「私は――アリシア……」

その時、誰かの足音が聞こえてきて彼は口をつぐむ。

音のしたほうに視線を向けると、二人の男性が話をしながらこちらにやってきた。一人は金色の短髪に緑の瞳。もう一人は栗色の長めの髪を後ろで縛っていて、いかにも軽い感じの男性だった。

楽しそうに会話をしていた二人は、私たちの存在に気がついて足を止める。

「メイスフィールド公爵！」

金色の髪の男性が大きな声で言うと、彼らは公爵に向かって揃って頭を下げた。

公爵はすぐに立ち上がり、いつもの無表情で口を開く。

「挨拶《あいさつ》はいい。私は彼女と話をしているのだ。君たちはここを離れてくれないか？」

するとと金髪の男性が、その目を不安そうに泳がせる。

彼の声に聞き覚えがあった私は、思わず言ってしまう。

「――もしかして、ディラン様でしょうか？」

金髪の彼は一瞬ピクリと眉を動かし、しまったと言わんばかりに顔を背《そむ》けた。

ディラン様は私が勤める王立図書館の司書であり、私の上司に当たる。その風貌《ふうぼう》は、金髪の彼とは程遠い。黒に近いブラウンの髪はぼさぼさ、そして瓶の底のような眼鏡をかけている。

しかし、目の前にいる金髪の彼はディラン様に間違いない。声がそっくり同じだし、違うのならば私から顔を背《そむ》ける必要はないのだから。

私はメイスフィールド公爵を手伝うという名目で、仕事を休んでいる。ディラン様に謝罪の手紙は送ったが、どうしても直接謝りたかった。

私は公爵の手を離して上着を返すと、ディラン様に駆け寄った。そして詫《わ》びようと頭を下げた瞬間、腰を持ち上げられてディラン様の肩に担《かつ》がれる。

「気分が悪いのですか！　あちらに休憩所があるようなので、連れていってあげましょう！」

「えっ、ちょっ……あの、ディラン様!?」

私の戸惑いの声にも構わず、ディラン様は私を担《かつ》いだまま薄闇の中を走っていく。公爵のことが気になったが、あっという間の出来事で抵抗すらできない。

気がつくと庭園のどこかにあるベンチに下ろされていた。公爵とどのくらい離れてしまったのだろうか。距離感がわからない。

私を担《かつ》いで全速力で走ったというのに、ディラン様は息も切れていない。私の前に立ち、見下ろしてくる。

私の言葉を遮《さえぎ》るように、強引にあの場から連れ出したということは、何かやましいことを抱えているのだろう。私は彼を鋭《するど》く見返した。

「――ディラン様。どういうことですか？　もしかして、司書の仕事をしている時の姿は、変装なのですか？　だとしたら、なんのためでしょうか？」

私が追及すると、彼は人懐《ひとなつ》っこい表情でにこやかに笑った。

「まあ、バレてしまうよな、アリシア。まさか、こんなところでお前に会うとは思っていなかったから、しくじったよ。王立図書館司書のディランは、仮の姿。本当はルーカス・ギルマイヤー侯爵だ。事情があって、とある仕事を任されている。これ以上は何も言えない」

極秘の仕事をしているということは、国の諜報員《ちょうほういん》なのだろう。貴族がそういう職に就くのは珍しいことではない。

きっと王立図書館で何か陰謀《いんぼう》が企《くわだ》てられているか、よからぬ情報の引き渡しがなされているか……そんなことが起きていて、彼が調査しているのだろう。

（どうりで司書にしては本について知らなすぎると思ったわ）

「そうですか。でもどうするおつもりですか？　ギルマイヤー侯爵様。メイスフィールド公爵様は今ごろ私を必死で探しているはずです。『冷血公爵』を怒らせたら、ギルマイヤー侯爵様もお困りになるのではないですか？」

「さっき俺の隣にいた男に、ディランであることを知られるわけにはいかなかったんだ。だがどうして、メイスフィールド公爵がお前を必死で探す？　お前はただ公爵家で雇《やと》われただけなのだろう。夜会に連れてきたのは、公爵のエスコートに応じる女性がいなかったからだろうと思ったが、違うのか？」

対外的にはそういう名目で、公爵家に滞在していたのだった。私は慌てて取《と》り繕《つくろ》う。

「まぁ、そ……そうですね。公爵様のお屋敷で雇《やと》われた者は、契約期間内は異性との交流を禁止されているのです。ですから、すぐに戻らなくてはいけません。クビになってしまいます」

「そうか。メイスフィールド家の親戚が、公爵を疎《うと》ましく思っているという噂を聞いたことがある。そうした者に使用人がうっかり雇《やと》い主の情報を漏らすことは、珍しくない。使用人から情報が漏れるのを恐れて、そういうルールを作ったのかもしれないな」

私は驚き、下を向いて考えこんだ。

（親戚にも敵がいるなんて……辛すぎるわ。この間、王城でハルグリーズ議長が、サイラス様を恨《うら》んでいる人がいると言っていたし……。そんなに大勢の人に妬《ねた》まれて恨《うら》まれるだなんて、どんな気持ちなのかしら……）

公爵の気持ちを思うと、ぎゅううっと締めつけられるように胸が痛んだ。

今なら、彼が王城を怖いところだと言った意味が理解できる。すぐにでも公爵を抱きしめてあげたい気持ちに駆られて、私は勢いよくベンチから立ち上がった。

「ギルマイヤー侯爵様、私、メイスフィールド公爵様を探しに行きます。では、お気をつけてください」

別れの挨拶《あいさつ》をして去ろうとした時、彼が私の腕を引っ張った。私はバランスを崩し、ギルマイヤー侯爵に抱きつくような格好になる。彼は私を受けとめると、真剣な目で口を開く。

「アリシア。お前が図書館に戻ってきたら、言いたいことがある。聞いてくれるか？」

「……？　ええ、もちろんお聞きします、ギルマイヤー侯爵様。突然仕事をお休みしたことへの謝罪も、もちろんさせていただきます」

「ははっ……そんなことはどうでもいい。しかしそうだな、悪いと思っているのなら、名前で呼んでくれないか？　ルーカスと」

唐突だが、拒《こば》むほどのことではない。私は戸惑いながらも頷《うなず》いた。

「え？　あぁ、はい、ルーカス様」

「それでいい。図書館に戻ってきたら、大事な話をする。忘れるなよ、アリシア――」

「アリシアっ!!」

ギルマイヤー侯爵――改めルーカス様の言葉は、大きな声に遮《さえぎ》られた。その声の主であるメイスフィールド公爵が、突然姿を現す。

かなり慌ててきたらしく、きっちりと固められていた前髪は乱れ、肩で息をしている。探している途中に緩《ゆる》めたのか、スカーフはだらしなく垂れ下がっていた。

公爵は信じられないほどの威圧感を出して、ルーカス様をギッと睨《にら》みつける。そして大股でこちらへ向かってきた。あまりの迫力に、ルーカス様も圧倒されている。

私の腕を握るルーカス様の手を、公爵が強引に引き離した。

これはマズイと、私はフォローを始める。

「あ、あの、サイラス様。ルーカス様は何度か夜会で踊ったことのある方《かた》で、先ほどは私が急に頭を下げたせいで、貧血で倒れるのではと誤解されたそうです。やっと誤解が解けて、お別れの挨拶《あいさつ》をしていたところなのです！」

「彼はルーカス・ギルマイヤー侯爵だね。――では彼が、以前君と踊った男なのか……」

（ま、まさかサイラス様ったら、ダンスの時に話したことを気にしていたの!?）

余計なことを言わなければよかったと激しく後悔しながら、なんとか公爵を落ち着かせようとその腕を握りしめた。

「メイスフィールド公爵、申し訳ありません。アリシアの気分が悪そうに見えたのですが、私の見当違いだったようです。彼女を叱らないであげてください」

ルーカス様も公爵に釈明《しゃくめい》する。

すると公爵は吹雪《ふぶき》よりも冷たい目になり、地を這《は》うような低い声を出した。

「ギルマイヤー侯爵。君は、私のアリシアととても親しいようだが、どういった関係なんだ？」

「夜会で何度かダンスに誘ったくらいです。特に親しいといったことはありません」

ルーカス様は公爵の質問に表情も変えず、当たり障《さわ》りのない受け答えをする。

公爵は探るような質問を何度かしたあと、私の手を取って自分の腕にきつく絡ませた。

そうして場が凍りつくほどの冷たい声で言う。

「わかった。ならばギルマイヤー侯爵はここから去ってくれ。そして二度と彼女に声をかけないように」

（あぁ……これはかなり嫉妬《しっと》して怒っているのだわ……どうしたらいいのかしら）

「メイスフィールド公爵！　私が勝手にしたことなんです！　アリシアは悪くありませんので叱らないであげてください。罰なら私が受けます！」

ルーカス様が私をかばって弁明を続けるが、これでは逆効果だ。

公爵はルーカス様が私に特別な気持ちを抱《いだ》いているのだと勘違いして、さらに嫉妬《しっと》の炎を燃え上がらせる。

（このままじゃ駄目だわ。私がなんとかしないと！）

最悪の事態を避けるため、私はルーカス様に頭を下げた。

「ルーカス様！　ご心配ありがとうございます。でも私は大丈夫ですので、お気遣いは無用です。では、お体にお気をつけてください」

公爵に見えないところで、私は大丈夫だとルーカス様に目配せする。

するとやっとルーカス様もわかってくれたようだ。彼はしぶしぶながらもその場を去った。

そうして公爵と二人きり、夜の庭園の隅に残される。

怖くて公爵の顔を見られない。けれどおそらく、いつもの冷たい表情なのだろう。握られた手がこれまでになく冷たく、氷のように感じる。

黙って花壇をじっと見つめていると、公爵は突然平坦な声で話しはじめた。

「アリシア、君は約束したはずだ。絶対に私の手を離さないと。化粧室に行く場合でも、必ずどちらかが廊下で待つのだと。それなのに、君は私の手を振り払った。……どうしてだ？　君が貧血だと彼が勘違いしたのは、その後だ」

「そ、そうでしたか？」

彼と違う方向を見つめ、私は誤魔化《ごまか》そうとする。すると握られた手に、急に力がこめられた。

約束を破って手を離した私に、怒っているのだろう。でもそのことを言い訳するならば、ルーカス様の仕事について説明しなくてはいけない。

ルーカス様の許可なしに、そんな勝手なことはできなかった。苦しいがどうにか誤魔《ごま》化《か》さなくては。

これまで、公爵が怒るのはいつも、私への気遣いによるものだった。けれど今の公爵の怒《いか》りは、それとはまったく違う気がする。

「どうして数回踊っただけの男が、君をアリシアと呼び捨てにするんだ？」

それは冷や水を浴びせるような恐ろしい声だった。

「あ……ああ、あの方《かた》は女性ならどんな相手でも親しげに呼ぶらしいです」

「しかも君の腕を握りしめて、熱っぽい目で見ていたよ」

「そ……そうでしょうか？　貧血だと勘違いして申し訳ないという目でしたけれど」

「…………帰ろう」

公爵は突然そう言い、私の手を握って歩きはじめた。

人気《ひとけ》のない庭を抜けると、談笑《だんしょう》する招待客とすれ違う。彼らは私たちを見ると、揃って身をこわばらせた。

手を引かれて歩いているので、私には公爵の背中しか見えない。公爵が怖いわけではないが、不安にさせてしまったことに対する申し訳なさが募《つの》ってきた。

「えっと……サイラス様。申し訳ありません。あの……手が痛いです……サイラス様……」

いくら話しかけても公爵は無言のままで、歩調も変えなかった。そのまま玄関に到着すると、そこに公爵家の馬車を回させる。

その間、私たちは無言で、夜の月を見ながら待っていた。しっかりと繋がれた手がとても息苦しく感じられる。

馬車に乗りこみ横に並んで座った後も、公爵は口を開こうとしない。

そして、十分ほど経ったころ、平たい声でためらいがちに言う。

「――アリシア、君は私のことを…………いや、やめておこう……」

再び、二人の間に沈黙が落ちる。ガタガタと規則的に揺れる馬車の車輪の音が、空気をさらに重くした。

メイスフィールド家に到着して馬車から降りる際に、ようやく公爵の顔を見る。

それは初めて見る表情だった。

何かを我慢しているような……それでいて哀《かな》しげな表情を浮かべている。唇を固く結んで、思い悩んでいる風にも見えた。

彼は屋敷の玄関で私を抱き上げると、何も言わずにどこかに向かって歩きはじめる。

彼の異様な様子に気がついた使用人たちが、心配そうに私を見た。

本当はたまらなく心細かったが、公爵に気づかれないよう笑みを浮かべ、大丈夫だと頷《うなず》いておく。これ以上、公爵が使用人に誤解されるのは避けたい。

公爵が向かったのは、彼の寝室だった。そこに着くや否《いな》や、彼は私を乱暴にベッドの上へ放り投げた。

「きゃあっ！」

いきなりベッドの上に放り出されて悲鳴が出る。慌てて上体を起こそうとするが、公爵が私の上にまたがったので、それはかなわなかった。

彼はそのまま上着を脱ぎ、片手で首元のボタンを外した。ギシリとマットが軋《きし》んで、ベッドの天蓋《てんがい》を細かく震わせる。

「七分と二十八秒——」

シャツを脱ぎながら、公爵は感情のこもっていない冷たい目を私に向けた。

「サ……サイラス……様……？　あの、それは……なんの時間ですか？」

「七分と二十八秒。君が私から逃げ、ギルマイヤー侯爵と二人きりでいた時間だ。……それだけあればいろいろなことができる。そうだ、恋人同士の時間を過ごすこともできるな」

（あの状況で、公爵は正確に時間を計っていたの？）

彼の気迫に気圧《けお》されて、私はベッドの上で距離を取ろうとする。でも体の上に乗られているので、ほんの少ししか動けない。

その時、もうすでに彼はズボンのベルトを外していた。

「サイラス様、ご……誤解です。私とルーカス様はそんな関係では……」

「——約束を破ったのは君だよ。私は確認させてもらうだけだ。ギルマイヤー侯爵と君があの時、何もしていなかったということをね。さあ、今から時間を計るよ」

公爵はポケットから懐中時計《かいちゅう》を取り出すと、シーツの上に放り投げた。そして私のドレスを乱暴に引き裂く。

ビリリという音と共に繊細《せんさい》なドレスはただの布切れと化し、胸の膨《ふく》らみが空気にさらされる。

私の胸が大きく揺れると、公爵は乱暴にそれを手の中に収めた。そして指の隙間からのぞくピンクの頂《いただき》を口に含む。

その瞬間、なんとも言えず甘い感覚が全身に広がり、自然と仰《の》け反《ぞ》ってしまう。口からは官能の声が漏れ出た。

「あぁんっ！　……あっ……んん……！」

自分の出した声があまりにも甘くて、口を手で覆《おお》う。

すると公爵が悔しそうな、それでいて怒ったような声で言った。

「――っ！　君はそうやって、いつも私を煽《あお》る……。まだ三十秒も経っていないというのに、なんていやらしいんだ。……ギルマイヤー侯爵にも、この声を聞かせたのか？」

公爵はそんなことを言い、私の下着の中に手を滑りこませた。秘所を何度も指でまさぐられ、痛みが走る。

しかし彼の指が幾度となく割れ目を彷徨《さまよ》っているうちに、突然電気が走ったような感覚が全身を駆け抜けた。私は思わず、口に当てていた手を離し、シーツを掴《つか》んで引っ張る。

「あぁ！　……そこっ……なんだか変ですっ!!　やっ！」

「ここだね、君の感じる部分は――。もうこんなに濡らしているだなんて、そんなに欲しいのか？　ここまでで、まだ一分だ……。ギルマイヤー侯爵とこういうことをする時間は、充分にあったということになる」

「やぁっ、サイラス様っ！　やめてください！　ルーカス様とこんなことはしていませ――あぁっ！」

「その名を二度と口にするな！　不愉快だ!!」

公爵の怒声に体が震えて止まらなくなる。これほど憤怒《ふんぬ》の感情をあらわにした彼は初めて見た。

その直後、彼は私の中の敏感なところを、容赦《ようしゃ》なく指で攻め立てはじめる。

「あぁっ！」

ぐちょぐちょと淫《みだ》らな音が響いて、恥ずかしさと情けなさで目に涙が浮かんできた。

しかし公爵はその手を止めないばかりか、敏感な蕾《つぼみ》への刺激をさらに強める。

あのゆったりとした、甘やかされるようなキスが嘘のようだ。

私の胸は公爵の唾液《だえき》で濡れそぼり、てらてらと光る。全身に与えられる悦楽《ゆえつ》に、脳の隅々まで凌辱《りょうじょく》されていく。

「あぁっ……ダメ……！　ン、はぁっ……サイラス様……やめてください！」

「二分と十五秒……もう充分に挿入《そうにゅう》できそうだ。君はなんて濡れやすいんだ」

そう言うと、公爵は自身のズボンの前をくつろげた。すると男の象徴が跳ね上がるようにして姿を現す。

私は思わず息を呑む。想像を超える大きさと形に、恐れおののいた。

「や……いやです……！　そんなの、入りません……！」

「大丈夫だ。シーツに大きな染みを作るくらいに、君は準備ができているようだよ。すぐに済ませないと時間がなくなる。これは検証なんだ。君に拒否権はないよ」

その事務的な物言いに恥ずかしさがこみ上げて、顔が熱くなる。

公爵は私の両膝を曲げると、体に押しつけてきた。そして濡れそぼった蜜壺に自身の屹立《きつりつ》をあてがい、ゆっくりと突き入れる。

ずぶずぶと体の芯を割って押し入ってくる異物の感覚に、全身の感覚が研《と》ぎ澄《す》まされた。そして硬い剛直が膣壁《ちつへき》の底にまで辿《たど》り着いた時、火が灯《とも》ったような感覚が全身を駆け巡《めぐ》る。

「やぁぁ……っ!!」

私が大きな声を出したからか、公爵はハッとして腰の動きを止めた。そして気遣うように私のお腹を撫でる。

「大丈夫か……？」

私は短い息を繰り返しながら、彼を見上げた。薄明かりにぼんやりと照らし出された彼の顔は、気遣いの言葉を口にしつつも怒《いか》りに満ちていて、ゾクリと背筋が凍りつく。

「はぁっ……はぁっ……はっ……はぁ」

「くっ……！　こんなに濡れていても、中はまだまだ狭いのだな……締めつけて私を逃がさないようにしているのは君だ。どうして君は私をこんなにも翻弄《ほんろう》するのだ！」

そう叫ぶと、公爵は悲しそうな表情で私の腰を掴《つか》み、熱い肉棒を限界まで引き出す。

その感触に、背中から頭のてっぺんまで、電気が走ったように痺《しび》れた。

痺《しび》れが途切れないうちに、公爵は抽送《ちゅうそう》を始める。

「はぁあああ……っ！」

体の中を擦《こす》られる感触と、じわじわ湧き上がる官能に、頭が痺《しび》れて何も考えられなくなってきた。何度も体の奥を突かれて、肌が湿ってくる。

「はぁっ！　もっと……もっと奥だ。君の奥に入りたい！」

公爵は私の腰を掴《つか》み、体の奥深くまで進んでいく。その言葉の激しさに反し、手つきや腰使いは優しい。

ぐちゅりという卑猥《ひわい》な音が耳に届き、私は身悶《みもだ》えしてしまう。

「あぁ……！　んん！」

公爵は幾度も最奥に腰を進める。

そうしているうち、信じられないほど甘美な快感に、全身が満たされた。

「あぁあぁっ！」

腰が痙攣《けいれん》に合わせて何度も揺れて、体全体で快感を貪《むさぼ》る。

下腹部に埋まった熱い屹立《きつりつ》が、体内の奥深くでびくびくと跳ねた。公爵も一緒に達したらしい。

（もう……終わった……のね。サイラス様に、私の気持ちを聞いてもらわないと……あぁ、でも声が出せない……）

そのまましばらく余韻《よいん》に浸《ひた》っていると、公爵が小さい声で言う。

「今、十二分三秒だ……時間を過ぎてしまったな。だが一回ではまだ証明できない。もう一度最初からだ、アリシア。準備はいいね……」

（そんな……まさか、これを繰り返す気なの!?）

私は彼の腕に手を当てて、その怒《いか》りに満ちた顔を見つめた。

「サイラス様……も……私にはこれ以上は無理です……。許してください――私の話を……」

「駄目だ！　君が約束を破ったのだ。最低でも三回は試して、七分二十八秒では男の種をその身に受け入れることができないと証明してもらわなくてはいけない」

そう言うと公爵は、私の両足を大きく開いた。そうして股の間を覗《のぞ》きこんでくる。

「やぁ……っ！　そこは見ないでぇっ！　サイラス様!!」

羞恥《しゅうち》でいっぱいになり、ほとんど泣きながら頼むが、公爵はまったく聞き入れてくれない。

「すごいな、私の種と君の愛液が混ざって大量に溢《あふ》れている。そんなに気持ちがよかったのか。これなら何度でもすぐに挿《い》れられそうだ」

「や、嫌です……お願い、もうやめ……」

強引に体を奪う行為は、どんな理由があっても許されない。しかしこんなことをされても、彼に対する好意は少しもなくならなかった。素直ではない公爵のことを、私は愛している。

（たとえ愛する人でも、怒《いか》りに任せてこんな風に抱かれるのは嫌。しかも他の男性の関係を疑われた上での行為だなんて……）

屈辱《くつじょく》と哀《かな》しみで涙が止まらない。

「さあ、うつ伏せになりお尻を上げてこちらに向けなさい。アリシア、メイスフィールド公爵家の種を、君にたくさん注《そそ》がないといけないからね」

絶対にうつ伏せにはなりたくなかった。公爵と顔を合わせて、なんとしても私の潔白《けっぱく》を彼に伝えたかったからだ。

私が顔をふるふると横に振ると、公爵はこれ以上にないほど悲痛な顔をした。

彼は私の腰を掴《つか》んでうつ伏せにし、腰を持ちあげて股を広げさせた。犬のような格好をさせられ、あまりの屈辱《くつじょく》に頭がぼうっとしてくる。

次の瞬間、股の間に硬い熱を感じて、現実に引き戻された。

「あぁっ！」

公爵が蜜壺の中にもう一度、自身の剛直を沈みこませる。熱いそれが、ずぶずぶと音を立てて膣壁《ちつへき》を押し広げていく。

「うぅ……くぅっ……」

公爵が苦しげな声を出すが、それが快感によるものなのか怒《いか》りによるものなのか……背中を向けている私にはわからない。

唯一わかるのは、彼が怒《いか》りと嫉妬《しっと》で自分を抑えられなくなっているということだけ。

冷血と呼ばれた男性を、ここまで変えてしまった己《おのれ》の迂闊《うかつ》さに、後悔が押し寄せてくる。

「あぁあっ……あんっ……ふぁ……！」

愛液と精液で濡れそぼったそこは、硬い屹立《きつりつ》をすんなりと受け入れた。

そして心とは裏腹に、私の体は公爵から与えられる快感に震えはじめる。彼の匂いがするシーツに頬が擦《こす》れ、目から流れる涙を吸い取ってゆく。

それから何度も抱かれる間、私は彼の怒《いか》りを全身で受け止め続けた。それで私の愛情を彼が理解してくれるのならばと。

全身の肌を余すところなく舐《な》められ、吸われて、濡らされる。

そうして、何度お腹の中に種を注《そそ》がれたかもわからなくなったころ――

公爵がそっと私の頬に手を当てた。

頭が朦朧《もうろう》としていて、体は鉛《なまり》のように重い。もう指一本すら動かせない。

「は……っあ……、……サイ……ラス……さ……ま」

どうにか声を出すが、掠《かす》れてはっきりとした言葉にならなかった。

「あぁ……アリシア……すまない……アリシア」

公爵の辛そうな……切なそうな青い瞳だけが、記憶に鮮明に刻まれた。

◇　◇　◇

嫉妬《しっと》。それは大切な人の愛情が他の人に向けられることを恨《うら》み、憎《にく》むこと。

そう理解しているが、アリシアに会うまで、それがどのような感情であるのか私にはわからなかった。今までの人生で、家族以外に大切な人が存在しなかったからだろう。

だが今は違う。アリシアを失うことが恐ろしくてたまらない。

嫉妬《しっと》がこれほど人の理性を失わせるということを、身をもって知った。

私はベッドの上で力なく眠るアリシアを見下ろし、懺悔《ざんげ》のため息をつく。

彼女の体には、私がつけた赤い所有印が無数に散っていた。赤らんだ頬には涙の痕《あと》が白く光っている。

私は後悔に打ちひしがれながら、意識のない彼女の体をしばらく抱きしめていた。

そのあとベッドから出ると、床に落ちていたシャツを羽織《はお》る。そして寝室の隣にある浴室に向かった。

温かい湯を溜めた桶と布を用意してベッドに戻り、アリシアの体を隅々まで綺麗にする。

布をゆすごうとした時、まだ湯に触れてないにもかかわらず、桶の水面に波紋ができた。自分でも気づかぬうちに涙を流していたようだ。水面には、嫉妬《しっと》に狂ったみっともない男の顔が映っている。

「アリシア――すまない。君を世界で一番大切にしたいのに、君を世界で一番傷つけたのは私だ。私には君のそばにいる資格などない」

涙を流したのは十五歳の時――両親を失った時が最後だ。今回はアリシアを失ったも同然で、彼女に合わせる顔がない。

彼女が瞼《まぶた》を開けたら、獣《けもの》でも見るような目で私を見るのだろう。恐怖に怯《おび》えた目を向けられるのは、耐えられなかった。

「君に拒絶されたら私は生きていけない。どうすればいい……」

私はベッドの脇に膝をついて、項垂《うなだ》れた。

◇　◇　◇

目を覚ますと、私は自分の部屋のベッドにいた。公爵の寝室で寝たはずなのにと不思議に思う。

ふと顔を横に向けると、カーテンの向こうはすでに白《しら》んでいて、朝がきているとわかる。

いつの間にか体は綺麗に清められ、いつものネグリジェを着ている。

けれども、毎朝私を見つめていた公爵の姿は、どこにもなかった。

それに気がついてベッドから飛び起きると、体が軋《きし》んで痛みが走る。

「――痛っ！」

ネグリジェをめくり、自分の体をおそるおそる確認すると、肌の至るところにキスマークがつけられていた。

それらすべてが、昨夜のことが夢ではなかったと告げている。

公爵がいつも座っていた椅子が空《あ》いていることに、胸がずきんと痛んだ。その心の痛みは、体の痛みよりも辛かった。

「サイラス様……どこにいらっしゃるの？　サイラス様……」

掠《かす》れた声で名前を呼んでみるが、なんの返答もない。嫌な予感で胸がいっぱいになる。

とにかくベッドを出てガウンを羽織《はお》る。足がもつれてうまく歩けないが、どうしても公爵の顔が見たくて、自分を奮《ふる》い立たせた。

（もしかして、サイラス様は私以上に傷ついているかもしれないわ。ああ見えて繊細《せんさい》な方《かた》だもの……）

公爵の部屋に向かうつもりで扉を開けると、侍女のローラが驚いた顔で立っていた。朝の支度をしていたらしく、彼女の手には水差しが握られている。

「アリシア様、もうお目覚めなのですか⁉　まだ朝の六時前ですよ」

「おはよう。あの、サイラス様がどこにいらっしゃるか、知らないかしら？」

「ああ、公爵様は緊急の用事で領地に行かれるとおっしゃって、つい先ほど屋敷を発《た》たれました。アリシア様はぐっすり眠られているので、起こさないようにと申しつかりましたが……ご存じなかったのですか？　アリシア様」

「……ええ、私は――何も……」

私は全身から血の気が引いていくのを感じながら、ゆっくりとベッドに戻った。

ローラは足取りがおぼつかない私を心配してくれたが、昨夜の夜会でワインを飲みすぎたのだと誤魔化《ごまか》し、一人にしてもらった。

そうしてベッドに腰を下ろすと、じわりと涙が溢《あふ》れてくる。

出会って以来、彼はほんの数分ですら私と離れるのを嫌がった。それなのにどうして、私を屋敷に置いて領地に行ってしまったのだろうか。

どうしても、避けられているように感じてしまう。

それとも本当に緊急の用事なのだろうか……？

どれだけ考えても公爵の気持ちがわからなかった。私は彼のことをわかっているつもりだったが、ただ驕《おご》っていただけなのかもしれない。

昨夜の公爵は、私が知る彼とは別人のようだった。

もし公爵がああなってしまった原因が、ルーカス様への嫉妬《しっと》なのだとしたら、なんとしても直接会って誤解を解きたい。こんなことになるなら、ルーカス様の正体を公爵に伝えておけばよかった。

「早く……帰ってきて……サイラス様。お願い……」

私は目を閉じて、強く願った。


その日一日をベッドで過ごすと、翌日には体が動くようになった。

けれど公爵は領地での仕事が忙しいらしく、数日経っても屋敷に戻ってこない。とにかく私が元気でいれば、いつかは戻ってきてくれるに違いないと考え、無理にでも明るく振る舞った。

庭師に庭で花を見せてもらったり、公爵が不在の執務室で読書をしたりしている。それ以外の時間はローラと一緒にクッキーを作ったり刺繍《ししゅう》をしたりして、それなりに忙しくしていた。

使用人たちは、私と公爵の間に何かがあったと薄々《うすうす》気づいているらしく、誰もが優しく接してくれる。それをありがたく思いながら、今日も一人で過ごしていた。

昼下がりに庭に落ちている薔薇《ばら》の花びらを拾っていると、ダレン様が何か言いたそうに近づいてきた。彼は両腕を組み、公爵と同じ青い瞳で私を見る。そんなダレン様を見ていたら、まるで若かりし日の公爵がそこに立っているような錯覚を覚えた。

公爵のことを考えないようにしていても、彼の顔がつい頭に浮かんでしまう。

「兄さんは、まだ領地での仕事が残っているそうだ。いつ帰ってこられるかわからないらしい」

「……そう、お忙しそうでお体が心配です。きちんと食事を取られているのかしら……」

私には何も連絡をくれないのに、ダレン様とは連絡を取っているようだ。やはり避けられているのだろう。悲しくなって、彼から目を逸《そ》らす。

するとダレン様は私に詰め寄り、肩を強く掴《つか》んできた。手に持っている花びら入りの籠《かご》が大きく揺れる。

「アリシア……お前が来てから兄さんは変わった。普段の兄さんなら領地に行く時は、必ず俺も一緒に連れていってくれた。手紙は半日で届くはずなのに、その返事すらなかなかくれない。それもこれもお前のせいだ、アリシア」

「そう……」

私は小さく返事をすると、気を紛《まぎ》らわすように明るい声で言う。

「……さぁ、これだけ花びらがあれば充分です。この薔薇《ばら》の花びらでスコーンを作ろうと思っているの。サイラス様がそれを食べられないのは残念ですけれど」

私が言い終わるか否《いな》かという時、ダレン様が私の肩を押した。

籠《かご》が傾いて、色とりどりの花びらがこぼれ落ちてゆく。

「アリシア、聞いているのか！　メイスフィールド家の子を宿《やど》していると嘘をついて、お前が兄さんを脅《おど》したんだろう！　だから兄さんが屋敷に戻ってこなくなったんだ！」

「――ダレン様、薔薇《ばら》の花びらがこぼれてしまいました。明日のデザートが台なしになってしまいます」

私は涙が溢《あふ》れそうなことを隠すためにその場にしゃがみこみ、花びらを一枚ずつ拾いはじめる。ダレン様に泣き顔を見られたくない。

するとダレン様は私の手の先にある花びらを足で踏みにじり、震える声で叫んだ。

「子を宿《やど》していないとわかったら、すぐにでもこの屋敷から出ていってもらうからな！そしてこの屋敷には二度と通さない！　わかったな、アリシア！」

ダレン様はそう言うなり、勢いよく踵《きびす》を返して大股で去っていく。

穏やかな春の日差しを背中に浴びながら、私は地面に這《は》いつくばって花びらを拾い集めた。そうして自分に言い聞かせるようにつぶやく。

「……そうね、子どもなんてできていない可能性のほうが高いわ。そう簡単に妊娠しないものよ。もうすぐ私はこの屋敷から出ていく。そのことをわかっているのかしら。サイラス様ったら、本当に素直じゃないんだから……。早く……早く戻っていらして――お願い……」

私の前でだけ違う表情を見せる公爵を微笑ましく思っていたのは、ただの自己満足だったのかもしれない。公爵にとって私の存在は苦痛だったのかも――などと考えてしまう。

「――きっとサイラス様は本当に、お腹の子だけが心配だったのよ。その優しさを私が勘違いしたの。それに気がついたサイラス様は、もう耐えられなくなったのだわ」

好かれていると思っていたのは、勘違いだったのだ。

（サイラス様は生真面目《きまじめ》だから、一夜の過《あやま》ちでも相手の女性を無下《むげ》にできなかったのよ……）

熱い涙が溢《あふ》れ出し、頬を伝《つた》う。体中に散らばった、公爵に抱かれた証《あかし》。それらは日々薄くなり、今では数個の薄いあざが肌に残るだけだ。

あの夜に与えられた羞恥《しゅうち》や痛みまでもが恋しくて切なくて……何度も思い返しては、体中が熱くなるほど公爵を想う。

「うぅっ……ふぅっ……」

私は自分の肩を抱きしめながら縮こまり、声を殺して泣いた。

そうしているうちに、目の前の地面に黄色い小さな脚が現れる。

顔を上げると、子鴨《こがも》が五羽、横一列に並んで私のほうを見ていた。ここの庭で先日生まれた鴨《かも》だ。

つぶらな黒い瞳が可愛らしくて、微笑みがこぼれる。

「ふ……ふふっ。可愛いわね。私のこと、覚えているのかしら」

手を伸ばすと彼らは後ずさるが、手を引くとまたすぐに近づいてくる。まるで泣いている私を慰《なぐさ》めに来てくれたみたいだ。そう考えると、だんだんと元気が湧いてきた。

（そうだわ、うじうじ悩んでいるなんて性《しょう》に合わないわ。私の気持ちを、どうにかしてサイラス様に伝えなきゃ。でもどうしたらいいのかしら）

少し考えてから、いいことを思いつく。

「――手紙……そうだわ、サイラス様に手紙を書いてみましょう」

公爵家を去らなければいけなくなる前に、手紙を書いてみることにした。

私がお屋敷にいる限り、公爵は戻ってこないかもしれない。でも手紙なら、気持ちを伝えられる可能性はある。やってみる価値はあるように思えた。

（せめて私のサイラス様への想いだけは、伝えておきたい。私がどれほど彼を愛して大切に思っているか、知ってほしい）

――その日のうちに、私はなんとか手紙を書き上げた。

そして執事に、公爵に届けてほしいと頼みこむ。彼は何かを察したようで、二つ返事で手紙を受け取った。そして必ず領地に送ると約束してくれる。

月のモノの予定日は、もう過ぎている。いつきてもおかしくない。

月のモノがくるまでに、公爵は屋敷に戻ってきてくれるだろうか。

その日の夜は緊張のあまり、よく眠れなかった。


翌朝目が覚めた私は、ベッド脇にある椅子を見て、ため息をつく。

「まだ……帰っていらっしゃらないのね……サイラス様」

それから身支度を整えると朝食を済ませ、屋敷の中を見て歩いた。

公爵が戻ってきた時、高級品が単調に置かれただけの無機質な屋敷ではなく、季節を感じさせるような屋敷で迎え入れてあげたい。

そう思ったが、勝手に装飾品の位置を変えるのは憚《はばか》られる。あらかじめ侍女のローラと執事に相談し、刺繍《ししゅう》を施《ほどこ》したクッションやテーブルクロス、庭に咲いた花を飾り、すべての部屋を華やかにした。

一通り屋敷の中を回った後、応接間にある大きな暖炉《だんろ》の上の棚に、何も置かれていないのに気がついた。

「ローラ、ここにピンクのゼラニウムを飾ろうかしら。アネモネの紫色と合わせるととても素敵だと思うの。あぁ、公爵はどんな色がお好きなのかしらね。それくらい聞いておけばよかったわ」

ローラは私の提案に笑顔で頷《うなず》いたが、すぐに暗い表情になってエプロンを握りしめた。

「――アリシア様、どうして公爵様を気にかけるのですか？　アリシア様を抱いたあと、何も言わずに領地へ行ってしまわれたのですよね？」

公爵に抱かれた翌朝、ローラは私の着替えを手伝ってくれた。その時、彼女は私の体を見てしまったのだ。

引き裂かれたドレスと汚れたシーツが、公爵の部屋の屑籠《くずかご》に丸めて押しこまれていたのも見つけたという。私はローラにそれらをこっそり始末させ、このことは内密にと頼みこんだ。

「ローラ、あの日のことを誰にも言わないでいてくれてありがとう。あの様子にはびっくりしたでしょうけど、サイラス様は本当はお優しい方《かた》なのよ。ただ他の人よりも不器用で、素直じゃないだけなの。それだけはわかってね」

私の言葉に、ローラはしぶしぶといった様子で頷《うなず》いた。

「……アリシア様がいらしてから、この屋敷は見違えるほど明るくなりました。みんな、アリシア様には感謝しています。そのアリシア様のお願いであれば、私はなんでもお聞きします」

「ありがとう、ローラ。さぁ、庭に行って庭師長に花をもらいましょう」

庭に続く廊下をローラと並んで歩いていると、何人かの使用人とすれ違う。確かに私がこの屋敷で暮らしはじめたころと比べると、みんなの顔が明るくなった。

ローラは一緒に歩きながら、心配そうに私を見る。そんなローラの腕に手を添えて、私は微笑みを浮かべた。

「ふふ、心配しないで。私……今、賭《か》けをしているの。サイラス様が帰ってきてくださるかどうかのね。昨日、サイラス様に手紙を出したのよ。……あの手紙を読んでも屋敷に戻ってきてくださらなければ、私の失恋確定だわ」

あの手紙には、私の気持ちをすべてさらけだした。

初めて公爵を見た朝のこと……それから彼に惹《ひ》かれていったこと。そしてあの夜のことは気にしていないし、公爵に会いたくて、胸が引き裂かれそうなほどに苦しいということも。

もちろん、彼を愛していることもきちんと書いた。いくら鈍感で素直じゃない公爵でも、文字で読めばさすがに妙な勘違いはしないだろう。念のため、何度も繰り返し書いておいた。

私の手紙を読んでそれでも戻ってこなければ――悲しいが、そういうことなのだ。

（サイラス様にもう一度会いたい――）

公爵を想うたびに、心の奥が悲鳴を上げる。

誰かを愛することが、これほどまでに辛いことだなんて、知らなかった。

私の想いは叶わないまま、時間だけが過ぎていく。

そして手紙を出してから丸四日が経ったころ、下腹部に痛みを感じた。無情にも月のモノがきたのだ。

これで妊娠していないことが確実になった。この屋敷に滞在する理由はもうない。

私が屋敷に滞在していた本当の理由を知っているのは、公爵と弟のダレン様の二人。

けれど今この屋敷にいるのは、ダレン様だけだ。

かなり恥ずかしいが、報告のため彼の部屋に向かう。

扉をノックして名を告げると、何かを床に落としたような音が部屋の中から聞こえてきた。しばらくして、扉がゆっくりと開かれる。

冷たい目をしたダレン様が顔を出し、私を部屋の中に招き入れた。

その青い瞳を見ていると、まるで公爵に睨《にら》まれたような錯覚に陥《おちい》る。公爵の瞳の奥には負の感情ではない何かが見え隠れしていたが、この瞳は違う。本気で私を恨《うら》んでいる瞳だ。

「アリシア……なんの用だ？　兄さんなら、まだ仕事で忙しいと連絡があった。それと、なんのことだか知らないが、アリシアからの手紙を受け取ったと言っていた」

ダレン様の言葉に、淡い期待がガラガラと崩れ落ちる。

返事がないのはなんらかの事情で、私の手紙がまだ公爵のもとに届いていないためでは――そんな希望を抱《いだ》いていたのだが、甘かった。

私は失恋したのだ。二十歳で初恋をして、その恋に破れた。

動揺して心臓が激しく音を立てるが、声が震えないように意識を集中する。

「サイラス様がお屋敷にいらっしゃらないので、ダレン様にお伝えしようと思いまして」

「なんだ？　早く言え。俺は忙しいんだ」

ダレン様は私の顔も見ずに、窓の外を眺めて強い口調で話す。怒《いか》りを抑えているらしい。公爵が屋敷に戻ってこないのが、私のせいだと知っているからだろう。

「私は約束通り、明日このお屋敷を出ていきます。メイスフィールド公爵様の子は、妊娠していませんでした。サイラス様がお戻りになったら、そうお伝えしていただけませんか。それとお世話になったお礼と、お詫《わ》びも」

必死で話しているうちに、泣きたくなってきた。こんなことをダレン様に伝えなければいけない恥ずかしさ。妊娠していなかった哀《かな》しみ。公爵に拒絶されていることへの絶望。そのすべてが固まって、私を押し潰す。彼は何も言わず、重い沈黙が流れた。

「――ダレン様、この一ヶ月間お世話になりました。ありがとうございます」

私は一礼すると、部屋を出ようと彼に背を向ける。すると後ろから声が聞こえてきた。

「わかった……さよならアリシア」

それからお屋敷中を回って、使用人たちに別れの挨拶《あいさつ》をした。

みんなは一様に残念がってくれて理由を知りたがったが、私は微笑《びしょう》を返すことしかできなかった。理由は言えない。これは私がメイスフィールド公爵家に来た時から決められていたことなのだ。

その後、まるでお通夜のような夕食を終え、寝室に向かう。今までお世話になった侍女たちが総出で、涙を浮かべながら就寝《しゅうしん》の支度を手伝ってくれた。みんなの温かい気持ちに胸が熱くなる。

支度が終わって侍女が退室したあと、私はネグリジェ姿でベッドに腰かけ、今までの出来事を振り返る。

そうして溢《あふ》れてくるのは、やはり公爵への愛だった。

「サイラス様……愛しているわ」

言葉にしてみると、なんて滑稽《こっけい》なのだろう。

私は公爵を愛しているが、彼はそうではなかった。届かなかったこの想いは、できるだけ早く忘れたほうがいい。

きっと何年後かには、痛みの伴《ともな》わない思い出になる。

私は思い出が詰まったこの部屋で、枕を濡らしながら最後の夜を過ごした。

翌日、早めに朝食を終えると、自宅に帰る準備をした。夜会で着ていたドレスはもうないので、シンプルなドレスを選んで着ると、部屋の中を見回す。

そこでふと、あることに気がついた。この部屋には私のものは何もない。服や靴からペン一本に至るまで、すべて公爵に与えられたものだったのだ。

「思い出にするために持って帰れるものも、ないのだわ……」

深く考えれば考えるほど、惨《みじ》めになる。

私は大きく息を吸って気持ちを落ち着かせると、何も持たずに部屋を出た。


「アリシア様！　どうして行ってしまうのですか⁉」

屋敷の玄関前で馬車を待っていると、侍女の一人が涙を流しながら私に縋《すが》りついた。

屋敷で働くすべての人が玄関に集まり、私との別れを惜しんでくれる。

目頭が熱くなってきた。

「泣かないで。私がここに滞在するのは、もともと期限付きだったのよ。その時が来たから、私は家に帰るだけなの。サイラス様に会って直接お礼を言えなかったのが残念だわ。でもここで過ごした一ヶ月間は、みんなのおかげでとても楽しかった……。ありがとう」

ローラは駆け寄ってくると私の手を握りしめ、涙を流す。

「私、アリシア様に会いにいきます！　その時は薔薇《ばら》のスコーンの焼き方を教えてください！」

「ありがとう、ローラ。でもその時は、ただのアリシアと呼んでね」

その時、馬車の用意ができたと馭者《ぎょしゃ》が私を呼びに来た。

全員に別れの挨拶《あいさつ》を済ませた私は、後ろ髪を引かれながらも馬車に乗りこむ。

みんな寂しげな顔で見送ってくれているが、そこにダレン様の姿はない。彼には最初から最後まで嫌われたままだった。

そうして、私のおよそ一ヶ月のメイスフィールド公爵家滞在が終わったのだった。

5　元通りの生活

実家に戻って三日目、私の朝は慌ただしく始まった。

ベッドとワードローブと本棚が一つあるだけの自室は、公爵家の部屋と違って手狭《てぜま》だ。

私は壁際に置いてある洗面器に水を張り、朝の洗顔をして目を覚ます。

それから髪を梳《と》かしてリボンで一つにまとめ、動きやすいドレスに着替えて居間へ行くと、使用人の女性が笑顔で迎えてくれた。

「アリシアお嬢様、おはようございます。よく眠れましたか？」

彼女は我《わ》が家で働く使用人のミリーで、もう孫もいる年だ。しかし私が幼いころから今も現役で働いてくれている。

「ミリー、おはよう。よく眠れたわ。あら、ジャスミンのいい香りね」

そんなことを言いながらテーブルを見ると、そこには朝食が並び、父母と兄が揃って私を待っていた。

五つ年上の兄ライアンは、苦い顔で私を見た。彼は普段、父の仕事を手伝っている。

私は急いで自分の席に着いた。

「ごめんなさい、お待たせしました」

「遅いぞ、アリシア。今日は父さんと一緒に国境の町まで行くから、帰りは遅くなる。お前も今日は仕事の日なんだろう？」

「ええ、ライアン兄様。王立図書館の仕事を一ヶ月も休んでしまったから、しっかり働かないとクビになっちゃいそうだわ」

今日は王立図書館への出勤日だ。長期休暇をいただいたお詫《わ》びに焼いた苺《いちご》のケーキは、昨日のうちに包んである。

メイスフィールド公爵家から帰ってきた時、両親も兄も普通に私を迎えてくれた。

公爵が父に宛てて送った手紙には、私の持つ特別な知識が必要で急遽《きゅうきょ》滞在してもらうことになった、と書いてあったという。口下手な公爵だけれど、仕事の体裁《ていさい》を取った手紙でなら、もっともらしい説明ができるのだろう。

ああ見えて、王国最大の貿易業を営《いとな》む、経営能力に優《すぐ》れた公爵様なのだ。

「仕事をクビになったら、いい男と結婚して家庭に収まればいい。俺は女が仕事をするのは好きじゃない。よかったら、俺の友達でも紹介しようか？　優秀でいい奴がいるんだ」

私が仕事を始める前から、兄は反対していた。けれども本人が幸せならそれでいいという考えを持つお気楽な父と、おっとりとした母の後押しがあって、私の就職は実現したのだ。

「まあまあ、ライアン。アリシアはまだ若いのだから好きにさせればいい。お前だってアリシアくらいのころは、資格を取るだなんだと言って留学したじゃないか」

「男と女は違うんだよ。それに俺が留学したのは、父さんの会社を大きくするためだ。まったくもう、父さんはアリシアに甘いんだから。このままじゃ誰とも結婚できやしないよ」

父は優しくたしなめ、兄は呆れたように言う。その様子を、母が微笑ましく見守る。

いつものバートリッジ家の光景に心が和《なご》んだ。

「まあ、アリシアのことはいいにしても、うちの事業は厳しいな。また取引先を大手の紡績《ぼうせき》工場に奪われた。大手はどうしてあんなに安い値で質のいい布が織れるんだろうな。本当に困ったよ。このままじゃうちは倒産さ。これ以上経費を削れないのに……はぁーっ」

兄がため息をつくと、父は朗《ほが》らかに笑う。

「大丈夫だよ。家族一緒ならどうにかなるさ。ははは」

「そうね。うふふ」

母もにこやかに言った。

私が図書館で働いた給金は、わずかではあるが貯金してある。家族みんなが暮らせるほどではないものの、何かの足しになるかもしれない。

私がそう申し出ると、母は笑顔で首を横に振る。

「いいのよ、アリシア。貴方は心配しなくていいわ。それよりも自分のことを一番に考えなさい」

兄が卵の殻をスプーンで叩き割りながら言った。

「そうだ、アリシア。その服なんか、少なくとも五年は着ている気がする。体形が変わらないのは大いに結構だが、もう少しお洒落《しゃれ》に気を使わないと、男に声すらかけてもらえないぞ。一生独身でこの家に住み続けるつもりか？」

「ちょっと、ひどいわ！　兄様ったら！」

私は抗議の声を上げるが、悲しい気持ちになってくる。

公爵の屋敷では、毎日最高級のドレスを着ていたにもかかわらず、たった一人の男性の心すら動かせなかった。私がモテないのは服のせいではないのだろう。

自然とため息がこぼれてしまうのだった。

朝食を済ませると、仕事に行くために早く家を出た。バートリッジの家はこの辺では少し大きめで、敷地も広い。前庭を抜けて門を開けるとようやく通りに出られる。

そこで向かいのおじさんにばったりと出くわした。愛犬のブーマーを連れて散歩中のようだ。

「おはようございます。もう腰の痛みは治ったのですか？」

「ああ、アリシアちゃん。久しぶりだね。アリシアちゃんがすすめてくれた軟膏《なんこう》で、随分よくなったよ。ありがとう」

――いつもの風景にいつもの顔ぶれ、何気ない会話。

そのおかげで、私はゆっくりと明るい気持ちを取り戻していった。

あんな豪奢《ごうしゃ》な屋敷で暮らすことも、公爵に会うことも、二度とないだろう。

(サイラス様のことはもう忘れて、仕事を頑張りましょう！)

己《おのれ》を奮《ふる》い立たせて気合いを入れると、私は乗り合い馬車に乗りこんだ。

王立図書館は王都の東端に位置していて、私の家からは乗り合い馬車で三十分ほどかかる。

馬車を降りた私は、入り口で案内係のシーベルおばさんに声をかける。一ヶ月の不在を詫《わ》びるとともに、休憩時間に苺《いちご》のケーキを振る舞うことを約束した。

「アリシアちゃんのケーキ、楽しみだね。そういえば休みの間はゆっくりできたのかい？

少しほっぺたがふっくらした気がするね。前は痩《や》せすぎていたから、今のほうが女性らしくていいよ」

「そ……そうかしら。自分では気がつかなかったわ」

頬に手を当ててると、確かになんだか肉付きがよくなった気がする。屋敷に滞在していた時は公爵が心配するので、あまり動かなかったからだろうか。

楽しかったころを再び思い出してしまい、胸がきゅううんと締めつけられる。

それを振り払うように首を横に振り、私は仕事場に向かった。


王立図書館は二百年前に建てられた古い建物だ。石の階段を上《のぼ》って二階の東にある、『歴史』という鉄のプレートがついた扉を開ける。

王立図書館は神学、法学、科学、技芸、文芸、歴史という区分に分かれている。区分ごとに部屋があり、それぞれ司書が配属されているのだ。私の上司であるディラン様の担当は歴史で、私もそこに所属している。

歴史の部屋に入ると、目の前にカウンターがあり、その内側に図書館員の座席がある。私は自分の座席に着きながら久々の職場を見回した。

四方の壁を、本棚が埋め尽くしている。本棚にはぎっしり本が詰まり、手の届かない場所にある本を取るための移動式梯子《はしご》が設置されていた。本棚には、あまり変化はない。

しかし、私が不在の間、上司は事務仕事をかなりサボッていたようだ。

一ヶ月間の貸出履歴の整理や、未返却本の督促状《とくそく》送付が滞《とどこお》っていて、机の上には書類がどっさり溜まっている。やることはたくさんあった。

「よし、頑張るわよ！」

私は腕まくりをして、仕事に熱中した。そうでないとすぐに公爵のことを思い出してしまう。

一心不乱になって仕事をこなしていると――

「アリシア！」

突然声をかけられ、驚いて椅子から立ち上がった。

「きゃぁあっ！」

その拍子に机にぶつかって、机に置いてあった貴重な本が落ちそうになる。

慌てる私よりも先に、誰かがカウンター越しに手を伸ばし、本を押さえてくれた。

顔を上げると、カウンターの向こう側にはディラン様――いや、金色の髪に緑の瞳を持つ、ルーカス・ギルマイヤー侯爵がいた。

「ふぅ、危なかったな。何度か声をかけたんだが、驚かせたようですまない。アリシア、公爵家での仕事は無事に終わったんだろう？」

彼は白い歯を見せて笑った。

「ええ……もうあのお屋敷に行くことはありません。でもどうして――」

私は周囲に誰もいないことを確認しつつ、声をひそめた。

「今日はルーカス様のお姿なのですか？」

「ここでの俺の仕事は終わったからな。俺の代わりに、今度新しい司書が来る。お前が今日復帰だという話は上層部に通っているから、あらためて誰かが話をしに来るだろう。今日は、ディランじゃなくてルーカスとしてアリシアに会いにきたんだ。もう異性と話してもいいんだろう？」

そういえばルーカス様には、そのへんの事情について嘘を交えて説明していたことを思い出す。しかし私が気になったのは、職場のことだ。

「新しい司書の方《かた》を雇《やと》われるのでしたら、私はもう必要ないのでしょうか？」

私が雇《やと》われたのは、本の知識もないのに司書として働くルーカス様を補佐するためだ。本物の司書が来れば、私はお払い箱になるに違いない。失恋した上に職まで失う羽目《はめ》になるとは、辛いことは重なるものだ。

私はがっくりと項垂《うなだ》れた。

「大丈夫だ、俺がきちんと話を通してある。新しい司書が来ても、アリシアはここで働き続けられる。お前は本当に楽しそうに働いていたから、俺のせいで職を失うのは忍《しの》びない」

「そうなのですね。ああ、よかったです！　――あの、ところで言いにくいのですが、もしかしてここの傷はルーカス様が……」

私は貸し出しカウンターについている長い傷を指さした。これはひと月前にはなかったものだ。

するとルーカス様は満面の笑みで、近くの本棚についた小さな丸いくぼみに触れた。

「ああ、とある男が本の中にこっそり手紙を隠そうとしていたから、取り押さえようとしたんだ。でも激しく抵抗されてな。隠し持っておいた銃を使わざるをえなかった。そうしたら敵は短剣で応戦してきて――この棚にある穴は、その時にできた弾痕《だんこん》だ」

ルーカス様はそう言って、なぜか誇らしげな顔をする。私は一気に血の気が引いた。

「ルーカス様！　その本棚には貴重な蔵書が並んでいるのですよ！　ああ、なんてことを！」

慌てて穴の周囲の本を慎重にチェックする。弾は運よく棚だけに当たり、蔵書に傷はないようだ。

私がほっと息を吐くと、ルーカス様は楽しげに噴き出した。

「――ぷっ！　ははは っ！　普通、ここは俺の体を気遣うのが先だろう？　少なくとも俺の知っている女はみんなそうだった」

「ル、ルーカス様がとてもお元気なことは、見てすぐにわかりますから」

私は頬を膨《ふく》らませて反論する。

すると彼はなぜか笑みを深くし、改めて私に向き直った。

「三ヶ月内偵《ないてい》をして下準備はすんだ。明らかになった黒幕を捕まえて、ここで捕《とら》えた奴に証言させれば終わりだ。この仕事が全部終わったら、今度こそ俺の話を聞いてくれ、アリシア」

「ええ、お仕事がうまくいくことをお祈りしています」

話とはなんだろうと少し気になったが、私はとりあえずにっこり笑ってルーカス様を見送った。


毎日が目まぐるしく過ぎていき、メイスフィールド公爵家に滞在していた一ヶ月間が夢だったかのように思えてくる。

それでも時々、公爵のことを思い出しては、彼は今どうしているのかと思いを馳《は》せてしまう。

公爵家の侍女ローラからの手紙によると、私が去ってすぐに公爵が屋敷に戻ってきて、これまでにないほど表情を失ったらしい。

私が飾った花瓶やクッション、テーブルクロスを見た彼は、執事に命じてすべてを元に戻したそうだ。

「……ということは、私が来る前に戻ったのね。サイラス様は大丈夫なのかしら？」

気になって手紙の続きに目を通す。


――屋敷はアリシア様がいらっしゃる前より暗い雰囲気になり、もともと少なかった公爵様の口数はもっと少なくなりました。それに耐えられなくなった使用人が、すでに何人か辞職を申し出ています。長年勤めていた人たちなのに残念です。使用人は皆、アリシア様がいたころの賑《にぎ》やかだった毎日を懐《なつ》かしんでいます。公爵様はアリシア様が使われていた部屋を片づけさせず、鍵をかけて、誰も入れないようにしてしまいました。もうアリシア様が戻っていらっしゃることは、本当にないのでしょうか――

最後に、私が作った苺《いちご》のロールケーキと薔薇《ばら》のスコーンをもう一度食べたいと、丁寧な字で記《しる》してあった。

以前よりも暗くなったという屋敷が心配だが、私にできることはない。

胸は痛みを発し、心は苦しくなる。同時に公爵家での幸せな日々を思い出してしまう。

――公爵のことを、まだあのころとちっとも変わらず愛している自分に気づかされる。

（いつになったらこの気持ちを忘れることができるのかしら……）

むなしさと切なさで、胸がいっぱいになった。


実家に戻って一ヶ月ほど経ったある日――その日は朝から大雨で、王都は薄暗闇に包まれていた。

夕方になって王立図書館の仕事が終わる。私は傘をさして馬車乗り場まで急いでいた。

ふと目の前を、一人の男性が傘もささずに通り過ぎていく。帽子を深くかぶっているが、その後ろ姿は公爵にそっくりだ。

鼓動が大きく頭に鳴り響く。一瞬で全身が石のように固まり、気づけば彼を呼び止めていた。

「サイラス様っ!!」

地面を叩きつける激しい雨音の中、振り返った男性は――公爵とは違う黒色の瞳に、明るいブラウンの髪を持つ、まったくの別人だった。

男性は驚いた顔で私を見る。その時、自分が咄嗟《とっさ》に彼の服を掴《つか》んだのだと気がついた。

その手で持っていた傘は足元に転がっている。

私は慌てて手を離すと、見知らぬ男性に頭を深く下げた。

「す、すみません。人違いだったようです……」

男性は私に会釈《えしゃく》し、素早く去っていく。

その背中を見ながら私は衝撃を受けていた。

公爵を愛しているのだと自覚した時よりも、さらに鮮烈に彼への愛を感じてしまった。

公爵がいると思っただけで、体が勝手に動いていた。

落とした傘が風で地面を転がってゆくのを、ゆっくり歩いて追いかける。周囲の通行人たちが、そんな私をいぶかしむように見た。

傘は拾ったものの、体も荷物もすでにびしょ濡れなので、さしても仕方がない。しばらく雨に濡れながら、ぼんやりと雨空を眺める。

「アリシア！　どうしたんだ？　びしょ濡れだぞ。どうして傘があるのにささないいんだ？」

「ルーカス様……」

振り向くと、そこには傘をさしたルーカス様が立っていた。

「今日で例の仕事が全部終わったんだ。だからアリシアに会いたくて、図書館に行ったんだよ。一歩遅かったようだが——むしろタイミングがよかったかな」

ルーカス様はそう言うと、上着を脱いで私の肩にかけ、傘の中に引き寄せた。

「あぁ、こんなに濡れていたら、もう乗り合い馬車には乗れないぞ。俺の馬車に乗るといい。家まで送ろう。すぐそこに待たせてある」

「あの、結構です。私……歩いて帰ります。お気遣い、ありがとうございます」

私は震える唇でなんとか声を絞り出した。

今は誰かと話をする気になれない。心が引き裂かれそうなほど苦しくて、これ以上話していると大声で泣き出してしまいそうだ。

ルーカス様に上着を返して自分の傘をさし、雨の中を家に向かって歩き出す。

「どうしたアリシア——何かあったのか!? 様子がおかしいぞ!」

ルーカス様が背後から追いかけてくる。でも私は構わず歩き続けた。

しばらくして、異変に気がついて足を止める。

下腹部に経験したことのない痛みが走ったのだ。耐えきれなくて地面に膝をついた。

「————っ!」

「アリシアっ！　大丈夫か！」

必死でお腹を押さえてうずくまる私を、ルーカス様が心配そうに抱きかかえる。そして横抱きにして運び、近くに停めてあった侯爵家の馬車に駆けこんだ。

その時、私の足を生ぬるい液体が伝《つた》って落ちる。月のモノと同じ感触に恥ずかしさがこみ上げるが、それとは違う強烈な痛みが下腹部を襲い、声すら出せない。

そればかりか気持ちが悪くなり、体が震えて吐き気までしてきた。

「うぅっ、ルーカス様。私は大丈夫です。どうか家に……家に連れて帰ってください……」

「駄目だ！　お前の家までは、どんなに飛ばしても二十分はかかるだろう。近くに知っている病院がある。そこに行くから心配するな！　大丈夫だ！」

ルーカス様は私の足元に視線を走らせた。

つられて見れば、馬車の床に血溜まりができている。月のモノとは明らかに違う鮮やかな赤色だ。

痛みとショックで気が遠くなっていく。

「アリシアっ！」

そして私は意識を失った。

目を覚ますと、見知らぬベッドの上にいた。顔を横に向けると、ベッドの脇の椅子に誰かが腰かけている。

あぁ、公爵がいるのだ。きっと今までのこと——彼と仲違《なかたが》いして離れることになったのは夢だったのだ。

私はホッとして微笑む。

「アリシア……」

その声と共に、目の前の光景が鮮明になる。私を見つめる緑の瞳に気がついて、現実に引き戻された。

椅子に座っていたのは、ルーカス様だった。彼は青白い顔で私の額《ひたい》に手を添える。彼の背後には年配の男性が立っていた。

「ここは……？　一体何が……」

眩暈《めまい》に襲われながらもなんとか上半身を起こすと、清潔な服に着替えていることに気がつく。

そこは白を基調とした部屋で、ベッドのそばにはカートがあり医療器具が置かれている。

「大丈夫だ、アリシア。ここは病院で、この人は王国で一番の医者だ。安心しろ」

「――私……出血して……、倒れてしまったのですか？」

おそるおそる聞くと、ルーカス様が暗い顔をして黙りこんだ。背後にいる医者だという男性が、神妙な顔で言う。

「お嬢さんは妊娠しているようだね。流産しかかって、出血したんだよ。大事な時期にお腹を冷やすのはよくないから、気をつけなさい。お腹の子どもは無事だったよ。でもしばらくは安静にしておくこと。もし胎盤が剥《は》がれていたら、子どもだけでなくお嬢さんの命も危なかった」

「え……？　子ども……？　どういう……」

予想もしていなかった言葉に、頭の中が真っ白になる。

「でも……私――」

公爵と交わった後、月のモノは確かにきたはずだ。それを医者に伝えると、そういうこともままあると言われた。

そういえば二日間ほど出血して、その後すぐに止まったのだった。でも失恋によるストレスのせいだと思っていた。

それ以来、誰とも行為をしていない。だから妊娠しているなんて寝耳に水だ。まさか本当に、公爵の子を妊娠するなんて……

「赤ちゃんが……私のお腹の中に……？」

温かい気持ちがお腹の底からこみ上げて、涙が滲《にじ》んでくる。愛する公爵の子がお腹にいると思うだけで、胸が熱くなった。

けれども次の瞬間、公爵に拒絶されたことを思い出し、心が一気に曇《くも》る。シーツを握りしめる手が震えた。

そんな私の手に、ルーカス様が大きな手を重ねる。

「アリシア、相手は誰なんだ？」

私はうつむいたまま、黙って首を横に振る。公爵に迷惑をかけたくない。

顔を上げると、いつの間にか医者が姿を消していた。気を遣ってくれたのだろう。

しかしルーカス様は再び問いかけてくる。

「……まさかと思うが、相手はあの『冷血公爵』なのか？」

「やめてください！　違います！」

思わず大声で叫んでしまう。

するとルーカス様は、いつもの朗《ほが》らかな表情とは違う、厳しい顔をした。彼の目は真剣だ。

「お前がそういうことを簡単にする女じゃないのは、一緒に仕事をしたことでわかっている。相手は誰なんだ？　いつまでも隠し通せることじゃない」

彼は私の返事を聞くまで諦《あきら》めないという目をしていた。このままでは公爵の屋敷に乗りこみかねない。

もしルーカス様が、私のお腹に子どもがいると話したら、公爵は自分の子だと気がつくだろう。そうなれば、公爵は不本意だとしても私と結婚するはずだ。

でも私は、自分を愛していない男性と一生を過ごすなんてできない。公爵への愛情が大きければ大きいほど、彼との結婚生活は、地獄《じごく》の毎日になるだろう。

私は観念して、メイスフィールド公爵家に滞在することになった本当の理由を、ルーカス様に話した。彼は私の手を握ったまま、黙って話を聞く。

私がすべてを話し終えると、彼は大きなため息をついた。

「はぁ……。まさかそんな理由で、アリシアがメイスフィールド公爵家に滞在していたなんて。一応納得はしたが、まだおかしな点がある。俺と夜会でたまたま会った日に、何があった？　どうして、その日から彼は屋敷に戻ってこなくなったんだ。公爵は素直じゃないだけで優しい人なんだろう？　それまではアリシアが浮気しないように、ずっと見張っていたんじゃないのか？」

「――そ……それは……」

嫉妬《しっと》に狂った公爵に強引に抱かれたことは、口が裂けても言えない。

私が顔を引きつらせて口ごもったことで、ルーカス様は何かに気がついたのだろう。怒《いか》りで顔を歪《ゆが》めた。

「そのお優しいメイスフィールド公爵様は、お前に何かひどいことをしたんだな。そんな男の子どもを、お前は産むつもりなのか？　今なら可哀想だが産まないという決断もできる。冷静に考えろ」

その言葉に、胸が引きちぎられそうなほど痛む。

（確かにルーカス様の言う通りだわ。サイラス様は私を引き留めなかった。最後まで顔を見せたくないくらい嫌われてしまったのよ……）

手が痛むほどシーツを握りしめて、私は絞り出すように言う。

「私……サイラス様をまだ愛しているのです。でもこれ以上、彼に迷惑をかけたくありません。だから――この子は私が一人で産んで育てます」

「アリシア！　未婚で子どもを産むことがどういうことなのか、わかっているのか？　王都とはいえ、保守的な人間はまだまだたくさんいる。そういう人間に攻撃されたら、アリシアだけでなく子どもも、普通の幸せは望めなくなる。それでもいいのか!!」

ルーカス様が声を荒らげた。いつも落ち着いて余裕のある彼からは想像できない姿だ。

この国では、未婚の貴族令嬢が産んだ子どもは、どこかの屋敷に引き取られ、使用人になることと引きかえに秘密裏に育てられる。そして母親は、修道院に行くかわけありの男性に嫁《とつ》ぐしかない。

ルーカス様はそんな事態になるのを心配しているのだろう。

でも私は貴族の令嬢ではないし、お腹の子を手放すつもりもない。働きながら子を育てることも、不可能ではないはずだ。

「わかっています。でもお腹に宿《やど》ったこの子を堕《お》ろす決断はできません。覚悟はあります。私はこの子を一人で産むつもりです」

私は決意をこめて、ルーカス様を見つめ返した。

睨《にら》み合うような形になったが、私の意志が固いことを悟《さと》ったのか、ルーカス様はうつむく。そして頭を掻くと、小さく唸《うな》った。

しばらくして顔を上げ、真摯《しんし》な瞳で私を見る。

「俺と結婚しよう、アリシア。俺の子どもとして育てればいい。そうすれば子どもに充分な教育と身分を与えることができる。アリシアだって、未婚の母として世間から冷たい目を向けられることはない」

思わぬ展開に頭がついていかない。まさかルーカス様がそんな提案をするとは想像もしなかった。

「な、なに……を？　ル、ルーカス様、ご自分が何を言っているのか、わかっていらっしゃるのですか？」

「ああ、充分に理解している。どうせ今日、アリシアに結婚を申しこむつもりだった。一生を共にしたいと思える女など、もう二度と現れない。だったら、アリシアが困っている今がチャンスだ。この状況を大いに利用させてもらう。結婚式はできれば、お腹が目立つ前――となると早急にしたほうがいいな」

ルーカス様は、なぜだかとても楽しそうに笑いかけてくる。

彼が私のことを好きだなんて、思ったこともなくて理解が追いつかない。たとえそうだとしても、違う男性の子を身籠《みごも》った女性に求婚する気が知れないし、彼の笑顔はこの状況に適さない。

私は頭を横に振り、思わず叫ぶ。

「待ってください、そんなわけにはいきません！　他の男性の子どもを自分の子どもとして育てるなんて……事の重大さがわかっているのですか!?」

「もちろん、わかって言っている。それとも俺の妻になるのがそんなに嫌なのか？」

「そういうことじゃありません。他の男の子どもを身籠《みごも》った女性と結婚したがる人なんて、聞いたこともありません」

「細かいことは気にするな。俺はアリシアが手に入ればそれでいい。そんなに気になるなら、俺の子も十人くらい産んでくれ。そうしたら些細《ささい》な問題だと気づくだろう。あぁ、もちろん、俺の子でなくても全力で愛すると誓うよ」

私はあまりのことに、言葉を失った。

ルーカス様の言っていることは滅茶苦茶だ。けれども彼の愛は、握られた手から嫌というほど伝わってくる。

だからこそ——ここは彼のためにも、はっきりさせておいたほうがいい。

私はルーカス様に向き直り、きっぱりと告げた。

「ルーカス様、私はサイラス様を愛しています。ですからルーカス様とは結婚できません。申し出はありがたいのですが、お断りさせていただきます」

するとルーカス様は、なぜか笑みを深くする。それが一体どんな心情によるものなのかわからず、私は戸惑ってしまった。

彼は穏やかな声で、諭《さと》すように語りかけてくる。

「すぐに結論を出さなくていい。それに、アリシアが俺に罪悪感を抱《いだ》く必要はまったくない。どうやら俺は性欲が薄いらしくて、もう何年もそういう行為をしていないし、しなくても平気なんだ。お前が嫌ならば、一生しなくても気にならない」

そう言うと、ルーカス様は愛《いと》おしげに私の顔を見つめた。

「この状況で求婚を断るアリシアだからこそ、一生を共にしたいと思ったんだ。求婚を断られて傷ついていないと言ったら嘘になるが、それでこそ俺の選んだ女性だと思う気持ちのほうが大きい。そばにいてくれるだけでいい。諦《あきら》めて、俺の誘いに乗っかっておけ」

私が提案を受け入れやすいよう、わざとそんな言い方をしているのだろう。

そんなルーカス様に、私は小さな微笑みを返すことしかできなかった。

とにかく今は体を休めるようにと言われ、両親と図書館への連絡は彼に任せることにした。

(お腹の中に……私とサイラス様の赤ちゃんが……)

そう思うと、自分の体が一層愛《いと》おしく感じられる。

信じられない気持ちで、お腹にそうっと手を当てた。まだ膨《ふく》れてもいないのに、幸福感が心に満ちる。

そのあと、医者にもらった温かい飲み物のおかげか急に眠気が襲ってきて、私は意識を失うように眠りについた。

◇　◇　◇

俺はダレン・ド・メイスフィールド。王家の血を引くメイスフィールド公爵家の男だ。その血筋に見合うよう常に振る舞ってきたし、頭脳や商《あきな》いの手腕には定評があり、誰からも賞賛されている。

兄のメイスフィールド公爵は俺以上に完璧な男で、俺の憧《あこが》れの存在だ。だから兄は、その人物像にふさわしい身分の高い女性と結婚するのだろうと思っていた。

そんな兄が突然、夜会で出会った庶民の女性を屋敷に住まわせると言った時には、耳を疑った。しかもその女は、兄の子を宿《やど》しているかもしれないという。

確実に妊娠していないとわかるまで屋敷に置いておく、と説明を受け、怒《いか》りに手が震えた。

その女――アリシアと書庫で初めて話をした時、怒《いか》りは最高潮に達した。この俺にあんな生意気な口をきく人間など、今までいなかったからだ。

お腹に公爵家の跡継ぎがいるかもしれないからと、調子に乗っているのだろう。俺はその本性を暴《あば》いて屋敷を追い出してやろうと思っていたのだが――

アリシアは次第に屋敷の使用人を味方につけ、やりたいようにやりはじめた。

無駄なく整えられていた屋敷には、草花などの季節のものが飾られるようになった。

そして、使用人たちは明るく、おしゃべりになった。

まるで、礼拝堂が町の飲み屋にでもなったかのような変わりようだ。

しかも兄はアリシアを咎《とが》めず、好き勝手させるのだ。たった一人の家族である自分よりも女を取ったのかと、屈辱《くつじょく》で胸がいっぱいになる。

一方で、屋敷の変化を楽しんでもいる自分に気がつき、自己嫌悪に陥《おちい》る。

相反《あいはん》する二つの感情がせめぎあい、自分の本当の気持ちがわからない。そればかりか、無意識にアリシアの姿を探すことすらあった。

使用人たちが集まる賑《にぎ》やかな場所の中心に、彼女はいた。

容姿も能力も平凡な、どこにでもいる女だというのに、なぜか誰もが彼女を好きになる。

ブルニエール伯爵家での夜会の日、見違えるほど美しく着飾ったアリシアを見て、俺の葛藤《かっとう》はさらに深くなった。

兄に手を引かれていく、天使のように可愛いアリシアを見て、胸の奥底が熱くなり、新たな強い感情が生まれた。

夜会の日、兄とアリシアは俺を置いて先に屋敷に戻ったようだ。二人の間に何があったのかはわからないが、翌朝早く、兄は領地に発《た》った。

俺に何も告げずに領地に行くなど、今までなかったことだ。

アリシアもなんだか様子がおかしい。兄がいなくなって悲しそうな目をするアリシアに会うため、庭園に足を踏み入れた。

「兄さんは、まだ領地での仕事が残っているそうだ。いつ帰ってこられるかわからないらしい」

「……そう、お忙しそうでお体が心配です。きちんと食事を取られているのかしら……」

兄の体を心配するアリシアに、腹が立ってくる。アリシアは兄のことばかりで、俺のことなど少しも気にかけない。

そう考えた途端、怒《いか》りが湧いてきて、感情に任せて彼女の肩を掴《つか》んでしまう。

強く責めると、アリシアは目に涙をいっぱい溜めて俺を見つめ返した。でもそれは一瞬のこと。彼女は何事もなかったかのように地面に座りこむと、落ちた花びらを拾う。

何をしても俺のことを見ないアリシアにますます腹が立って、感情を制御できない。

そうして俺は、心にもない言葉をぶつけてしまったのだった。

その後、アリシアは兄宛てに手紙を書き、執事に預けたようだ。そのことを偶然知った俺は、配達人に声をかけて、その手紙を入手する。

するると偶然にも、配達人は領地にいる兄からの手紙も持っていた。それは二通あって、俺に宛てられたものとアリシアに宛てられたものだった。

まずはアリシアが書いた兄への手紙を開けると、そこには変わりない愛情が綴《つづ》られていた。そして兄が領地に行った理由も記されていた。彼女はひどい仕打ちを受けながらも、兄を愛しているし、兄を許すというのだ。

それを読んだ時、俺は自分の心に芽生えていた感情の名前を悟《さと》った。

俺はアリシアが好きなんだ！

こんな感情を抱《いだ》いたのは初めてのことだった。ともあれ恋心を自覚した以上、この手紙を兄に見せるわけにはいかない。

それから、兄がアリシアに宛てた手紙も読む。

それは理論派の兄らしい文面で、女性に送るようなものではなかった。まるで仕事の報告書みたいだ。だが、兄がアリシアを愛するようになるまでを、整然と綴《つづ》っていた。

そして手紙の最後は、こう締められている。

――以上の検証から、私がアリシアを心から愛していることは確実なようだ。もし君があの夜の私の過《あやま》ちを許してくれるのならば、手紙で返事をしてほしい。私を許すことができないというならば、返事をする必要はない。それがアリシアの気持ちなのだと、真摯《しんし》に受け止めよう――

「そんな……！　そんなの許さない！」

この手紙を読めば、アリシアはすぐ返事を出すに違いない。そして二人は結婚してしまうだろう。

兄がアリシアの手紙を読んでも、結末は同じだ。

初恋の相手が実の兄と幸せに暮らす様子を、一生そばで見続けるなんて、俺にはできない。

「こんなの……こんなのは駄目だ。絶対に駄目だ！　絶対に二人を結婚させない！」

罪悪感がないと言ったら嘘になるが、それよりも怒《いか》りのほうが遥かに勝《まさ》る。

俺は二通の手紙を、机の奥深くにしまいこんだ。

しばらくして、アリシアは屋敷を出ていった。もし俺があの手紙を二人に見せていれば、今ごろ二人で仲良く結婚式の相談でもしていただろうに。

だがそうなっていたら、俺は身を切り裂かれるような苦しみに苛《さいな》まれるはずだ。
手紙を隠したのは、自己防衛。こうでもしなければ俺は救われなかった。
心がずたずたに引き裂かれていたに違いない。そう思って、自分を無理やり納得させた。

◇　◇　◇

妊娠がわかって以来、私は医院でゆっくりと過ごしていた。普通の風邪だが、感染力が高いので医院に入院することになったと、ルーカス様が両親に説明してくれたらしい。ルーカス様は毎日のように病室に来ては、面会時間が終わるぎりぎりまで他愛のない話をして帰っていく。彼が本を持ってきてくれたので、ベッドの上で退屈することもなかった。

そして一週間後、退院の日がやってきた。私の体調は落ち着いていて、無茶をしない限り普通に過ごしても大丈夫だと言われている。

その日はルーカス様が馬車で迎えに来て、家まで送ってくれた。

馬車から降りて玄関を開けると、両親と兄が揃って出てくる。そして半《なか》ば強引に私をソファに座らせ、父が心配そうな顔で言った。

「体は大丈夫なのか？　アリシア。まさか悪阻《つわり》と風邪が重なっただなんて……！　でも子どもが無事でよかった」

悪阻《つわり》という言葉に、私はぎょっとする。

「アリシア。ギルマイヤー侯爵とそんな関係だったなんて、どうして隠していたんだよ。それで、結婚式はいつにするんだ？　いきなりで驚いたが、こういう状況なら仕方ない。祝福するよ」

父だけでなく兄のライアンまでそんなことを言い出した。

どうして私の妊娠を知っているのかと固まっていると、ルーカス様が私の肩を抱き寄せた。

「バートリッジ夫妻、ライアンさん。本当に申し訳ありません。でも私はアリシアを心から愛しています。必ず彼女を幸せにすると皆さんに約束します」

「ル……ルーカス様？」

話の流れからして、ルーカス様が私の妊娠について家族に話したのだろう。子どもの父親はルーカス様で、私は彼と結婚するということも。

一体全体どうしてそんな話になったのだろう。結婚の申しこみは、はっきり断ったはずだ。

唇を震わせながら、私はルーカス様を見る。

　すると彼は、私の疑問に答えるように笑った。

「アリシア、すまない。お前の了承を得る前に、ご家族に話してしまった。こういうことはできるだけ早く話しておいたほうがいいと思ってな。結婚の許可はいただいたから、あとはアリシアの返事だけだ」

　私が逃げられないよう、外堀を埋めたのだろう。逃げ道をなくし、結婚を承諾させようとしているのだ。

　考えを巡《めぐ》らせていると、ルーカス様が私の手を優しく握りしめた。その瞬間、肩がびくりと震える。

「か……勝手なことをなさらないでください！　それにルーカス様のご両親だって、こんな結婚、許してくださらないでしょう！」

「この年まで女っ気のなかった俺が、子どもまで作って結婚するんだ。きっと両親はすごく喜ぶよ。万が一反対されたとしても、今の侯爵は俺だ。誰にも文句は言わせない」

　彼はそう言うと、反対の手で、私のお腹を大事そうに撫でる。

　ちょうどお茶を運んできた使用人のミリーまで、温かい目で私たちを見つめた。

　母は涙ぐんで、私に微笑みかけてくる。

「アリシア、本当にいい方《かた》を見つけたわね。順番はちょっと間違えたかもしれないけれど、これからは家族三人で頑張るのよ。ギルマイヤー侯爵様なら絶対にいい父親になってくださるわ」

祝福する家族に本当のことを言い出せず、笑顔を返すことしかできなかった。

私は庭を見せたいという適当な口実をつけて、ルーカス様と二人きりになった。家族の目が届かない場所に移動し、小声でルーカス様を問い詰める。

すると彼はとぼけた顔でこんなことを言った。

「俺がお腹の子の父親だとは一言も言っていないよ。アリシアが妊娠していることを話して、俺はお前と結婚式を挙げたいと、彼らに頼んだだけだ。彼らが勘違いしたのは俺の責任じゃない」

突然やってきた男性が私の妊娠を告げて結婚したいなどと言ったら、子どもの父親だと思うに決まっている。どう考えても確信犯だ。

けれどあれほど喜んでいる両親や兄に、実は違う男性との子どもを身籠《みごも》っているとは言えない。その上、未婚のまま産んで育てるつもりだと言うなんて、余計に無理だ。

かといってこのままでは、本当にルーカス様と結婚することになってしまう。

求婚をきっぱり断ったのにどういうつもりなのかと問えば、彼は爽《さわ》やかに笑った。

「はは、まだ時間はあるし、ゆっくり考えてくれればいい。だが俺の気持ちは変わらない。アリシアを愛しているから、結婚したい。それだけだ」

「……本当に貴方って人は……。でも、どうして私のことをそんなに……」

私が司書に扮《ふん》したルーカス様と仕事をしたのは、たった二ヶ月だ。彼にそこまで気に入られた理由がわからない。

「とにかく俺の気持ちは絶対に変わらない。それでも不安になるのだったら、何度でも告白しよう。俺は何年待ってもいいから、いつかは俺を愛してほしい」

そう言って、彼が私に顔を寄せてくる。私が思わず顔を背《そむ》けると、頬に唇を落とされた。

その時、ミリーが気まずそうに現れて、おずおずと声をかけてくる。

「――お邪魔して申し訳ありませんが、お嬢様。あの、メイスフィールド公爵様が応接間でお待ちです。アリシアお嬢様にどうしてもお会いしたいと……」

「えっ!? サイラス様が？」

頬にキスされたことなど、一瞬で頭から吹き飛んでしまう。

そして無意識に心が弾んでいた。会わないという選択肢はない。

ルーカス様がいては話がこじれそうなので、ここで待っていてほしいと頼むと、彼はあっさりそれを了承した。ルーカス様の考えていることは本当にわからない。

応接間に近づくにつれて、心臓の音が激しく、大きくなっていく。

公爵にもう一度会えると思っただけで、体中の細胞が活発に動き出したようだ。

応接間に入ると、公爵は無表情で長椅子に座っていた。夢に見るほど会いたかった公爵を前にして、胸の奥がじわりと温かくなる。

公爵の向かいでは、父が顔を真っ青にしていた。王族と繋がりの深い公爵様が突然現れて、対応に困っているのだろう。

父は私に気がつくと、ホッとしたような顔で、挨拶《あいさつ》もそこそこに部屋から出ていく。よほど『冷血公爵』が怖かったのか、兄は顔も見せなかったようだ。

私は改めて、公爵の顔を見る。

金色がかった茶色の髪に、鮮やかな青い瞳、人を寄せつけようとしない硬い表情。

懐《なつ》かしさがこみ上げて、目がじわりと潤《うる》む。公爵は相変わらず無表情で、私に冷たい視線を向けた。

「アリシア……久しぶりだね。元気そうだな」

「え……ええ、お久しぶりです。サイラス様」

そう言ったきり、あまりの緊張に言葉が出なくなる。

私が公爵を愛していることを、彼は知っているはずだ。それなのに私に会いに来たということは――もしかして公爵の気が変わったのだろうか。そんな淡い期待が脳裏をよぎる。

ドキドキしながら彼の向かいの席に腰かけると、公爵の顔をそっと覗《のぞ》きこんだ。目が合った瞬間、公爵は眉をひそめて視線を強めた。そして頬を赤らめ、ゆっくりと目を逸《そ》らす。

――これは、彼が私を好きだと思っていたころと同じ反応だ。その態度に困惑する。公爵は私が好きなのだろうか？　それともそうではないのだろうか？

頭の中で、何度も同じ問いを繰り返してしまう。

長い間、私たちは互いに目を逸《そ》らしたまま座っていた。時計の秒針の音だけが応接間に響き、気まずさが増していく。

「あの……サイラス様」

「ああ……アリシア」

互いの名を呼んだまま、再び沈黙した。そんな重たい空気に耐えられなくなった私は、思い切って手紙のことを切り出す。

「――も……もしかして、あの手紙の件でいらしたのでしょうか？」

結局、手紙の返事はなかったのだ。

つまり私の告白に対する公爵の返事を、はっきりと聞いたわけではない。拒絶されたと思っていたが、誤解だったということもあり得る。というか、そうであってほしい。

公爵は私の言葉に少し動揺を見せたが、すぐになんでもない風を装《よそお》う。そして言いにくそうに口を開いた。

「あぁ、そうだ。君の気持ちは……あれでよく……わかった。私のアリシアへの気持ちについては、君もあの手紙でわかってくれたはずだ。だが……もう一度はっきりと君に伝えたくて……それで……」

公爵は言葉を切ると、そのまま固まった。そして何かを言いたそうに私を見る。瞳が揺れるが、それが何を示しているのかさっぱりわからない。

私は必死で考えを巡《めぐ》らせた。そして彼の言わんとしたことに気づく。

（あぁ、私ったら、なんて馬鹿なのかしら……また間違った解釈をしてしまったのね！　公爵は私を好きだと言いに来たんじゃないかと思ったけど、とんだ思い上がりよ！　手紙の返事を返さないことで拒絶の意思を示したけれども、それではよくないと思い直して、もう一度はっきり断ろうとしているだけなのだわ！）

拒絶の台詞《せりふ》を聞かされると想像するだけで、体が芯から冷えて手の指が震えだす。失恋に追い打ちをかけるようなものだ。そんなの耐えられるわけがない。

公爵が話しだす前に、私は思わず口を開いた。

「あ……あの、サイラス様にご挨拶《あいさつ》もせずにお屋敷を去ることになってしまって、申し訳ありません。私の気持ちは手紙の通りです。変わることはありません。そのことでサイラス様を悩ませてしまい、本当に申し訳ありませんでした」

涙が出そうになるのを我慢して目を伏せる。

すると、公爵は憤《いきどお》りのこもった低い声で言った。

「それが君の答えだということか……アリシア」

彼はそこで言葉を切り、重くて長いため息をつく。

私が違和感を覚えて顔を上げると、彼が睨《にら》みつけてくる。強い視線に射貫《いぬ》かれて、体がすくんだ。

「表にギルマイヤー侯爵の紋章のついた馬車が停めてあった。彼もここにいるのか」

「あ……は、はい」

「侯爵と結婚するそうだな。アリシアのお父上に聞いたよ」

父はそんなことまで公爵に伝えたのか。ルーカス様とは結婚しないと、あとで説明しようと考えていたのに、両親はよほど喜んでいるらしい。

「そ……それは……決定では……」

はっきり否定しようとしたが、うまく言葉にならず、再び長い沈黙が流れた。

ついさっき、『手紙にしたためた通り』公爵を愛していると示した私に、他の男性との結婚話が浮上しているのだ。軽い女だと思われても仕方がない。

公爵の目を見ることが怖くて、彼の膝の上で握りしめられた手をじっと見つめる。その手は力が入りすぎて白くなり、甲には筋《すじ》が浮いている。公爵が怒っていることは明らかだ。

「今日は、君が働いてくれた分の給金を持ってきただけだ。では、これで私は失礼する」

公爵は長い沈黙を破ってそう言ったかと思うと、上着の内ポケットから白い封筒を出して机の上に置いた。そうして席を立つと、さっそうと身を翻《ひるがえ》して扉に向かう。

明らかな拒絶を示すその背中に向かって、私は思わず声をかけた。

「サイラス様！　待ってください！　私っ……」

しかしそれは、ルーカス様の声に遮《さえぎ》られる。

「こんにちは、メイスフィールド公爵、こんなところでお会いするとは思いませんでした。アリシアがお世話になったようですね」

応接間の出口を塞《ふさ》ぐように、ルーカス様が立っていた。彼は一礼すると、公爵をまっすぐ見つめ返す。

二人の男性は睨《にら》み合い、周囲の空気がピリリと張りつめた。

「ギルマイヤー侯爵。私は給金を渡しに来ただけで、ちょうど今帰るところだ。アリシアには公爵家でとても役に立ってもらったからね」

公爵がいつものように冷たく言う。するとルーカス様は余裕の笑みを漏らし、含みのある物言いをする。

「――そうらしいですね、公爵。でも女性にあんな扱いをするのはいかがなものでしょうか。特にあの夜会の日の出来事は……」

その言葉に、公爵が一瞬固まる。

一触即発《いっしょくそくはつ》の雰囲気に我慢できず、私は二人に駆け寄ると、間に割って入った。

「お……おやめください、ルーカス様！」

ルーカス様をたしなめて、事を収めようとする。すると彼は私の腰に手を添え、挑発するようににやりと笑った。

そんな彼を、公爵は冷めた目でさらに睨《にら》む。その視線に背筋がぞくりと凍りついた。

久しぶりに会ったというのに、こんなにも公爵が遠い。あれほど会いたいと待ち望んでいたのに、今は公爵の存在が私を苦しめる。

悲しくて、やるせなくて胸が痛む。耳鳴りがして、心臓の音がひっきりなしに頭に響く。

「メイスフィールド公爵。アリシアは実直で誠実な女性です。彼女は私に何も言いませんでしたよ。ですからただ推測したままでです。やはりあの夜に何かあったのですね。でも心配しないでください。アリシアのことはすべてわかった上で、私が面倒を見ます」

急に何も考えられなくなって、その場に倒れこみそうになる。それに気がついたルーカス様が、私を抱え上げた。

「あぁ、アリシアはまだ風邪が治りきっていないのです。公爵、彼女のためにもお帰りください。さあ、アリシア。ベッドに連れていくよ。せっかく退院したのに、また倒れてしまいそうだ」

「アリシアは……倒れた……のか？　それに——入院していたのか⁉」

ルーカス様の言葉に、公爵が動揺する。その取り乱した様子に、胸の奥がじーんと熱くなった。

（サイラス様……まだ私のことを心配してくれるのね。本当に優しい人だわ）

私の頬に手を伸ばした公爵を、ルーカス様が鋭《するど》い声で止める。

「公爵！　アリシアに手を触れないでください！」

公爵はその時初めて、自分が私に触れようとしていることに気がついたようだ。驚いた顔をしたかと思ったら、またいつもの無表情になり、拳《こぶし》を握りしめて眉をひそめた。

無言のまま廊下に出て、玄関へ向かう。

「ま、待ってサイラス様。最後にこれだけ聞いてください！」

私の言葉に、公爵は一瞬足を止めた。その背中に向かって、私は声をかける。

「サイラス様、今までありがとうございました。それと申し訳ありませんでした！」

最後の謝罪は、お腹の子どもの存在を公爵には伝えないことへの謝罪だ。頬を涙が伝《つた》い、唇が震えてどうしようもない。

公爵はしばらくして、何も言わずにバートリッジ家を出ていく。馬車が去っていく音が、家の外からかすかに聞こえた。

「ふっ……ううっ……うぇ……」

私は嗚咽《おえつ》を漏らしながら、ルーカス様の腕の中で泣き続けた。

彼は私の部屋に行くと、私をベッドの上に下ろす。そして、泣き続ける私の髪を何度も撫でた。

「大丈夫だ、アリシア。大丈夫……」

その声は心地よく、体に染み入るようだった。

これが公爵との本当の別れだと悟《さと》る。目の前ではっきりと拒絶されたのだ。儚《はかな》い希望は、粉々に砕け散った。

私の髪を撫でながら、ルーカス様が声をかけてくる。

「俺は、公爵を想って泣くアリシアが大好きだ。簡単に心変わりする女は信用できない。だから、彼を引きずっていてもいいぞ。いつかはその深い愛情を、俺だけに向けてくれればいい」

彼はそんな優しい言葉をかけてくれるが、いつまでもそれに甘えるわけにはいかない。

「……ありがとうございます、ルーカス様。でも私は――やっぱり貴方とは……」

ルーカス様が私の唇に人差し指を当てて言葉を遮《さえぎ》り、大きくため息をついた。そうして怒った顔で私の目を見る。

「まだそんなことを言っているのか。出産は命がけだ。もしお前が死んでしまったら、その子はどうなる？　誰にも頼らず一人で子を産むのは勝手だが、そのせいで子どもを不幸にするのは間違っている。その場合は俺も確実に不幸になるぞ。それでもいいのか!?」

それを聞いて、私は何も答えられなくなった。確かにそういう可能性はある。事情をすべて知るルーカス様に甘えるのが、子どものためには最善の道なのかもしれない。

しばらく熟考し、私は覚悟を決めた。

「――ルーカス様、わかりました。今から家族に真実を話します。おっしゃる通り、私一人で対処するには問題が大きすぎるようです。みんなに謝って、家族の助けを乞《こ》います。私の浅はかさに気づかせてくださり、ありがとうございます」

「ま、待て、アリシア。俺はそんなつもりでは……くそっ！」

ルーカス様は頭を抱えてしばらく悩んでいたが、やがて苦しげに口を開く。

「アリシアがここで子を産めば、すぐに公爵に気づかれてしまうぞ。そうすれば公爵家の跡継ぎとして子どもを取り上げられる可能性もある。それでもいいのか？　君にひどい仕打ちをした『冷血公爵』に、子どもを任せられるのか？」

そう言われると、公爵を信じていいのかわからない。

私が不安になって顔を歪《ゆが》めていると、ルーカス様は床の上に片膝をついた。そして私の手を取り、真剣な目で見つめてくる。

「お願いだ、アリシア。俺と結婚してくれ。君も……お腹の中の子も……絶対に幸せにすると誓う」

そんなルーカス様を見て、私はますますどうしたらいいのかわからなくなる。

王立図書館で働いていた時から、彼のことはよく知っている。

ルーカス様は私と子どもを大切にして、幸せにしてくれるに違いない。

それでも私の心はそれを拒《こば》んだ。うつむいて頭を横に振る。

するとルーカス様は、私の手の甲に口づけを落とした。チュッという音が響く。

「わかった、今はそれでいい。だが俺はお前のそばを離れない。出産も全力で手助けしてやる。とりあえず子どもが生まれるまでは、お前は俺と結婚するのだと、家族にも公爵にも誤解させておけ。俺のことは気にするな。このくらい忍耐強くなければ、諜報《ちょうほう》の仕事など務まらんからな」

ルーカス様は寂しそうな笑顔を見せると、私のお腹に目をやる。

「俺に任せておけ。アリシアを絶対に不幸にしない」

◇　◇　◇

俺――ルーカス・ギルマイヤーは、物心ついた時からすべてにおいて人より秀《ひい》でていたし、たいして苦労せずとも周りに人が集まってきた。
ギルマイヤー侯爵家の爵位を継ぐ立場だということもあって、幼少期は常に友人たちのリーダー的な立ち位置で過ごした。そして思春期には、信じられないほど多数の女性にアプローチされるようになった。

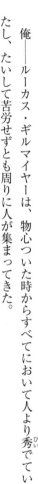

だが人の感情に敏《さと》い俺は、彼女たちの言葉の裏に隠されたものまで感じ取ってしまう。時々、彼女たちを試すような発言をしては、その本心を炙《あぶ》り出して楽しんでもいた。その時の俺は、あまりにモテすぎて、少し歪《ゆが》んでいたのかもしれない。

そんな時、ある女性に会った。彼女はミレーヌという名で、子爵家の令嬢だ。他の女と違って俺に色目を使わないところが気に入り、俺のほうから声をかけた。そんなことをしたのは、生まれて初めてだった。

何度デートに誘っても、彼女は俺をすげなくあしらった。そのつれない態度に、俺の恋心は一気に燃え上がる。

真実の愛を見つけた！　そう思った。彼女こそが俺の運命の相手なのだと……

それから何度も彼女に想いを伝え、二年かけてようやく口説《くど》き落とした。婚約を結び、幸せの絶頂にいたある日――彼女は俺をどん底に突き落とした。

いきなり俺との婚約を破棄し、俺よりも地位と財産のある男と結婚したのだ。しかも俺と付き合ったのも地位が目当てで、最も条件のいい男と結婚するのは誰か、友人同士で賭《か》けていたらしい。

その話を知って、俺は打ちのめされ、女嫌いになった。

当然だろう。女という生き物は簡単に嘘をつく。愛していると言われても信用できない。

地獄《じごく》の婚約破棄から十年、俺はアリシアに出会った。

初めて会った時、男に媚《こ》びない彼女に好感を持った。仕事に熱心に取り組み、ミスをおかしても俺の前では絶対に涙を見せない。けれども、図書館の裏で隠れて泣く彼女を見て、どんどん惹《ひ》かれていった。

彼女を見ていると心が安らいだ。

女性と一緒にいて心が落ち着くなど、初めての経験だった。ミレーヌに対しては、身を焦《こ》がすような激しい愛情を持ったことしかなかったからだ。

アリシアに惹《ひ》かれていくのを自覚しながらも、彼女もいつか自分を裏切るに違いないと決めつけた。女性不信は根強く、簡単に解消できなかったのだ。

彼女にプロポーズした時、俺の中では二つの心がせめぎあっていた。

アリシアに愛されたいという思いと、公爵への愛を貫《つらぬ》いてほしいという思いだ。

彼女が公爵への愛を簡単に捨ててしまったら、俺はそんなアリシアを愛し続けることができるのだろうか？

葛藤《かっとう》しながらのプロポーズをアリシアがすげなく断った時、俺の心は歓喜に打ち震えた。

彼女だ！　彼女なら、何があっても俺を裏切らない！　アリシアこそ俺の運命の女性だ！

それからアリシアに何度も俺の気持ちを伝えて、断られた。そのたびに彼女への愛は増し、鮮やかになっていく。それはとてつもなくおかしな感情だった。

俺の気持ちを受け入れてもらいたいのに、アリシアには公爵を一途《いちず》に愛し続けてほしい。

永遠に叶えられることのない相反《あいはん》する望みを抱《いだ》き、高潔な彼女を見るたびに心臓が高鳴る。

ああ、俺はアリシアを愛している。

公爵を愛していて、どんなにひどい仕打ちを受けようとその気持ちを貫《つらぬ》く彼女を、愛しているのだ。

だが願わくは、いつかその変わりない愛情を俺に注《そそ》いでほしい。そうなればどんなに満たされるだろうか。

俺、ルーカス・ギルマイヤー侯爵は、アリシア・バートリッジを心から愛している――

6　王立図書館の襲撃

公爵にはっきりと拒《こば》まれ、私の失恋が確定してから、早くも二ヶ月が経った。失恋の直後はなかなか涙が止まらなかったが、かといってずっと泣き続けていたわけではない。失恋の悲しみに浸《ひた》る時間はない。お腹の子は、毎日着実に育っているのだ。

公爵の子だと思うと、愛《いと》しくて切なくて涙が出そうになる。私は公爵のことは諦《あきら》めて、お腹の子を第一に考えると決めた。

一方で、お腹の子の父親について家族に嘘をついていることへの罪悪感が、心の中にずっと渦巻《うずま》いている。

それを見透《みす》かしてか、ルーカス様は毎日のように私を家から連れ出した。

今日連れていってくれたのは観劇だ。見終わって帰途《きと》につこうというところで、ルーカス様は国の諜報部《ちょうほうぶ》から急用で呼び出された。

私を家に送ってからだとかなり遠回りになってしまうため、ルーカス様が諜報部《ちょうほうぶ》に行っている間、近くにある彼の家で待たせてもらっている。彼の家は、一人暮らしなのに私の実家より大きく、最新の建築様式で建てられたモダンな建物だ。

その家のサンルームで、侍女にカモミールティーを淹《い》れてもらい、ルーカス様を待つ。

私のお腹は、よく見ると膨《ふく》らみがわかるくらいになってきた。

来月になったら、王都から馬車で一日ほどの距離にあるギルマイヤー領の屋敷に住むことになっている。安心して出産できるようにと、ルーカス様が配慮してくれたのだ。

王都を離れれば、公爵が私の出産に気づくことはないだろう。そんな思惑もあるらしい。

彼の求婚を受け入れられないのに、こんなにお世話になるのは心苦しかった。

「本当にお優しい人ね。ルーカス様は」

申し訳ない気持ちだが、彼に任せておけば、子どもは無事に生まれてくるだろう。

図書館での仕事はかなり時間を減らしてもらっていて負担は少ないが、ルーカス様は時間が合えば送り迎えをしてくれる。

「ルーカス様を愛することができれば、どんなによかったかしら」

ふかふかのソファに腰かけ、私はお腹に手を当てた。

このお腹の中に公爵の赤ちゃんがいる。そう思うだけで、公爵への愛情が心の奥底から湧き上がる。

「子どもが生まれるまではルーカス様の好意に甘えさせてもらって、それからできるだけ早く自立しましょう。それ以上、迷惑をかけるわけにはいかないわ」

そう決意し、ソファに体を預けたのだった。

――ふと気がつくと、私はルーカス様の膝に頭を置き、ソファで横になっていた。彼のお腹が目の前にあったので、咄嗟《とっさ》に目をつぶる。

どうやら私は眠ってしまっていたらしい。目が覚めたはいいものの、この状況に驚くやら気まずいやらで、寝たふりをしておく。

その時、どこからか知らない男性の声が聞こえた。ルーカス様に来客があったようだ。話の内容からするに、諜報部《ちょうほうぶ》の同僚らしい。

二人とも私が起きたことには気づかず、仕事の話を続ける。

「ルーカス、君はどうして今回の任務を断ったんだ？　三ヶ月も内偵《ないてい》を続けて、武器を密輸していた組織の黒幕がニューエンブルグ伯爵だって突き止めたんだろう。お前が断ったから憲兵隊《けんぺいたい》が潜伏先の娼館で伯爵を取り逃がしたんじゃないのか？　密輸された武器が犯罪に使われて、犠牲者も出たんだぞ」

同僚は少し責めるような声で、ルーカス様を問い詰める。

――そういえば、以前公爵と一緒に王城へ行った時、ハルグリーズ議長が武器の密輸について話していた。たしか公爵も武器の密輸の取り締まりに関わっていたはずだ。

変な縁があるものだと思っていると、ルーカス様が同僚に答える。

「もう特務部隊は解散したんだ。俺の出番はない。伯爵を捕まえる任務はベルモット、君たちで頼むよ。俺は他にやることがあるからな」

「部隊長がそんなことでどうするんだよ。僕に従うような奴らじゃないのは、知っているだろう？　あいつらはそれぞれ、好きなように伯爵を追っている。僕の手には負えないよ」

同僚はベルモットという名前らしい。彼の嘆《なげ》くような言葉に、ルーカス様は苦笑する。

「まあ好きにさせとけ。どんなやり方だろうが、結果は出す奴らだ」

「結果を出すのはいいことだけど、やり方が破天荒《はてんこう》すぎるから怖いんじゃないか。ルーカスも参加してくれよ。——まあ、どれだけ言っても無駄か。ルーカスはしばらくその彼女と一緒にいるんだろう？」

「ああ、大事な人だ。芯の強い、気丈で清廉《せいれん》な女性だよ」

急に優しい声になったかと思ったら、ルーカス様は大きな手で私の頭を撫でた。

「うわ……ルーカスの惚気《のろけ》を初めて聞いたよ。というか、女性に興味があることすら知らなかった。実は男に興味があって、僕にプロポーズしてきたらどう断ろうかと悩んでいたんだけど、杞憂《きゆう》だったみたいだね」

「おい、ベルモット。俺は恋愛に興味はないし、そもそも人間が好きじゃない。お前も含めて人なんて信用できない。でもアリシアは違う。別格だ」

思いがけない言葉に、私の頬がカッと熱くなる。

(な、なんだか恥ずかしくなってきたわ)

「ストップ！　その表情、やめてくれ。こっちまで照れてしまうよ」

「どうしたベルモット。そんな変な顔をしていたか？」

「ルーカス、気をつけたほうがいいよ。彼女のことを話す時、すごく甘ったるい顔になっているからね。人間不信の君をそんな風にするなんて、すごい女性なんだな。本当は彼女と話してみたいけど、お邪魔なようだから、僕はもう帰るよ。じゃあね」

ベルモット様は苦笑すると、この部屋を出ていった。ルーカス様は彼を玄関まで見送ることもせず、まるで膝の上の猫を可愛がるかのように、私の頭を何度も撫でる。

そのまま寝たふりを続けていると、彼は私の頬にそっと口づけた。

「アリシア、愛しているよ」

彼の想いのこもった告白に、私の胸はズキンと痛んだ。しばらく寝たふりをした後で、さも『今やっと目を覚ましました』という風を装《よそお》い、あくびをしながら起き上がる。

ルーカス様は微笑んで、私の体を気遣ってくれた。その笑顔を見てさらに罪悪感が深まったのだった。


その数日後。私は実家の庭で、公爵家の侍女であるリリアンとローラとお茶をしていた。彼女たちは、馬車で一時間ほどかかる我《わ》が家を、わざわざ訪れてくれたのだ。

カモミールティーとスコーンを囲んで、久しぶりに二人とたくさんのことを話す。

けれど私の妊娠やルーカス様のことはもちろん秘密だ。彼女たちがおしゃべりだとは思わないけれど、公爵に子どもの存在を知られる危険を増やすわけにはいかない。

お互いの近況報告が終わったころ、私はさりげなく今の公爵の暮らしを尋《たず》ねる。するとローラが、以前より屋敷が陰鬱《いんうつ》になったと言って、公爵の批判を始めた。

それが落ち着くと、リリアンはうつむき、言いにくそうに口を開く。

「今、アリシア様の部屋があった西館には、誰も近寄らないようにと言われています。でも数日前、深夜に灯《あか》りがついていたので泥棒かもしれないと心配になって、こっそり見に行ったら……アリシア様のお部屋から公爵様が出てきたのです。いつものように難しいお顔をなさっていましたが、目元が光って見えました。なので、もしかして泣いていらっしゃったのでは、と……」

「そんなことないわ、リリアン！　だって公爵様はアリシア様が飾ったテーブルクロスやクッションも片づけさせたのよ！　あんな無情で無慈悲な公爵様が泣くだなんて、あり得ないわ！」

ローラは憤《いきどお》り、反論の声を上げた。

彼女は唯一、私と公爵の間にあったことを知っている。だから、公爵が私を弄《もてあそ》んで捨てたと思っているのだろう。

けれど公爵は、あの夜以外はとても優しくて紳士的だった。なのにローラの誤解を解くことができない自分の状況が歯がゆい。

「でも公爵様はアリシア様の部屋をまだそのままにされています。アリシア様に戻ってきてほしいのではないでしょうか。公爵様はああいう方《かた》なので、自分からは言い出せないのかもしれませんが、もしアリシア様がお願いすれば絶対に断らないはずです」

リリアンはそう言って縋《すが》るような目で私を見る。彼女は私に屋敷に戻ってきてほしいのだろうが、それはもう不可能だ。

「リリアン……ありがとう。でも私はサイラス様に告白して、きっぱりと断られてしまったの。だからあの屋敷に戻ることはもう二度とないわ。ごめんなさい」

私の言葉にリリアンは明らかに落ちこんで、ローラは心配そうな目を向けてくる。

少しでもローラを安心させるために、私は笑顔を作った。

「大丈夫よ、元の生活に戻っただけだし、サイラス様を恨《うら》んではいないわ」

するとリリアンとローラも笑みを浮かべてくれて、公爵の話はそれきりになった。


その後は楽しくおしゃべりをして、あっという間に夕方になる。

乗り合い馬車の乗り場まで一緒に歩いていく途中、リリアンが通りの店で買い物をすると言い出した。店の外でローラと一緒に待っていたら、彼女はそっと私に耳打ちする。

「アリシア様、今日は手土産《てみやげ》のチーズには手をつけられませんでしたよね。お嫌いなのかと思いましたが、お好きな紅茶も控えられているようでした。お腹によく手を当てたり、ヒールのない靴を履いたりされていたし……。今ちょうど、妹が妊娠しているのでわかるんです。――もしかして父親は公爵様なのですか？」

その言葉に、私は目を見開くことしかできない。

熱処理されていない牛乳を使った乳製品は、口にしないようにと医者に言われている。それに紅茶も控えたほうがいいらしい。

公爵家で滞在していた時、私付きの侍女だったローラとはかなりの時間を一緒に過ごした。よく気がつく侍女だと感心していたが、こんな些細《ささい》な変化にも気づかれてしまうなんて……

私が返事をしないのが、何よりの答えになったのだろう。ローラは悲しそうな目をして私の肩に手を置いた。

「あぁ、公爵様はなんてひどいお方《かた》なのでしょう。アリシア様、私にできることがありましたらなんでもおっしゃってくださいね。すぐに駆けつけます」

公爵はひどい人ではないし、私が妊娠していることは彼に秘密にしてほしい。そう言いたかったが、ちょうどリリアンが戻ってきたので、ローラは私から離れた。

それから二人で話す機会のないまま、彼女たちは馬車に乗って帰ってしまう。

仕方ないので、ローラには手紙を送って伝えることにした。

◇　◇　◇

私――サイラス・ド・メイスフィールドは振り返る。

アリシアは、出会ったころから他の女性と違っていた。巷《ちまた》で『冷血公爵』と呼ばれている私に怯《おび》えないばかりか、旧知の親友のように隣に座り、この上なく幸せそうに笑うのだ。

私たちの間に言葉は必要なかった。私が何を言っても彼女は言葉通りに受け取らず、私自身さえわかりかねていた感情を、正確に理解しているかのように感じられた。

私の気持ちを推《お》し量《はか》ることを楽しむ彼女に、私は安心し、どんどん惹《ひ》かれていった。

彼女の人懐《ひとなつ》っこさや、小さなことからでも幸せを見出《みいだ》すところを尊敬していた。

『私はアリシアを愛している』

領地から送ったアリシアへの手紙に、私はそう書いた。けれども彼女から返事はなかったし、勇気を出してもう一度愛を伝えに行ったが、はっきりと断られた。

最後に聞いたアリシアの言葉はこうだった。

『サイラス様、今までありがとうございました。それと申し訳ありませんでした！』

私の一世一代の愛の告白に対して、謝罪されるとは思いもよらなかった。私は傲慢《ごうまん》にも、彼女も私を好きなのだと、心のどこかで思っていたからだ。

私を愛する女性など、おそらく一生現れない。不器用で素直じゃない上に、冷たいことしか言えないのだ。純粋にアリシアを思いやる言葉さえ、照れくさくて言えなかった。

後悔しているが、もう遅い。彼女は他の男と結婚してしまうのだ。彼女が次に微笑みかける相手は、私ではない。

「アリシア……」

最後に触れた彼女の手の温もりを思い出して、胸が絞られるように痛む。

ギルマイヤー侯爵は、アリシアが入院していたと言った。もしかしたら病気なのかもしれない。

もう自分とは関係のないことだと思っていても、気がかりで落ち着かない。執事に近くの病院を手当たり次第調べさせたが、アリシア・バートリッジという名の患者がいたという情報は入手できなかった。

執事の報告書を読んだ私は、執務室の椅子に体を預けて目を閉じる。

（何か重い病気なのだろうか……。彼女のそばにいたいが、もうアリシアの隣にはギルマイヤー侯爵がいるのだ。彼は優秀な男だと聞いている。彼ならアリシアを守れるだろう）

アリシアは執務室で私が仕事をしている間、いつも近くにある椅子に座って本を読んでいた。小鳥のさえずりが聞こえてきて、思わず顔を見合わせたこともある。それから互いに無言のまま、私は仕事に、彼女は読書に戻った。

そんな些細《ささい》なことがすべて、彼女との精神的な繋がりを確信させてくれたのに――

「アリシア……君はもうここにはいないのだな。そうして君は永遠に他の男のものになる……」

心臓が鷲掴《わしづか》みにされたように痛む。だが私にはどうしようもなかった。

アリシアにひどいことをしてしまった後、彼女の私を見る目が変わってしまうのではと恐れた。その恐怖に耐えきれず、私は卑怯《ひきょう》にも領地に逃げたのだ。

私は一縷《いちる》の望みをかけて愛を綴《つづ》った手紙を出したが、アリシアから返事はなかった。拒絶されたのだと思うと足が震えて、あの夜のことを謝罪するべきなのに、屋敷に戻ることすらできなくなった。

アリシアが屋敷を出ていったとダレンから報告を受けた時、私は悲しみながらも心の奥底でほっとしたのだ。

（よかった。私を非難する彼女の目を見なくて済む！）

彼女の愛を得られなかったことは当然悲しかったが、アリシアに嫌われることのほうがその何倍も恐ろしい。

だがアリシアのいない屋敷は、もう元のそれではなかった。屋敷のそこかしこに彼女の存在を感じて、喪失感《そうしつかん》が増していく。

アリシアを想像させるものはすべて片づけさせたが、それでも彼女の気配は消えない。庭を見るたび、渡り廊下を歩くたび、寝室で眠りにつくたびに、彼女を思い出さずにはいられなかった。

それは使用人も同じのようで、彼らの何人かは辞職を申し出た。たった一ヶ月屋敷で過ごしただけだというのに、アリシアの存在はそれほど大きかったのだ。

恋しさが募《つの》り、夜毎《よごと》、彼女の部屋に足を向ける。主人のいなくなった部屋で、しばらくぼんやりと過ごす。

私はどうしようもなくアリシアを求めていた。

涙がこみ上げてきた時、執務室にノックの音が響く。

「兄さん、話があるんだ。今いいかな？」

弟のダレンが来たようだ。私は涙をこらえて返事をする。

「あ……ああ、いいよ、ダレン。入りなさい」

慌てた様子で部屋に入ってきたダレンは、なぜか真っ青な顔をしていた。最近は食欲がないようで少し痩《や》せたみたいだ。

アリシアが屋敷を出てから、メイスフィールド公爵家は暗い雰囲気に包まれていた。

ダレンも例外ではない。

「――兄さん……あの……」

「どうした、ダレン」

彼は何度か口ごもったが、思いきったように口を開いた。肩が小さく震えている。

「アリシアは、今どうしているのですか？」

やはりダレンも、アリシアがいなくて寂しいのだろう。

「バートリッジ家に戻っている。なんでもギルマイヤー侯爵と結婚するらしい」

私がそう言うと、ダレンは目を見張り、顔を歪《ゆが》めて叫ぶ。

「そんなっ、そんなのは嘘です！　だってアリシアは確かに兄さんを深く愛していました！　それに兄さんだって……！」

「違う。私は好きだったが、アリシアは私を好きではなかったのだ。だから他の男と結婚すると決めたのだろう」

するとダレンは顔を真っ青にして唇を噛みしめた。そんなダレンを見るのは、両親が死んだ時以来だ。どうしたのだろうか。

ダレンは黙って部屋から出ていったが、すぐに何かを持って執務室に戻ってきた。その顔は今にも泣き出しそうだ。

「これを読んでください！　兄さん！」

叫ぶやいなや、ダレンは私の机の上に二通の手紙を置いた。それらは握り潰された痕《あと》があったが、しわを綺麗に伸ばされている。

ダレンは項垂《うなだ》れると、その場に膝をついた。そして小さく震える声で謝罪する。

「……兄さん、ごめんなさい……ごめん……」

「どうしたんだ、ダレン」

尋常ではない様子に驚きながらも、言われた通り手紙を開く。

そこに並んでいたのは、アリシアの丁寧な字だった。彼女の字を見るだけで愛《いと》おしさがこみ上げてくる。熱い想いを噛みしめながら、手紙に目を通した。そこには、ただ一つのことだけが、何度も繰り返し書かれている。

――私を深く愛している、と。

そして、あの夜のことは気にしていないと気を遣うばかりか、私を思いやる優しい言葉が綴《つづ》られていた。彼女の繊細《せんさい》な心遣いに胸が温かくなる。

もう一つの手紙は、私がアリシア宛てに書いたものだった。手紙の日付を見て確信する。

「もしかして、ダレンがずっと持っていたのか……？　彼女に渡さずに……？」

ダレンは何も言わずにその場で膝をついたままだが、無言は肯定の証《あかし》だった。

私は目を閉じて二通の手紙を握りしめる。

（ああ、なんてことだ。アリシアは私を愛していたのだ。こんなにも愛情深い心を綴《つづ》った手紙をもらったのは初めてだ！）

胸の中が温かくなり、心が幸福に満たされる。

「兄さん、アリシアを迎えに行ってください……。彼女は兄さんを愛しています」

ふとダレンの声で現実に引き戻された。

この手紙が書かれたのは、三ヶ月も前のことだ。浮き上がった私の心は、再び深く沈んでいく。

もうすべてが遅い。

「――それは無理だ、ダレン。アリシアは私のことは忘れて、ギルマイヤー侯爵と結婚するのだ。……もうすべて遅かったのだよ」

「そんなっ！　何かの間違いです！　彼女はそんな女ではありません！」

私はダレンに向かって笑いかけた。笑いかけたつもりだが、唇が動いているかどうかさえよくわからない。

アリシアは一時《いっとき》は私を愛してくれたかもしれないが、もう手遅れだと知った今……私にできることは何もない。

三ヶ月もの間、アリシアは私に捨てられたと思っていたに違いない。そんな時、ギルマイヤー侯爵のような男に出会い、愛し合うようになったとしても不思議ではないのだ。

彼女は素晴らしい女性だから、侯爵もすぐに彼女を愛したに違いない。

その時、ふと何か気にかかった。最後にアリシアに会った時、私たちはどんな会話を交わしただろうか……

アリシアに再び会う緊張と、彼女に拒絶されたショックで混乱していたため、うっすらとしか思い出せない。

（あぁ、でもそんなことはどうでもいい。ただ一つだけ言えることがある。アリシアは、私が彼女を愛していることを知らないのだ）

でもそれを伝えるのは遅すぎる。

私の気持ちは、ギルマイヤー侯爵と結婚する予定の彼女を困らせるだけだ。

「ダレン、私はアリシアを愛している。だがそれは私の心に秘めておくよ。すべてはアリシアの幸せのために……私は一生アリシアだけを想って生きていくつもりだ――」

ガシャァーーーーーン!!

突然、廊下で何かが割れる音がした。そちらを見ると、扉がわずかに開いている。

しばらくして、その扉をゆっくりと開けて侍女が部屋に入ってきた。きっと私に茶を持ってくる途中、ティーセットを落としたのだろう。

高価なものを壊したからか、彼女は顔面蒼白《がんめんそうはく》だ。肩を震わせながら何かをつぶやいたが、あまりに小さい声なので聞き取れない。

「……なんだい？　食器を割ったことは咎《とが》めないから安心しなさい。それより大事な話の最中だ。部屋から出ていきなさい」

すると彼女は憤《いきどお》った様子で、噛みつかんばかりに声を荒らげた。

「――先ほど、アリシア様を愛しているとおっしゃったのは本当ですか⁉　どうして今さらそんなことをおっしゃるのですか⁉　アリシア様が、どれほど心も……体も痛めつけられたか、わかっているのですか⁉」

主人に向かって憤《いきどお》る侍女を見て、アリシアがどれほど使用人たちに慕《した》われていたかを思い知る。彼女が来る以前は、どの使用人も私を恐れて目を合わせようとしなかったのだ。

アリシアのために主人に向かって意見を言う彼女に対して、怒《いか》りは湧かない。

その代わりに、わけのわからない感情が心を覆《おお》いつくす。

そういえば私はアリシアが来るまで、この侍女の名前すら知らなかった。

「君は……ローラだな。アリシアと親しくしていたようだが……彼女は元気か？」

「そんな呑気《のんき》な！　アリシア様はお一人で公爵様のお子を……！」

そこまで言うと、ローラは口に手を当てて『しまった』という顔をした。

私はローラの言ったことを理解できずに、頭の中で繰り返す。

（お子……？　どういうことだ⁉　アリシアは妊娠しているのか⁉　――あぁ、でも、私の子どもでないことは確かだ。彼女は月のモノがきて、この屋敷を去ったのだから……）

「――それはきっとギルマイヤー侯爵の子どもだろう。私の子ではない。彼女はギルマイヤー侯爵と結婚するのだから……」

絞り出すように言葉を紡《つむ》ぐと、ローラは涙を流しながら私に詰め寄った。

「なんてひどいことをおっしゃるのですか！　結婚のことなどアリシア様から聞いていません！　きっと何かの間違いです‼」

（アリシアがギルマイヤー侯爵と結婚するというのは間違い⁉）

そう考えると、一筋《ひとすじ》の光が見えた気がする。

しかし同時に、自分のひどい仕打ちを思い出した。

メイスフィールド家の子だけが大事だと言って、アリシアを強引に屋敷に引き留めた。それでも私を慕《した》ってくれた彼女に、私は愛していると伝えていない。

（アリシアに私の気持ちを伝えないままでいいのか？　――いや、このまま一生を過ごすなんてできない。たとえ私のエゴだと言われようとも……）

アリシアを抱いた夜、私が心から彼女を愛していたのだと知ってほしい。一緒に暮らした日々はとても楽しかったと伝えたい。

そして最後にありがとうと……こんな私に愛を教えてくれたことへの感謝を伝えたい。もちろん、今までのことについての謝罪も。

私はなんて愚《おろ》かな男なのだ――

そう思い知って、思わず唇を噛んだ。口の中に血の味が広がる。

「ローラ、私が明日アリシアに会いに行くと言ったらお前はどう思う？」

私に突然話しかけられてローラは一瞬硬直したが、はっきりと答えた。

「……これ以上、アリシア様を苦しめていただきたくありません。そっとしておいてあげてください。そして陰からご援助を……」

彼女の言葉はもっともだ。しかし素直に頷《うなず》けない。

「そうだな。だがどうしてもそれでは嫌なのだ。彼女をそっとしておくべきだと思うが、この気持ちを伝えずにはいられない。こんなに熱い感情を抱《いだ》くのは、初めてだ」

「兄さん……」

ダレンが驚きの表情で私の顔を見つめる。

どうしたのかと思ったところで、自分が泣いていることに気がついた。目に熱が集まって雫《しずく》に変わり、頬を伝《つた》って流れてゆく。

心が、どうしようもなくアリシアに会いたいと叫んでいる。

「――私は明日アリシアに会いに行くよ。そして今までの謝罪をして、愛しているとはっきり伝えるつもりだ」

ああ、アリシア……どうか私の気持ちを聞いてほしい。私は君を心の底から愛しているのだ。

◇◇◇

その日はなんだか嫌な予感がした。お気に入りの靴下に穴が空《あ》いて、髪を梳《と》かしている最中に櫛《くし》が折れてしまったのだ。

「アリシア、まだ図書館の仕事を続けるのか？　お腹の子どものことを考えろ。それにどっちにしても、子どもが生まれたらもう続けられないぞ」

朝食の席では、兄からお小言を言われる。彼はなんだか機嫌が悪い。

会社がうまくいっていないらしいから、そのせいかもしれない。

「わかっているわ、兄様。でも新しい司書の方《かた》はまだ慣れていないし、仕事が溜まっているの。私の都合で勝手に仕事を辞めてしまうのに、他の方《かた》に迷惑はかけられないもの」

私は朝食をすませると、そそくさと席を立った。そして大きなカバンを持って家を出て、乗り合い馬車の乗り場に急ぐ。

最近は毎回ルーカス様が送り迎えをしてくれていたが、今朝《けさ》は緊急の用事で呼び出されたから送り迎えできないと連絡があった。今日は久しぶりの乗り合い馬車だ。

王立図書館に着くと、新しい上司であるバルテア様に挨拶《あいさつ》をして仕事を始める。バルテア様はこの仕事について二十年のベテランだ。兄にはああ言ったが、私はもうすぐ必要なくなるだろう。

寂しく思いながら、仕事に取りかかった。

昼前、カウンターで貸し出し帳の確認作業をしていると、見覚えのある人物に気がついた。

館内にはそれなりに人がいるというのに、なぜだかふと引き寄せられるようにそちらを見てしまう。

――メイスフィールド公爵がそこに佇《たたず》み、私をじっと見ていた。

隅のほうの本棚にもたれるようにして立っている。

私は信じられない気持ちで、彼を見つめて固まった。

(これは本当のことなのかしら……？　あまりに彼を想いすぎて、幻覚を見ているんじゃないのかしら……？　どうして彼がこんなところに……)

私は無意識のうちにカウンターから出て、彼のほうに向かう。彼との距離が三メートルほどになった時、私は足を止めて彼をじっと見つめる。

公爵のことを忘れなくては、と常に思っていた。

それなのに、一瞬で彼に心を奪われる。感情がぶわっと溢《あふ》れて顔が熱くなった。心臓が壊れんばかりに音を立てて、全身が震える。何か言おうとするが声にならない。

(本物のサイラス様だわ……鮮やかな青い瞳……陽の光を浴びて金色に輝く茶色の髪)

彼は腕を組み、冷たい目で私を睨《にら》んでいた。そして威圧感たっぷりに口を開く。

「アリシア・バートリッジ……君に話がある。聞くかどうかは、自分で選びなさい」

「——ぷっ!」

その言い方は、公爵家で過ごした時とちっとも変わらない。あの楽しかった日々まで時間が巻き戻ったようだと、思わず笑ってしまった。

私は慌てて口元を押さえて公爵を見る。

先ほどと変わらぬ表情の『冷血公爵』が、そこに立っていた。

他の来館者とは異質な雰囲気の彼は、明らかに浮いている。来館者たちは、彼をちらりと見て足早に去っていく。

「体は……大丈夫なのか? アリシア」

「はい、サイラス様もお元気そうでよかったです。それで、お話というのは……?」

促《うなが》してみるが、公爵は答えない。三メートルの距離を保ったまま、私たちは無言で見つめ合う。

何か話があって、私に会いに来たのだろう。けれども話を聞けば、すぐにお別れがきてしまう。

（一秒でも長くサイラス様のそばにいたい……このまま、時が止まってしまえばいいのに……）

そんな気持ちで、私は黙ったままの公爵をずっと見ていた。

その時ふと、本棚の陰に人が立っているのに気がついた。次の瞬間、その人がナイフを背広の中から取り出し、刃先がキラリと光った。

「サイラス様――！」

思わず公爵に駆け寄る。同時に、公爵も不審者の存在に気づいたようだが、一歩遅かった。

公爵の右腕をナイフが切り裂き、私の体に鮮血が飛び散る。一瞬の出来事に、体が固まった。

「きゃああっ！」

「くっ！　アリシア!!」

急に体が反転し、本棚に背中を押しつけられた。公爵が私をかばって、自分の背後に隠したのだ。私はその場にしゃがみこみ、彼の背中を見上げる。

「きゃぁぁぁあっ!!　人が刺されたわ！」

誰かが叫ぶと、来館者が我先にと逃げていく。

襲撃者はもう一人いたらしく、そうしている間にもすぐに次の攻撃がくる。

「死ねっ!!　メイスフィールド公爵!!」

公爵は私をかばいながら、襲撃者の次の攻撃をかわす。そして何度か攻撃を避《よ》けた後、相手の腹を足で蹴って動きを止めた。

もう一人の襲撃者が、顔を真っ青にして大きな声で叫ぶ。

「メイスフィールド公爵！　お前のせいで武器の密輸がバレたんだ！　爵位も奪われ、私にはもう何も残ってない！」

そして彼は、ナイフを振りかぶって襲いかかってきた。

公爵は素早い動きでかわすと、襲撃者の手首を掴《つか》んで腕を捻《ひね》り上げる。さらに流れるような動作で、相手の顎《あご》に肘《ひじ》を打ちつけた。

襲撃者は仰向《あおむ》けに床に倒れこんだ。どうやら気絶したらしい。

だが、今度は先ほど公爵に腹を蹴られたほうが立ち上がり、ナイフを振り下ろした。

公爵はそれを避《よ》け、流血している右腕を大きく振る。

「うわぁぁ！」

襲撃者は血が目に入ったようで錯乱《さくらん》し、獣《けもの》のように叫びながら闇雲《やみくも》にナイフを振り回す。

「このっ――！　死ね！　お前のせいだ！」

その時、一発の銃声が図書館にこだました。

銃は上に向けて撃たれたのか、天窓が割れてガラスが降ってくる。

「ナ、ナイフを捨てなさい！　そうでないと今度は、貴方に向かって、う、撃ちますよ！」

振り返ると、必死の形相をした司書のバルテア様が立っていた。彼は震える両腕で銃を構え、襲撃者に向けている。

その銃は図書館に置いてある、非常用のものだ。バルテア様が金庫から取り出したのだろう。とはいえ彼は銃の扱いに慣れていないようで、見るからにガチガチだ。

だがさすがにナイフと銃では形勢が悪い。襲撃者は観念したらしく、両手を上げてナイフを床に落とした。そのナイフを公爵が足で蹴って遠くに転がす。

私はすぐに首のショールを取って、公爵の傷口に当てた。ショールがあっという間に血の色に染まる。

「ああ、サイラス様！　こんな大怪我――どうしましょう！」

「本当に、こんな姿になってどうしたものかな。君に持ってきた花も持ちこみ不可だと言われてしまったし、散々《さんざん》だ。それよりお腹の子どもは大丈夫なのか？　アリシア」

もう少し慌ててもいいだろうに、公爵は実に冷静だ。

一方の私は大量の血に動揺しながら傷口を圧迫するが、なかなか血が止まらない。

「そんな話はあとにしてください、それより……えっ⁉」

少し遅れて『お腹の子どもは大丈夫なのか？』という言葉の意味を理解し、血の気が引く。

「ど、どうして、サイラス様！　私が妊娠していると――⁉」

「――やはり、そう……なのだな。アリシア……」

（ああ……とうとう妊娠していることをサイラス様に知られてしまったのね。だから彼は私に会いに来た――メイスフィールド家の子を手に入れるために！　私に会いたくて来てくださったわけではないのだわ！）

私が口ごもっていると、公爵が眉間《みけん》にしわを寄せて険《けわ》しい表情になる。そして、小さな声で言った。

「まあ、お腹の子のことは、あとでいい。ただ私はアリシアを、多分、その……なんだ、いわゆる、なんだ……」

力のこもった怖い表情とは逆に、彼の声は消え入りそうなほど小さい。最後は本当に消えてしまった。何を言っているのか、さっぱり聞き取れない。

「サイラス……様……？」

私が聞き返すと、公爵は顔を真っ赤にして怒《いか》りの表情を浮かべ、再び小鳥のような声を出した。

「わ、私は、アリシアを……あ……愛……」

ちょうどその時、襲撃者を縄《なわ》で拘束していたバルテア様が、持っていた銃を相手に取り上げられたのが見えた。その銃口が、まっすぐ公爵に向けられる。

「――危ないっ！　サイラス様！」

「アリシア――――！」

頭で考えるよりも先に体が動く。気づけば私は、公爵をかばうように飛び出していた。

お腹にちりっとした痛みを感じ、背中から床に倒れる。腰のあたりに雷が落ちたような衝撃を感じた。一瞬目の前が真っ暗になったが、尋常ではない体の痛みに襲われて、すぐに目が冴《さ》える。

真っ先に目に飛びこんできたのは、公爵の泣きそうな顔だった。

その向こうには天窓の窓枠と、その間から覗《のぞ》く青い空が見える。公爵の鮮やかな青い瞳の色と同じだ。

自分が床に倒れて、その体を公爵が抱いているのだと理解する。

信じられないほどの激痛に襲われているのに、初めて見る公爵の表情が嬉しくて笑みがこぼれた。

「ふふっ……そんな表情もなさるのですね……」

「いいからアリシア！　話さなくていい……！　あぁ、どうして血が止まらない！　どうして……私をかばった！」

公爵は切なげに目を細めた。

銃弾は体の前側に当たったはずなのに、痛みは背中側に集中している。体を貫通したのかもしれない。私は死んでしまうのだろうか。

せっかく公爵に会えたのに、またすぐにお別れすることになるなんて、自分の運命を呪《のろ》ってしまう。

「私……死んじゃうのかしら。だからこんなにサイラス様がいろいろな表情を見せてくださるの……？　泣いているサイラス様なんて初めて見たわ」

「死なない！　絶対に死なせない！　アリシア、今すぐに王国で一番の医者に見せてやる！」

公爵はついに涙をこぼし、必死の形相で私を見る。

私は感覚がなくなってきた手を公爵の頬に当て、温かい涙を指で拭《ぬぐ》った。

「あぁ、ごめんなさい……。私、赤ちゃんを守ってあげられなかったわ。サイラス様があれほど気をつけてくださったのに……」

「違う！　私が悪かったのだ！　アリシア！　君を愛している！　私を置いていかないでくれ！」

公爵の涙が私の頬に垂れては流れ落ちていく。体は冷えていくのに、その涙の温かさに胸が熱くなった。

公爵が必死になればなるほど、私の怪我はそれほどひどいのだと自覚する。銃弾が腹部を貫通して、無事で済むわけがない。

「……やっぱり私、死ぬのね……だってサイラス様が、素直に愛の告白をしてくださるだなんて……あり得ないもの……」

そう言った瞬間、意識が闇の中に沈んでいく。

かすかに残る意識の中で、私の名を呼び続ける公爵の声が聞こえた気がした。そして私の意識は黒一色に染まる。

しかしその直後、闇の中に明るい光が一つ灯《とも》り、だんだん強くなっていく。さらには映像のようなものが巡《めぐ》りはじめた。

（これは、何？　あれは……サイラス様だわ？　これは——忘れていた記憶？）

そうだ——これは私が忘れていた記憶だ。

公爵に出会った時の記憶が、まるで走馬灯《そうまとう》のように浮かんできた——

7　二人の出会い

夜空に明るい月が浮かび、たくさんの星が煌《きら》めいている。

あの夜――メイスフィールド公爵家の夜会に、従姉《いとこ》のルイスの代わりに行った時のことだ。

美味《おい》しい料理と酒をいただいた私は、いつになく酔ってしまった。そのため、酔いを覚まそうと庭園に足を踏み入れた。

あまりに素敵な庭なので、つい奥へ奥へと進んでいくと、丸い噴水がある。その縁《ふち》に腰かけている男性を見つけた。

彼の髪は月の灯《あか》りで金色に輝き、青色の目は天国の空を映したように美しい。前髪がキッチリ上がった几帳面《きちょうめん》な雰囲気や、ビシッと決まったスーツが大人の色気を醸《かも》し出している。

私はその姿に一瞬で目を奪われた。

彼も私に気がついたが、何も言わずに睨《にら》みつけると、すぐに顔を逸《そ》らす。

――大歓迎というわけではないが、追い払われてもいない。

私は都合よく解釈すると、彼の隣に座り夜空を見上げる。すると前方を見つめていた男性も、私につられるように上を見た。

満天の星にしばらく見惚《みと》れていると、ぼうっと意識が遠のく。酔った体が揺らいで、噴水に倒れこみそうになる。

しかし、隣に座っていた男性がたくましい腕で受け止めてくれた。

「危ないだろう！　夜中にドレスで泳ぐ気なのか……!?」

いかめしい顔つきで発する男性の声が、想像よりも低くて耳に心地いい。

私の頬は自然と緩《ゆる》んでしまう。

「助けてくれてありがとうございます。――ここ、素敵な場所ですね。まるで絵本に出てくる妖精の森みたいだわ。私、王立図書館で司書のお手伝いをしているのですが、その本は子どもにとても人気で……貴方は読んだことがありますか？」

「……そんなことは聞いていないし、興味もない……」

彼はそう言うと、頬を染めてそっぽを向いた。

それから私は何度も声をかけ、質問してみたが、男性は何も答えない。けれどもその態度の端々《はしばし》から、私を受け入れてもらっていると感じた。

私は無反応な彼に構わず、ずっと話し続ける。

クリスマスに近所の老人にケーキを配って歩いたことや、マフラーを編んで孤児院に寄付したこと、行方《ゆくえ》不明の犬を探して雪の中を歩き回ったこと……とりとめのないことを話し続けた。

話のネタが尽きた時、再び沈黙が訪れる。

しかしぎこちない空気にはならず、至極《しごく》自然で、まるで一緒にいることが当たり前のような雰囲気だ。名前すら知らない男性なのに、どうしてこんな安らかな気持ちになるのだろう。

「――くしゅんっ！」

突然鼻の奥がむずむずしてくしゃみが出た。すると男性は私を見て顔をしかめ、自分の上着を脱いで肩にかけてくれる。その瞬間、目が合った。

「……っ!!」

視線を逸《そ》らそうとする彼の頬を両手で挟んで阻止し、無理やりその瞳を覗《のぞ》きこむ。

「素敵な目をしていらっしゃるのね。もう少しその瞳の奥を見ていてもよろしいでしょうか？」

「……なっ！」

男性は抗議に似た声を上げるが、言葉は続かない。それきり何も言わないので、私は調子に乗って、しばらく彼の目を見つめ続けた。

その青い瞳は、光の具合によって色合いを変える。もっと奥を覗《のぞ》きこもうと顔を寄せると、意図せず互いの唇が触れる。

男性が肩をびくりと震わせた。

私よりもかなり年上に見える男性が動揺する姿に、胸をくすぐられる。

今度は自《みずか》ら、唇を押しつけた。数秒で唇を離すと、彼は再び怒ったような表情を浮かべる。

「――もっと口づけがしたいのですか？」

私が問いかけると、男性は耳まで顔を赤くして再び目を逸《そ》らした。

その様子が可愛らしくて、私は強制的にこちらを向かせる。そして彼の唇にもう一度口づけを落とした。心地のいい感触と温かさが、体全体に広がってゆく。

彼は抗《あらが》いもせず、まるで私を迎え入れるかのように、ゆっくりと唇を開いた。

私も唇を開き、ちゅっちゅっと互いの熱を交換する。

しばらくして、体をがっしりと抱きしめられ、彼の腕の中に閉じこめられる。

そして彼が私の口内に舌を差しこんできた。驚いた私は舌を引っこめるが、彼の舌が巧《たく》みに絡みついてくる。

生暖かい感触に背中がぴりりと痺《しび》れ、声が出てしまう。

「……んっ」

ゆっくりと時間をかけて口内を弄《もてあそ》ばれたあと、彼が唇を離す。互いの唇の間に、銀色の唾液《だえき》の糸がつうっと伸びる。

それが途切れてしまった瞬間、とても寂しい気持ちになり、私は自《みずか》ら唇を重ねていた。

再び長い口づけが始まり、くちゅくちゅと響く水音に頭が痺《しび》れてしまう。

（あぁ、なんて気持ちのいいキスなのかしら……溶けてしまいそう……）

もっと口づけていたい――と思った瞬間、彼が名残《なごり》惜しそうに唇を離した。そしてゆっくりと息を吐いてから、低い声で言う。

「私を誘っているのか？　君は……」

「違います……貴方が私を離してくださらないのよ」

私が指摘すると、ようやく彼は自分のしていることに気づいたようだ。

けれども彼は怖い表情をしたきり、腕の力を弱めようとしない。それどころか、さらに力をこめて抱きしめてくる。

男性の行動と言葉のアンバランスさが可愛らしくて、思わず笑いがこみ上げた。

「ふふ……もっと優しく抱いてください。……ねぇ、私、貴方のことが好きになってしまったみたい」

「な……好き……って……！　ゆ……誘惑しようとしても無駄だぞ！　私は騙《だま》されない！」

彼は口ではそう言いながらも、私を抱きしめてキスを落とす。頬や額《ひたい》、唇に……彼の柔らかい唇が触れては離れていった。

素直ではない愛情表現に、胸の奥からジワリと温かい感情が湧いてくる。

「ふふっ、貴方って本当に可愛らしいですね……」

私が顔を覗《のぞ》きこむと、彼は頬を真っ赤にして目を見開いた。そしてなんとも言えない表情を浮かべる。

「君は馬鹿なのだな。私を可愛いなどと言う人間に会ったのは、今まで生きてきて初めてだ」

素《そ》っ気《け》なく言い放った次の瞬間、もう一度これ以上ないほど強く抱きしめられた。

息苦しくなって押し返そうと力をこめると、彼が急に力を抜く。

その弾みに、私の体は後ろにある噴水に倒れこんだ。

男性は目を見開き、私に手を伸ばすが――

「あ、危ないっ！」

バシャーーーン!!

大きな水音と共に、水しぶきが上がる。

私を助けようとした男性と一緒に、噴水の中に落ちてしまった。幸い噴水は浅かったが、二人とも全身水浸《みずびた》しだ。

私たちは噴水の中で座りながら呆然と見つめ合った。さっきまで怒った表情ばかりしていた彼が、狐につままれたような顔をしている。

その表情を見て、再び笑いがこみ上げてきた。

「ぷっ……あははは……やだわ、私たち。夜会に来て、お庭で水浸《みずびた》しになってしまうだなんて……。でも、見てください。なんだか水の上に浮かぶ星に囲まれているみたいで、すごく素敵だと思いませんか？」

ぐるりと周囲を見回すと、水面にたくさんの星が映り、煌《きら》めいていた。

「君は、本当に……」

彼が呆れた顔で言う。しかし怒ったり諌《いさ》めたりはしなかった。

そのまま、まるで宝石をちりばめたような噴水に浸《つ》かり、幻想的な情景を堪能《たんのう》する。

――しかししばらくして、彼が私の唇に手を当てた。その顔には再び怒《いか》りの色が浮かんでいる。

「唇が真っ青だ。風邪を引いたらどうするつもりなんだ!!」

彼がそう叫んだと同時に、私の体が空中に浮き上がった。彼が私を横抱きにして立ち上がったのだ。

彼は噴水を出て、まるでよく知った道を歩くように、暗闇の中を迷いなく進んでいく。庭から屋敷に入り、誰もいない廊下を突き進むと、とある部屋の扉を開けた。

そこは客室のようで、大きなベッドやテーブル、ソファセットが設《しつら》えられている。そのどれもが一目で高級品とわかるものばかりで、さすがメイスフィールド公爵家だと感心する。

男性は私をソファに座らせると、どこからかタオルを取り出してきた。

そこで自分がずぶ濡れだったことを思い出し、私は慌てて立ち上がる。すると男性が責めるような鋭《するど》い目つきで私を見た。

「どうして大人しく座っていないんだ。ほら、タオルだ。服を脱いで体を拭くといい。でないと風邪を引くよ」

自分もずぶ濡れだというのに、彼は甲斐甲斐《かいがい》しく私の世話をしてくれる。私の肩にかかった上着を取り、ドレスを脱がそうとした。私はなんだかぼんやりしたまま彼を見つめる。

肩からドレスを脱がされて私の胸が空気にさらされた瞬間、男性は目を見開いた。どうやら自分のしていることに初めて気がついたようだ。

彼は数秒後、怒ったような顔になると、眉をひそめて頬を赤くした。

男性に胸をさらしている状態にもかかわらず、私は笑ってしまう。

(なんて可愛らしい人なのかしら……！)

「き……君は何を考えているんだ！　見知らぬ男性に部屋へ連れこまれ、しかも服まで脱がされて！　も……もう少し危機感を持ったらどうなのだ！」

「ぷっ……ごめんなさい。でも、私をここに連れてきたのも、服を脱がしたのも貴方です。そしてそのことに怒っているのも、貴方ですよね……」

私がからかうように言うと、男性は顔をさらに赤くした。怒《いか》りをあらわにしながら一枚のタオルで私の肩から胸までを覆《おお》い、もう一枚のタオルで自分の髪を乱暴に拭く。

「早く体を拭きなさい！　見ているこっちが寒さで風邪を引きそうだ！　私が風邪を引いたらどうしてくれるんだ！」

「あら、実際に貴方も寒そうですね。ほら、鳥肌が立っていらっしゃいますよ……」

私は自分の肩にかかったタオルを取ると、それで男性の体を拭く。

するとメイは一層声を荒らげた。

「私に構っている場合か!!　君のほうが絶対に寒い！　君は馬鹿なのか!?　あぁもう！」

彼は自分の髪を拭いていたタオルで、今度は私の体を拭きはじめた。結局、互いの体を拭き合う形になる。

服が邪魔なので、彼のスカーフを外してシャツを脱がせた。すると彼も私のドレスをさらに脱がせてくる。

私たちは無言のまま互いの服を脱がせ、肌に残る水滴をせっせとタオルで拭き取った。けれど、さすがにズボンを脱がせるのはためらわれる。彼は上半身裸でズボンをはいたまま、私は下半身だけ下着を身につけたまま、互いに向かい合って立ちつくした。

彼の前髪は水に濡れて額《ひたい》に下りていて、さっきよりも随分若く見える。男性は自分でズボンを脱ぐと、下着一枚になった。

その状態でしばらく見つめ合っていたが――

「くしゅんっ！」

私がくしゃみをしたと同時に、彼がいきなり私を抱きしめた。肌が重なり合って、彼の熱を直《じか》に感じる。

「だから風邪を引くと言っただろう！　いくら医療が発達したといっても、風邪で死ぬ人もいるのだよ！　どうして君はそんなに馬鹿なのだ！」

その乱暴な台詞《せりふ》とは裏腹に、彼の腕は優しい。

彼が私の髪に顔を埋《うず》めると、温かい息が首筋を掠《かす》めた。その瞬間、ぞくりと背筋に何かが走る。

彼は私を抱き上げベッドに寝かせた。そうして柔らかい布団を丁寧に体にかけてくれる。

（このままどこかに行ってしまうつもりなのかもしれないわ！　やだ、離れたくない！）

私は咄嗟《とっさ》に、彼の首にしがみついた。

「待って！　行かないでください！」

男性は目を丸くして私を見る。

しかしそれはすぐに切なげな表情に変わった。彼は目を細めると、たまらないといった様子で口づけてくる。最初はついばむように、次は優しく舐《ねぶ》るように。

そして舌を絡め、何度も口づけを繰り返す。いつの間にか布団は床に落ちていて、私たちはほとんど裸の状態のままで抱き合っていた。

「駄目だ、もう我慢できない。私はどうかしてしまったらしい。君の名前さえ知らないのに、こんなにも欲しいと思うだなんて、あり得ない……」

「……私もきっとおかしいのよ。どこの誰だかわからない男性に、どうしようもなく惹《ひ》かれているのだもの。……でも、貴方のことを好きになってしまったことだけは確かです」

その瞬間、彼は満面の笑みを浮かべた。初めて見る彼の笑顔に、胸の奥がきゅんとする。

彼は私の胸に顔を寄せると、その先を熱い舌で舐《な》めた。そして両手で二つの膨《ふく》らみを揉《も》む。

初めてそんなところに触れられ、腰が跳ねて変な声が出てしまう。

「ひゃあん！」

「気持ちいいのか？　どう舐《な》めると一番気持ちがいい？」

彼は舌先で頂《いただき》を弄《もてあそ》ぶと、今度は口の中に含み、唾液《だえき》を絡ませて吸い上げた。

「や、そんなこと……聞かないでくださっ――あ、はぁっ……んっ！」

「聞かないとわからないだろう。――あぁ……そうか、君の嬌声《きょうせい》で聞き分けろというわけか。検証して回答を出す。私の得意分野だ」

そう言うと、乳房を揉《も》みながら頂《いただき》を甘噛みする。

「やあぁぁっ！」

私が一層高い声を上げたことに気をよくしたのか、彼はそこを何度も繰り返し攻めた。

どのくらいの間、乳房を舐《な》められていたのかわからない。乳首が痺《しび》れて感覚がなくなってきたころ、彼はぽつりとこんなことを言った。

「――どのくらい君が濡れているか、触ってもいいか？」

興奮し、官能に浮かされた目をしているのに、彼は真剣な表情で私を見た。

アンバランスだが真摯《しんし》な態度だったので、すでにかなり酔いが回っていた私は恥ずかしいと思わなかった。

「ゆっくり指で触ってみてください……そうしたらわかるはずですわ」

彼は私の下着を脱がせて、すぐ秘所に指を当てた。下着を脱がされると思っていなかった私は、慌てて股を閉じる。

「あぁ、蜜が溢《あふ》れてきた。ぐしょぐしょだ」

「や……やめてください、そんなこと言わないで……」

「すまない、だが私ももうこんなになっているのだ」

彼は鋭《するど》い視線を私に向けると、屹立《きつりつ》を目で示した。下着の布一枚を隔《へだ》てていても、その存在を主張する凶悪なものに、私は息を呑む。

（まさかこんなに大きいとは思ってもみなかったわ。それに、どう考えてもこれが私の中に入るとは思えない）

「……少しだけ挿《い》れてみて……いいか？」

険《けわ》しい表情なのに、小さな声で懇願《こんがん》する彼に負けて、駄目だと言えなくなる。

「……ゆっくりなら……いいです」

私がそう言うと、彼は私の足を両手で押し広げた。秘所が丸見えの状態になり、顔が耳まで熱くなる。

「よかった、顔色が戻ったようだな。寒気はないのか？」

こんな状況だというのに、私の体調を気にかけてくれる彼の気持ちが嬉しい。

胸をときめかせていると、信じられないほどの熱を持った塊《かたまり》が、敏感な部分にあてがわれた。それだけで背中が反《そ》って、ビクンと体が震える。

「あぁっ！」

「痛いか、すまない！　もっと濡らすべきか……！」

彼は慌てて体を引き、私の肩を優しく抱きしめた。

この人は本当に、見た目や言葉よりも遥かに優しい人らしい。私は彼の剛直に右手を添えて、それを自分の秘所に誘導する。

すると彼は、ゆっくりとそれを突き入れた。中を掻き分けて熱い肉棒を挿入《そうにゅう》させるが、すべて収めずに動きを止める。そして私の上に覆《おお》いかぶさったまま、大きなため息を漏らした。

「はあっ――すごい……君の中はすごく気持ちがいい」

荒い息をこぼしながら、青い瞳を潤《うる》ませる男性。

その表情を見て、私の心は満たされた。会ったばかりだというのに、こんなにも惹《ひ》かれている自分が信じられない。

「……まだ一つになったわけではないわ」

私の言葉に、彼は戸惑ったような顔をした。そして残念そうに低い声で言う。

「このまま奥まで入れたら、制御できそうにない。君を傷つけてしまうかもしれない……そんなことはしたくないのだ」

「私……貴方と一つになってみたいのよ。きっとものすごく幸せな気持ちになるに違いないもの……」

彼は荒い息を吐き、私を愛《いと》おしそうに見た。

そうして意を決したように、ゆっくり腰を進める。本当にたっぷりと時間をかけて、じれったいほどのペースで、彼の剛直が私の中を押し広げていく。

下腹部に痛みを感じながらも、私はなんとも言えない幸福感に浸《ひた》った。

彼の欲望を誘い、一つになることを、私の魂《たましい》は望んでいる。胸が悦《よろこ》びにうち震えた。

「あぁぁぁぁ……あぁ……っ！」

奥深くまで埋めこまれた剛直はとてつもなく熱くて、その大きさを誇示している。

私は思わず顔をしかめて、彼の腕に爪を立てた。すると彼は瞳に熱を孕《はら》み、切なげな表情を浮かべる。

体内に感じる熱に、全身がぶるりと震えた。

「すごいわ……貴方の熱を中から感じる……でもなんだか妙な気分……」

「――君は……幸せになったか……？」

心配そうな声で問いかける男に、私は微笑み返した。

「ふふっ……ええ、とても幸せな気分だわ。それになんだか腰のあたりが切ない気持ちになるの」

「……私もだ……」

自分も幸せだという意味か、切ないという意味なのか、わからない。どっちなのかとぼんやり考えたが、それは言葉にならなかった。

しばらく私たちは繋がったまま抱き合う。すると彼が突然思いついたように尋《たず》ねてきた。

「――動いても……いいか？」

「ぷっ……わざわざ聞かなくても大丈夫です。でもその前に、もう一度口づけしてください」

そう言うと、彼はすぐに私の唇に口づけを落とした。優しく丁寧な口づけの後、私の両足を手で持ち、ゆっくりとその剛直を引き抜く。

ずるりと引き抜かれる感覚に、思わず声が出てしまう。

「あぁ……っ」

一拍置いて、彼は剛直を一気に突き入れた。

「あぁぁぁ！」

体がびくびくと震えてベッドの上のシーツが波打つ。それと同時に、何かが腰の奥に溜まっていく感覚がする。

彼は何度も抽送《ちゅうそう》を繰り返し、腰を打ちつけてきた。その間もなぜか切なげな――確かめるような目をして私を見る。

汗ばんだ肌がぶつかり合う音と共に、ぐちゅりぐちゅりと淫靡《いんび》な水音が響く。

「あっ……あっ……やぁ……っ！」

快感はどんどん募《つの》り――突然、せり上がってきた。未知なものに対する怖さが押し寄せる。

「あぁっ……や、……んん！」

思わず彼の体をぎゅっと抱きしめた。その瞬間、腰が跳ね、味わったことのない快感が全身を駆け抜けていく。

「あああぁぁぁああん！」

雷に打たれたように体が痙攣《けいれん》し、壮絶《そうぜつ》な快感を受け止めた。

それは初めての経験で、快感の波が引いた後も足の震えが止まらない。

どうやら彼も同時に達したようで、荒い息を漏らしながら頬を紅潮させていた。

「ああ……私も幸せだ。幸福を全身で感じるなど、こんなのは……こんな経験は初めてだ……ありがとう……」

そうつぶやくと、彼は私をぎゅうっと抱きしめた。

私たちは幸せを噛みしめ、ぴったりと抱き合って眠りについた。

――そして、あの朝がやってきたのだ。

（ああ……私、全部忘れてしまっていただなんて……サイラス様を一目見た時から、私は彼を愛していたのだわ。でも私、このまま死んでしまうのかしら……。全身がだるくて体が動かないわ……ごめんなさいサイラス様）

8　こじらせ公爵のプロポーズ

「──シアっ！　ア──シア！　アリシア！」

混沌《こんとん》とした意識の中で、私の名を呼ぶ声が聞こえる。何度も繰り返し名前を呼ばれて、私はうっすらと目を開けた。

「アリシアっ！　目が覚めたのかっ！」

目の前には、涙で顔をぐちゃぐちゃにしている公爵がいた。激レアな表情に驚きを隠せない。

公爵が号泣《ごうきゅう》している顔を見られるだなんて、思ってもみなかった。

息ができないほど強く抱きしめられて、その温もりに、自分がまだ生きているのだと実感する。腰のあたりに激痛が走るが、その痛みも、これが現実の世界だと証明してくれた。

まさか銃で撃たれて、死なずに済むとは……

私は動くことができず、ベッドに寝かされたままの体勢で、公爵に抱きしめられている。

ぼんやりしていると、聴診器を首にかけた医者らしき人物が現れた。彼は苦笑しながら、状況を説明してくれる。

なんでも銃弾は、お腹の皮膚をほんの少しかすっただけだったらしい。ただ床に倒れこんだ時に、落ちていたガラスの破片で背中を切ったようだ。何針か縫《ぬ》ったというが、怪我自体はそれほどひどいものではないという。

背中だったのも幸いして、お腹の子どもは無事だった。けれど軽傷のわりに出血が多く、止血に時間がかかったそうだ。

状況は理解したが、公爵に抱きつかれたままなので、自分が今どこにいるのかすらわからない。

高すぎる天井や窓、それにかかっているカーテンの緻密《ちみつ》な模様。部屋はかなり豪奢《ごうしゃ》な造りのようだ。普通の病院には見えない。

「あの……ここは……どこなのですか？」

「ここは王城の医務室で、私は王室付きの医者です。メイスフィールド公爵が半狂乱になって、血まみれの貴方を抱えてやってきたのですよ。あの時は驚きました。公爵はご自分の怪我よりも貴方の容態を心配していましてね。さあ、公爵。もういいでしょう。早く私にその腕の怪我の処置をさせてください。貴方も縫《ぬ》わねばなりませんよ」

医者が公爵に促《うなが》すが、彼は私を抱きしめたままピクリとも動かない。

「サイラス様、私は大丈夫なので、お医者様の言うことをお聞きになってください」

私が何を言っても、公爵は離れようとしなかった。

よほど心配させたのだろうと思い、しばらくそのままにさせていたが、十分経過しても、公爵は指一本動かさない。

このままでは医者にも迷惑をかけてしまう。痺《しび》れをきらした私は、最後の手段を使うことにする。

「――サイラス様……あまり強く抱きしめられると息が苦しいです」

私がそう言うと、公爵がガバリと体を起こして青白い顔で私を見る。そして何度も確認するように、私の頬を両手で撫でつけた。

「大丈夫か！　アリシアっ！　息はできるか!?　ああ、君はどうして私をかばったのだ！」

「サイラス様が私をかばってくださったのと同じ理由です。ですからサイラス様も治療を受けてください。私はどうせここから動けませんから」

私は彼の手を取って微笑んだ。彼の腕の傷はもう血が止まっているようだが、シャツの袖に赤黒い染みがついていて痛々しい。

「――わかった、でも絶対に部屋を出てはいけないよ。男と二人きりになるのも駄目だ」

いかめしい顔をしてそんな風に言う公爵が懐《なつ》かしくて、私の胸が熱くなる。

公爵は警備の男性を部屋から追い出し、しぶしぶ医者についていく。その後ろ姿を見送った後、部屋にいた二人の看護婦さんが驚いた顔で口を開いた。

「あんな公爵様は初めて見ましたわ。いつも怒っていらっしゃるのだとばかり思っていました」

「ふふっ、そうね。――痛っ！」

上半身を起こすと、傷口が痛んだ。背中の傷を触って確認し、他の場所の状態も確かめる。先ほど聞いた通り、お腹の傷は皮膚を掠《かす》った程度の浅いものだった。

私はお腹に手を当てて、ほっと息を吐く。

(よかったわ……。私の赤ちゃん……無事だったのね)

嬉しくて胸が熱くなる。本当によかったと、幸運に感謝していると――

バタンッと音を立てて扉が開いた。

部屋に入ってきたのは公爵だ。もう戻ってきたらしい。彼が部屋を出てから、まだ五分くらいしか経っていないというのに。

(確か傷口を縫《ぬ》うと言っていたはずだわ。そんなに早くできるものなのかしら……？)

呆気にとられ、公爵に声をかけた。

「――お早いですね」

「五分と十三秒だ。七針縫《ぬ》うだけなのに、そんなにかかってしまった。それより起き上がって大丈夫なのか?」

公爵は相変わらずの無表情で、低く言う。さっきまで取り乱していた彼は、どこへ行ってしまったのだろう。乱れていた髪も、短い時間で直したようだ。

(ぷぷっ……ちっとも遅くなんかないわ。こんなに早く縫合《ほうごう》を終えるなんて……さすが王城の医者ね)

公爵は何事もなかったように、ベッドの隣にある椅子に腰かけた。

私はさっきの問いかけに頷《うなず》いて答える。

「ええ、大丈夫です。それより襲撃者たちはどうなったのですか? 一体誰がサイラス様のお命を狙ったのですか?」

「君が死にかけている時に、他のことを気にかける余裕などなかった。だから私は何も知らない。どうやって王城まで来たかも覚えていないのだ。だがあの男たちには、しっかりと罪を償《つぐな》わせるつもりだから、安心しなさい。――死んだほうがましだったと思わせてやろう」

公爵は目に力をいっぱいこめて、凶悪な表情を浮かべた。完全なる悪人面《あくにんづら》だ。『冷血公爵』は相変わらず健在らしい。

「きゃあっ！」

看護婦さんたちが小さな悲鳴を上げた。そして公爵に愛想笑いをしてから、そそくさと部屋を出ていく。

私と公爵は病室で二人きりになり、気まずい空気が流れる。

その時、図書館で倒れた時に聞いた、公爵の言葉を思い出した。意識が薄れる前、彼は確かに私を愛していると言った。

その言葉をもう一度聞きたいが、どう切り出せばいいのかわからない。

悩んでいると、公爵が唐突にこんなことを言った。

「子どもはいつ生まれるのだ？」

なんと言ったらいいのかわからなくて私は口をつぐんだ。生まれる時期を知られれば、公爵の子だとわかってしまう。

「医師が、君は妊娠五ヶ月くらいだろうと言っていた。妊娠したであろう時期に——伯爵家で夜会があったな。ということはあの時、君はギルマイヤー侯爵と……」

私は呆れて、大きなため息をついた。

「――ふぅ……サイラス様……」

もしかして公爵は、私とルーカス様があの七分二十八秒の間にそういう行為をしたと、本気で思っているのだろうか？

文句を言ってやろうとした時に、公爵が言葉を続けた。彼の鋭《するど》い目は、いまだ私を探るように捉《とら》え続けている。

「……いやそんなことがあるはずはない。あの時の君は、私を心から愛していたはずだ。そうだな？」

その問いかけに、私は目を丸くした。

どうして今さらそんなことを聞くのだろうか？　私の手紙を読んだのなら、そんなことはずっと前から知っていたはずなのに……

だんだん公爵に対して怒《いか》りが湧いてくる。私は吐き捨てるように言い返した。

「……ええ、そうです。あの時の私はサイラス様を愛していました」

すると公爵は顔を赤くして唇を震わせた。そうして大きく息を吸って、ゆっくりと時間をかけて吐き出す。その後、なぜか冷たい目で私を睨《にら》む。

「君は私の子を妊娠しているのだ。今はギルマイヤー侯爵を愛していたとしても、それは些細《ささい》な問題だ。私と結婚しなさい、アリシア。それが子どもにとってもいい」

——勝手すぎる話に、私は顔をこわばらせた。

私の妊娠は知っていたのに、誰の子どもなのかは知らず、ルーカス様の子だと思いこんでいたらしい。そんな状況にもかかわらず、図書館で私に愛を誓ってくれた彼の気持ちは純粋に嬉しい。けれど、自分の子だとわかった途端、こんなぞんざいな言い方で結婚を申しこむなんて、あり得ない。

今までいろいろと笑顔で流してきたが、こればかりは許せない。

（しかも、私がルーカス様を愛していると思っているだなんて……そこが一番腹が立つのよ！　私のサイラス様への気持ちを軽んじている気がするもの！）

私は公爵から顔を背《そむ》けて拒絶を示した。

「申し訳ありませんが、結婚はお断りします。お腹の子どもは私が責任を持って育てますので、お気になさらないでください。あとでサイラス様に責任を取れと言うことは、絶対にありません。ご安心ください」

私が答えると、公爵はベッドに手をついて身を乗り出してくる。そして、さらに私を睨《にら》みつけながら小さな声で言った。

「て……手紙のことで怒っているのか。あれは……誤解だ。私はアリシアの手紙を読んでいないし、君も私の手紙は読んでいないのだ。あ……いや、私は君の手紙を読ませてもらったが、それはダレンが持っていて、読んだのはつい最近のことで……それで……。……私はずっと、勘違いしていたらしい。だから……」

要領を得ないことを聞き取れないほどの声で話す公爵に、だんだん我慢できなくなってくる。

私は必死で言い訳をする公爵から、ぷいと顔を背《そむ》けた。

「もういいです、サイラス様。とにかくお医者様のところに連れてきてくださって、ありがとうございます。私は父に迎えに来てもらいますので、もう結構です。では、お元気で」

「ま……待てっ！　あの、なんだ、私はアリシアから離れたくないのだ。それに公爵家の皆も、君が戻ってきてくれることを願っている！」

「そ、う、で、す、か!!」

思い切り大声で返事をして公爵を睨《にら》みつけると、彼は一瞬泣きそうな顔になる。そしていきなり私の両肩をがしりと掴《つか》んだ。

「きゃっ！　な、何……？」

彼は視線で射殺さんばかりに私を睨《にら》んだきり、銅像のように固まった。

どのくらいそうしていたのかわからないが、掴《つか》まれた肩が痺《しび》れてきたころ、公爵が口を開いた。

「……ているんだ――。アリシア、君を愛している。だから――私と共に生きてほしい……」

公爵の絞り出すような声に、胸が締めつけられた。

私が驚いて黙っていると、彼はもう一度言う。

「アリシア、愛している。君を愛している。君が誰を好きでもいい……だから結婚してくれ」

息も絶《た》え絶《だ》えに必死の形相で繰り返す公爵。これが彼の精一杯なのだろう。

あの不器用な公爵が、勇気を振り絞ってプロポーズしてくれた。

それが嬉しくて、胸の奥が熱くなる。

究極に素直ではない公爵の、精一杯のまっすぐな愛の告白に、胸がきゅんとした。

でも私がルーカス様を愛していると思っていることについては、まだ許すことができない。だから私は少し意地悪をする。

「私は一度男性を愛したら、簡単に心変わりしません。その方《かた》の短所や長所を丸ごと、一生愛し続けます。それでもサイラス様はいいのですか？」

すると公爵は私の肩を掴《つか》んだまま、顔を歪《ゆが》めた。そして絞り出すように言葉を紡《つむ》ぐ。

「……それは如何《いかん》ともしがたく、まことに不本意ではあるが……私の全力をもって、善処する……だからアリシア……」

かなり苦しげな公爵を見て、許してあげようかという気になってきた。

肩に置かれた公爵の手の上に、自分の手を重ねて微笑みかける。

「私の愛する男性は、素直じゃなくて不器用で……それでいていじらしくて、とても可愛らしい方《かた》なのです」

「そ……そうなのか。私はギルマイヤー侯爵を可愛らしいと思ったことは一度もないな。でも君がそう言うのなら、きっとそうなのだろう……」

悲しげに唇を震わせ、瞳を潤《うる》ませる公爵の両頬を、私はぎゅっとつまんだ。

鈍《にぶ》いにも程がある。どうしてここまで言われて、自分のことだと気がつかないのだろうか。彼は私が公爵のことを愛していたと知っている。それに、一度男性を愛したら簡単に心変わりしないと言ったばかりなのに！

私は強い口調で叫ぶ。

「――もう！　サイラス様！　私が愛する男性は、今も昔も貴方だけです！」

すると公爵はなんとも言えない表情をした。

今まで公爵のいろいろな表情を見てきたが、そのどれとも違う顔だ。嬉しさと戸惑い、幸福と驚嘆《きょうたん》。すべてがないまぜになったような表情で、公爵が私を見つめる。

そして私に頬をつままれたまま、人形のように固まってしまった。

公爵の次の言葉が聞きたくて、心がはやるが、そのままの状態で待つ。

それなのに、彼は一向に指一本動かさない。

恐ろしいほどの時間が経過した後、公爵は唐突に言葉を発した。

「――アリシア……私は本当に生きているのか？　それともこれは私の願望が見せた夢なのか……」

「ふっ……ふふっ……」

私はつまんだ頬の指に一度ぎゅっと力を入れてから離した。そして彼の震える頬に唇を寄せながら囁《ささや》く。

「生きています。私もサイラス様も……そしてお腹にいる私たちの赤ちゃんも……」

公爵の頬に、唇がほんの少し触れるかどうかの口づけだった。

けれど公爵の肌の温もりを感じた瞬間、胸の奥から温かい感情が湧き上がる。きっと公爵も私と同じ気持ちだろう。

顔を離した時、彼は至福の笑みを浮かべていた。

――まさか公爵の笑顔を見られるだなんて。

嬉しくて目頭が熱くなる。

(ああ、私はなんて幸せなのかしら。サイラス様……)

でも、それはほんの一瞬の出来事だった。

「あ!」

私が体の異変を感じて小さく声を上げたせいで、公爵はいつもの冷たい表情に戻る。

「どうした、アリシア! すぐに医者を呼ぶ!」

過剰反応する彼を、目で制止する。

お腹に手を当てて息を殺し、感覚を研《と》ぎ澄《す》ませると、もう一度同じものを感じた。

——このお腹の妙な感触は間違いない。

「傷が痛むのか!? アリシアっ!!」

真剣なあまり険《けわ》しさの増した公爵が叫ぶ。私は安心させるように笑って公爵を見た。

「——違うわ、赤ちゃんが動いたの。……ほら、また」

私の肩を押さえていた公爵の手を取ると、下腹部に当てさせる。すると突然お腹が振動して、私たちは顔を見合わせた。

お腹の中で何かが動く感触が、手に伝わってくる。公爵が頬を緩《ゆる》めて唇を歪《ゆが》めた。

「あぁ、私の子どもなのだな。アリシアのお腹の中に、君と私の子どもがいるのだ……」

聞いたことがないほど上ずった声だ。鮮やかな青色の目には涙が浮かんでいる。

『冷血公爵』のそんな顔を見た途端、もう今までのことも、どうでもよくなった。

公爵が私の愛の告白を二度も拒否した理由や、今ごろになって私のもとへ来た理由を知りたいし、言いたいこともたくさんある。けれどそれらが綺麗に消え去っていく。

「――ええ、そうよ。サイラス様。きっと赤ちゃんも、貴方がお父さんだとわかっているのね」

私がそう言うと、公爵は椅子から立ち上がった。そして存在を確認するように、もう一度私を抱きしめる。

私も彼の背に手を回して、しっかりと抱き返した。頬を寄せると、公爵の匂いを感じて心が安らかになる。

私たちはそのまましばらく抱き合った。

「愛しています、サイラス様……私は貴方に初めて会ったあの夜からずっと……貴方だけを心の底から愛しています」

私がそう言うと、公爵はビクリと震えた。そうして再び動かなくなる。

「私も……アリシアを、あの夜から……ずっと……愛している」

絞り出すようにして紡《つむ》がれる愛の告白に、私は天に昇《のぼ》るような心地になった。

恋い焦《こ》がれた存在を腕の中に感じて、幸せを噛みしめる。

「さっきのプロポーズの返事をしますね。サイラス様――私は……」

そして私は公爵にプロポーズの返事をするのだった。


――結論から言うと、私は公爵のプロポーズを断った。ここで私が公爵と結婚するのは、あまりに虫がいい話だから。

そしてその日は念のため王城に泊まらせてもらい、翌日、公爵に付き添われてバートリッジ家に戻った。

私の体を心配していた家族は、突然現れた公爵に驚いたようだ。しかも、彼はひときも私のそばから離れようとしないので、家族は呆れるどころか恐れを感じているらしい。

父は怯《おび》えて話をしないし、兄は公爵の顔すら見られずにうつむいている。

彼が子どもの本当の父親であることや求婚の話は、両親にしないようにと公爵に口止めした。

公爵と私がどうするかはこれから決めることにして、今はとりあえずルーカス様と話をすることが先だ。王城でそう話し合い、合意したはずなのに、公爵は私のそばを離れようとしない。

しかも夕方になっても、一向に帰らないのだ。このままでは私と同じベッドで眠ると言い出しかねない。私は時間をかけて公爵を諭《さと》し、屋敷へ戻ってもらった。

そして夜が更《ふ》けたころ、ルーカス様がバートリッジ家を訪れた。彼は王国の諜報員《ちょうほういん》だ。昨日、図書館であった出来事はすでに耳に入っているのだろう。

安静にするため、私は自室のベッドで横になりながら彼を迎える。ルーカス様はベッドのそばの椅子に座り、前のめりになって話した。

「大変だったな、アリシア。図書館での事件の犯人について、だいぶわかってきたぞ。奴らはメイスフィールド公爵によって、武器密輸の罪を暴《あば》かれた組織の黒幕だった」

その話は、公爵と一緒に行った王城やルーカス様の屋敷で、小耳に挟んでいたものだった。

「ニューエンブルグ伯爵とその息子が、バートラム卿《きょう》の背後で糸を引いていたことがわかった。財産も爵位も奪われて王国を追われる身になったと、公爵を恨《うら》んでいたんだろう。襲撃者も黒幕もきちんと捕まえて罰することになっているから、安心してくれ」

笑みを浮かべるルーカス様の言葉に、私はほっと胸を撫で下ろす。

「そうですか……ありがとうございます。それで……あの、お話があるんです。とても大切な……」

話をしようとするが、ルーカス様は私の言葉を遮《さえぎ》り、朗《ほが》らかに笑いながら続けた。

「そういえば背中を怪我したと聞いたぞ。体は大丈夫なのか？」

背中は痛むが、耐えられないほどではない。

大丈夫と答えて、私は間髪《かんはつ》を容《い》れずに切り出す。どうしてもルーカス様に伝えなければいけない。

「私、どうしても貴方に話さなければいけないことが――」

「お腹の子どもも無事でよかった。本当にお前は無茶をする」

ルーカス様はまたも私の言葉を遮《さえぎ》るように話す。どうやら私の話を聞きたくないようだ。

きっと彼の耳には、私が昨日公爵と一緒にいたという情報も入ってきているのだろう。

罪悪感で胸が苦しくなるが、すべては私の責任。きちんとケリをつけなくてはいけない。

私はお腹に力を入れ、はっきりと言った。

「私、サイラス様にプロポーズをされました！」

するとルーカス様は、悲しそうな目をして私の手を握った。しばらくそのまま私の顔を見つめたあと、ため息と共に小さな声で言う。

「では公爵と結婚するのか……公爵は図書館で、君に愛の告白をしたらしいじゃないか。よかったな、アリシア」

「サイラス様のプロポーズは断りました。ですから当初の予定通り、一人で子どもを産むことにします。お腹の子が彼の子だと知られたので、私に万が一のことがあっても、子どもは大丈夫です。彼が育ててくれることでしょう」

私の話に、ルーカス様は目を大きく見開いた。信じられないという表情を浮かべる。

「アリシア……どうして……!?　頭の打ちどころが悪かったのか？　それとも本当に馬鹿になったのか？」

「やめてください。サイラス様にも散々《さんざん》馬鹿だと言われましたから。さすがに落ちこみます」

私が本気だと示すため、真剣な目でルーカス様を見つめ返す。

彼は大きなため息をつくと、静かに話しはじめた。

「俺に気を使っているのなら、それは必要ないぞ。そんな予感はしていたからな」

「……もちろんそれもありますけれど、ここまで周りを騒がせておいて、サイラス様と結婚なんかできません。サイラス様は当分、一人で反省なされればいいのよ。私がどれほど心細かったのか、少しは思い知るべきです」

私は胸を張って澄《す》ましてみるが、ルーカス様は辛そうに笑いながら言う。

「そんな言い方をしつつも、俺に気を遣っているのだろう。お前は本当に馬鹿だな。そんなアリシアを見るたびに、お前を愛する気持ちが深くなる。少しはずるい女になって俺を失望させてくれないか。そうでないと一生引きずりそうだ。俺に気を遣うほうが罪だとは思わないのか？」

軽い口調で話すルーカス様の瞳は、切なげだ。罪悪感で心が圧《お》し潰されそうになる。

涙がこみ上げてくるけれど、私がルーカス様の前で泣くのはおかしい。

目に力を入れて必死でこらえていると、彼は悲しそうに笑った。そして私の頬に手を当て、優しい声で言う。

「そんな顔をするな。俺はアリシアに辛い思いをさせたいわけじゃない。まあいい、もう少し考えてみるんだな。まだやり残した仕事があるから、俺は行くよ。一目でもアリシアの顔を見ておきたくて来ただけだから……元気そうでよかった」

ルーカス様は立ち上がると、私の頬に口づけを落とした。そして寂しそうな笑みを浮かべて私を見る。

「じゃあな、アリシア。おやすみ」

私は彼に小さな笑みを返すことしかできなかった。

それから一週間、私はずっとベッドの上で過ごした。なんでも公爵が父に、『アリシアをベッドから出すな』ときつく言い含めたらしい。絶対安静にさせるようにと……

そのおかげか背中の傷の治りも速いようで、昨日抜糸《ばっし》を済ませた。今ではほとんど痛みはない。

ちなみにこの一週間、公爵から毎日信じられないほど大きな花束が送られてきたが、彼は一度もバートリッジ家に顔を出さなかった。ルーカス様とも会っていない。

そして今朝《けさ》、私はようやくベッドから出ることを許された。その許可を出したのは、公爵の手配で毎日往診してくれる王城の医者だ。

私は久しぶりに家族との朝食の席についた。父に母、兄にミリー。いつもの顔ぶれに囲まれて、美味《おい》しい朝食をいただく。

「最近は会社も好調なんだよ。大手の紡績《ぼうせき》工場が倒産したから、あそこの顧客《こきゃく》がうちの会社に流れてきたんだ。もう少し従業員を雇《やと》わないといけないな。なんでも、大手紡績《ぼうせき》工場が女や小さな子どもを低賃金で働かせているという証拠を、誰かが王城に送ったことで、倒産したらしいんだ」

父はそう言って、ホクホクした顔で笑った。それを見た兄が、話題を変える。

「もう図書館の仕事はやめたんだろう？　アリシア。子どもが生まれるまでゆっくりするといい」

本当はもう少し働かせてもらうつもりだったのだが、あんなことになったので、図書館のあの部屋は一時閉鎖中だ。新しい天窓に替えるまで時間がかかるらしく、私もこのまま辞めることになった。

「気にしちゃだめよ、アリシア。子どもが生まれたら、また雇《やと》ってもらえばいいじゃないの。ほほほ」

「母様、子どもを育てながら働くなんて無理に決まっているだろう！」

朗《ほが》らかに言う母を、兄がたしなめる。いつもの食卓の光景だ。

けれど、今日は何かが違っていた。家族の様子がほんの少しおかしい。なんだかそわそわしているようだ。

その時、家の前に馬車が停まった音がしたかと思うと、ミリーがいそいそと玄関に向かった。すると扉を開けて入ってきたのは、なぜか盛装姿のルーカス様だった。

「ど……どうしたのですか、ルーカス様!?」

私の問いに、ルーカス様は満面の笑みを浮かべた。

そして私の手を引いて家を出ると、半《なか》ば強制的に馬車に乗せる。何がなんだかわからなくて戸惑う私に、家族はにこやかに笑うだけで、ルーカス様の行動を止めようともしない。

ルーカス様は馬車の扉を閉めて出発させると、私の向かいに座った。

「ちょっとお待ちください、ルーカス様。どういうことなのですか⁉」

私が何を聞いても笑って誤魔化《ごまか》すだけで、答えてくれない。私は観念して、馬車の到着を待つことにした。

そして三十分くらいして、馬車は街のとある店の前で停まる。ルーカス様は私の手を取って、馬車から降りた。

そこは有名ブランドのドレスの店だった。

「え⁉　どうしてこんなお店に⁉」

そう聞いても答えはもらえず、あれよあれよという間に店に連れこまれ、奥の部屋に通される。

しかも抵抗できずに、新しいドレスに着替えさせられ、化粧まで施《ほどこ》された。髪も結《ゆ》い上げられ、まるで夜会に出る時のように全身を飾られてしまう。ただ、ドレスは今の私の体形を考慮したのか、お腹周りがゆったりしていた。

何がなんだかさっぱりわからない。

「ちょっと、ルーカス様!!　説明してください!!」

「大丈夫だ、アリシア。心配するな」

私の問いかけに答えず、ルーカス様は再び馬車に乗りこむ。もちろん私も乗せられたあと、馬車は動き出した。

状況から、だいたい状況が読めてきた。私はそこまで馬鹿ではないのだ。

私たちはどこかのパーティーに参加するのだろう。ただ、こんな朝早くに催《もよお》されるパーティーなど、聞いたことがない。

「ルーカス様っ！」

怒ったように名前を何度か呼ぶと、ルーカス様はやっと私の顔を見て微笑んだ。

同時に、馬車が停まる。

「アリシア、これが俺の答えだ。幸せになれ」

何を言われているのかよくわからず、私は窓の外を見ようと腰を上げる。そんな私の背中に、ルーカス様はそっと手を添えた。

その時、馬車の扉が外から開かれる。

困惑しながら馬車を降りると、そこには赤い絨毯《じゅうたん》が敷かれていた。その先には、王都の教会の入り口がある。

そこには、父や母、兄のライアン、そしてバートリッジ子爵家の使用人たちが盛装で立っていた。メイスフィールド公爵家の侍女であるローラやリリアン、他の使用人たち、公爵の弟のダレン様もいる。

誰もが手に花いっぱいの籠《かご》を持っていて、上に向かって放り投げる。途端に、鐘の音が響き渡った。

色とりどりの花が舞う美しい光景に思わず見惚《みと》れる。

するといつの間にか背後に立っていたルーカス様が、私の耳元で囁《ささや》いた。

「アリシア。みんなには、事情を説明してある。――密輸組織の黒幕が公爵の命を狙っていた。だから、彼の弱点になりそうなお前とお腹の子どもの存在を隠すため、俺がお腹の子の父親であるかのように振る舞っていた、とね。メイスフィールド公爵に借りは返しておいたし、ギルマイヤー領に有利な取引契約も結んだ。だからアリシアは気兼ねなく公爵と結婚するといい」

「――ルーカス様……」

感激のあまり涙で前が見えなくなった時、目の前に公爵が現れた。盛装した公爵はいつもより数倍素敵で、緊張しているのか一段と無表情になっていた。

私はルーカス様を振り返り、深く礼をする。

「ルーカス様、ありがとうございます」

そして向き直ると公爵の腕に手をかけた。一斉に歓声が沸いて、優しい雨のように花びらが降ってくる。感動で心が満たされて、言葉も出ない。

すると公爵が目を潤《うる》ませ、私の顔を見て言った。

「アリシア、どうすればいいのだ。あまりに幸せで体が動かない。こんな幸福がこの世にあるとは知らなかった」

視線で熊をも殺せそうな表情で、可愛いことを言う公爵に、胸がときめく。公爵の可愛らしいギャップに、私は本当に弱いのだ。

私は笑って公爵の腕をぎゅっと握ると、教会への道を進む。

「心配しないでください。私がサイラス様にもっとたくさんの幸福を教えてあげますから。これから子どもが生まれて、私たちもっと幸せになるのよ」

大勢の人たちの祝福を受けて、私たちは教会の祭壇の前に立つ。すると従姉《いとこ》のルイスが私の頭にベールをのせてくれた。

「おめでとう、アリシア。これ私が作ったのよ。秘密で結婚式の準備をすると聞いたのが一週間前だったから、あまり凝《こ》ったものはできなかったけれど……。公爵様と幸せになってね」

「ルイス……ありがとう……」

一週間前といえば、公爵のプロポーズを断った日だ。あれからみんなが私の結婚式を計画してくれたと思うと、涙が溢《あふ》れそうになる。

けれど、必死に我慢した。せっかくの結婚式なのに化粧が崩れるのはどうしても避けたい。

神父が差し出した聖書の上で、私と公爵は手を重ねる。神父は誓いの言葉を厳《おごそ》かに述べた。

「──新郎。幸せな時も、困難な時も、富める時も、貧しき時も、病《や》める時も、健《すこ》やかなる時も、死が二人を分かつまで愛し、慈《いつく》しみ、貞節を守ることを、ここに誓いますか？」

「誓います」

公爵は震える声で答える。

次は私の番だ。同じ文言を神父が言うと、心配そうに私を見つめる公爵の顔を見上げる。

彼はなんとも表現しがたい顔をしていた。

神前で誓いを断れば、私と公爵は結婚できなくなる。私が一度プロポーズを断っているので、彼は不安なのだろう。

（本当になんて可愛らしい人なのかしら……）

私がなかなか返事をしないからか、重ねられた手がとうとう震えだした。私は微笑んで答える。

「誓います」

その瞬間、公爵は肩をびくりと震わせ、ぎゅっと私の手を握りしめた。そして私を力強く引き寄せて、抱きしめる。

そのまま、私の耳元で何度も囁《ささや》く。

「アリシア!! 愛している!! 愛している!!」

突拍子《とっぴょうし》もない行動に驚くが、嬉しさがそれを凌駕《りょうが》する。ぎゅうっと強く抱きしめ返すと、公爵が小さく呻《うめ》き声を上げた。

どうやら左の脇腹が痛むようだ。顔を上げた瞬間、公爵の肩越しにルーカス様と目が合う。彼は手を上げて、意味深に微笑んだ。

さっきルーカス様が言っていた『公爵に借りを返しておいた』というのは、これだったのかと悟《さと》る。おそらく公爵はルーカス様から、キツイ一発を脇腹にくらったのだろう。

その時、痺《しび》れを切らした神父が大きな咳ばらいをする。

「うぉっほん!!」

「アリシア、愛している! 愛している!! 君を愛している!」

咳ばらいの音が聞こえなかったのか、公爵はまだ私を抱きしめながら、繰り返し愛を囁《ささや》く。

さすがにこれ以上神父を待たせるわけにはいかない。

公爵の体を離そうと両手で押すが、彼は微動《びどう》だにしなかった。

仕方がないので、奥の手を使うことにする。

「サイラス様、お腹の赤ちゃんが苦しがっています」

すると公爵は我に返ったようで、すぐに体を離すと、私のお腹をさすりながら叫んだ。

「だ……大丈夫なのか！　あぁ、まったく動いてないみたいじゃないか！　アリシア！　早く病院に行かなくては！」

私の手を引いて教会の出口に向かおうとする公爵を、慌てて引き留める。

「サイラス様、落ち着いてください。赤ちゃんは常に動いているわけではありませんから」

「あ……ああ、そう……そうなのか……」

「ぷっ……ふふふ。サイラス様、私も貴方を愛しています」

私はそのまま自分でベールを上げると、つま先で立って公爵の唇に口づけをした。

再び歓声が上がり、あたりは祝福の空気に包まれる。

そこにダレン様が、指輪が二つ入った箱を持ってやってくる。

公爵は一つの指輪を手に取ると、私の指にはめようとするが——緊張で手が震えて、なかなかはめられない。一分ほどかかって、指輪が私の薬指に輝いた。

私も公爵の指に指輪をはめる。

結婚指輪をはめた私たちを見て、ダレン様がムッとしたような表情で口を開いた。

「アリシア、お前の手紙を兄さんに渡さなかったのは俺だ。兄さんからアリシアへの手紙も預かっていたが、俺が隠した。心から謝る。本当にすまなかった。仕方ないから、お詫《わ》びに、アリシアをメイスフィールド公爵家の一員として認めてやる。生涯《しょうがい》お前を守って誰にも傷つけさせないことを誓う。でも、アリシアを義姉《ねえ》さんと呼ぶつもりは絶対にないからな」

手紙ですれ違いが起きていたのは、そういうことだったのかと、私は納得する。

ダレン様は兄が大好きなのだ。私と彼が一緒になるのを、どうしても阻止したかったのだろう。

それに、よく意味がわからないが、彼なりに結婚を認めてくれたらしい。

「わかりました、ダレン様」

そう言うと、ダレン様は一気に頬を赤く染めて、ぷいと顔を背《そむ》けた。

その様子が可愛らしくて微笑んでいたら、公爵が私の腕を引っ張った。そうして私を抱きしめると、独占欲丸出しで叫ぶ。

「アリシアはもう私のものだと教会に認められた。誰にも渡すつもりはない!!　ダレン、お前にもだ！」

『冷血公爵』が嫉妬《しっと》する姿を初めて見た人たちは、大きく目を見開いた。

そんな大勢の人々の間を私たちは手を繋いで歩く。

王国の晴れた空に、再び大量の花びらが舞った。


結婚式から二ヶ月が経ち、私は二十一歳の誕生日を迎えた。そしてその当日——

「年に一度のお祝いの日だ。何が欲しいのか言ってみなさい。メイスフィールド公爵家の名にかけて、なんでも取り寄せてあげよう」

公爵の部屋で目覚めた私がベッドから下りるなり、彼はなんでも欲しいものをくれると言った。

ちなみに私はネグリジェ姿で、公爵はビシッとスーツを着ている。

私は少し悩んだあと、お願いを口にした。

「サイラス様。でしたら今日一日、発言の際は必ず『好きだ』『可愛い』『愛してる』のどれかをつけてください」

すると公爵は、一瞬で血の気を失った。そればかりか固まってしまう。

ものを欲しがると想像していたのだろうが、私は何も不自由していない。なぜならサイラス様は私にひどく甘い。甘すぎるのである。

本が欲しいと言えば本屋を丸ごと買い占め、オペラを見に行きたいと言えば劇場を買い上げてオーナーになってしまったのだ。下手なことを言って、これ以上無駄なお金を使わせるわけにはいかない。

公爵はしばらく考えた後、必死に絞り出すような声を出した。

「わ……わかった。前代未聞《ぜんだいみもん》の贈り物だが、男が一度口にしたのだ。極めて遺憾《いかん》だが撤回はしない。す、好きだよ、アリシア」

その顔は青白く、呼吸困難になってもおかしくなさそうだ。

「ありがとうございます。今までいただいた中で一番嬉しいプレゼントです」

私はそう言うと、公爵に抱きついた。

「――や、やめなさい。そんなに喜ぶようなものではない。か……可愛いアリシア」

息も切れ切れになる公爵に、なぜだか意地悪をしている気になる。

でもこういうことでもなければ、彼は素直に私を好きだとか、愛しているとかは言ってくれない。ちなみに『可愛い』は比較的ハードルが低いのではと思い、公爵のために入れておいた。

「ほらアリシア、椅子に座りなさい。立ったままではお腹の子が可哀想だろう。本当に君は短慮な女性だ」

公爵はそう言って、重い肘《ひじ》かけ椅子をずるずると引きずってきた。そして私を無理やり座らせる。椅子のあった場所に私が歩いたほうが早かっただろうに……公爵は相変わらずだ。

それに、さっきの台詞《せりふ》はいただけない。約束違反である。

私は肘《ひじ》かけの上に両手をつき、咎《とが》めるように彼を見つめた。

「……サイラス様。それではだめです」

彼はハッとすると、顔を逸《そ》らした。それから声を絞り出す。

「す……好きだ」

「ありがとうございます。サイラス様、私も貴方を愛しています」

「あ、あぁ。誕生日パーティーの話だが、身内しか呼ばないとしても心配だ。できるだけ母体に負荷《ふたん》がかかることは避けなければならない。だからせめて三十分ほどで終わらせるのはどうだろう？　可愛いアリシア」

「そんなの無理です。私のために集まってくださるのに、三十分で追い返すなんて、できないもの」

「だがアリシア……公爵家の跡継ぎに何かあったらどうするんだ。可愛いアリシア」

そんな会話を何度か交わした後、私は頬を膨《ふく》らませて公爵の頬に手を当てた。そして無表情な顔を無理やり私のほうに向ける。さっきから『可愛い』ばかりで、『愛している』はおろか、『好きだ』とすら言ってくれない。

鮮やかな青い瞳が、私から逃げるように横へ泳いだ。私は寂しそうにつぶやく。

「サイラス様……どうして私を愛していると言ってくださらないの？　もしかして私を愛していないのですか？」

「違う！」

サイラス様はいきなりこちらを見た。真剣な視線が注《そそ》がれる。

彼は口を開けて、何かを言おうとするが、数回上下に動いただけで閉じてしまう。さらには、頭《こうべ》を垂れたかと思ったら、苦しそうな呻《うめ》き声を出した。

「んぅーー」

（ど、どうしたのかしら？）

ドキドキしながら公爵の反応を待つ。

彼はうつむいたまま頭を震わせ、小さな声で言った。

「――その言葉を言ってしまうと理性が破壊されて、アリシアを抱いてしまいそうになる。お腹に子がいる君を抱くわけにはいかない。これでも……すごく――我慢しているのだ。君が……アリシアが大事すぎて壊したくないのに、逆に抱き潰したくなることもある」

（そんなことを考えていただなんて知らなかったわ。こんな愛の告白――愛しているという言葉よりも嬉しい!!）

「か……可愛いよ」

私が悶《もだ》えていると、公爵は思い出したように約束の言葉をつぶやく。

「ふふっ、サイラス様ったら……」

胸の奥がジーンとして、温かいものがこみ上げてくる。

私は公爵の両頬に手を添え、一文字に引き結ばれている彼の唇に、夢中で口づけを落とした。初めは戸惑ったように頬を震わせた公爵だが、すぐに口づけに溺《おぼ》れていく。

気づけば、熱に浮かされて互いを求め合っていた。舌を絡めてくちゅりと唾液《だえき》を混ぜ、少しでも深く繋がろうと何度も口づける。

「――っ、駄目だ！　これ以上君に触れるとタガが外れてしまう！　アリシアは本当に困った女性だ！　す……好きだ……よ……」

急に体を離した公爵は、慌てて二メートルほど飛び退《の》いた。腕で顔を隠しているが、彼の頬は上気している。

結婚式を終えてから、私と公爵は口づけまでで、その先はまったくなかった。

「あの……サイラス様。もしかしてずっと我慢なさっていたのですか？」

「そうだ！　いくら私でも、生まれて初めて心から愛した女性がそばにいて、これ以上理性が持つわけがないだろう！　あ――っ！」

『心から愛した女性』と口走ったことに、彼は気がついたらしい。耳まで真っ赤に染めた。

そして早足に壁に向かうと、拳《こぶし》を叩きつける。ドンッドンッと重い音が響く。

こちらに背中を向けたがゆえに彼の首筋がさらされ、赤く染まっているのがわかった。

「あのですね、サイラス様。妊娠中でも、そういうことはしていいらしいですよ」

「駄目だ。子どもが傷つく可能性があることはしたくない。出産で死ぬ母親だっている。君が大切なんだ。アリシアが出産するまで待てないような男だとでも思っているのか！」

彼はかなり葛藤《かっとう》しているものの、私と子どもを第一に考えてくれているらしい。本当に優しい人だ。

私は椅子から立ち上がり、壁に額《ひたい》をつけている公爵の背中に、ぴったりと抱きついた。

「私はそういう優しいサイラス様が大好きです。冬になってこの子が生まれたら、いっぱいサイラス様と繋がりたいです。そして一緒に幸せな気持ちになりましょう」

そう囁《ささや》いて、公爵の背中にすりすりと頬ずりした。

「うぅーー！」

公爵が地鳴りのような唸《うな》り声を上げる。

「サイラス様、例の言葉をお忘れですよ」

「――っ！　あぁ、アリシア、君はいつもそうやって私を煽《あお》る！　本当に困った女性だな、君は。だが心から愛しているよ」

そう言うと公爵は、もう一度唸《うな》ったのだった。


――時にすれ違いを楽しみながらも公爵と仲良く過ごし、冬がくる。

そして寒さの厳しいある日、ついに赤ちゃんが生まれた。

出産は命がけとはよく言ったものだ。王立図書館での襲撃の際、死んでしまうと思った自分が恥ずかしい。本物の出産は、あの時の怪我の何倍も痛かった。

それでも、愛する公爵の赤ちゃんを産んだ喜びは、何にも代えがたい。

分娩《ぶんべん》中は男子禁制だったので、公爵が部屋の中に入ることを許されたのは、産声《うぶごえ》が上がったあと。彼は緊張のあまり、まるで魔王のような顔で分娩室《ぶんべんしつ》に入ってきた。

そばにいた母と産婆《さんば》が揃って悲鳴を上げたほど、恐ろしい形相だった。

生まれた子は男の子。公爵と相談し、クリスと名付けて大切に育てている。


クリスが生まれて三ヶ月経ったころ、私はあることに悩みだした。

長いこと夫婦の営《いとな》みをしていない。出産で疲労した体が回復してきた時、ようやくそのことに気がついた。

それ以来、週に何度か侍女にクリスを預け、誘惑に挑戦している。

煽情的《せんじょうてき》なネグリジェを着てみたり、ベッドの中で抱きついたりと、何度かさりげなく誘ってみた。けれど公爵は口づけるだけで、それ以上求めてこない。

(サイラス様が私を愛してくださっていることは、言葉にしてくれなくてもわかっているわ。でもどうして抱いてくださらないのか、さっぱりわからない。私の誕生日の時は、あれほど我慢していると言っていたのに……どうして?)

私の捨て身の誘惑にも、公爵は眉一つ動かさず、いつものように眠ろうとする。

そしてまたも誘惑に失敗したある日、私はとうとう思いを爆発させてしまった。

「サイラス様！　どうして私を抱いてくださらないの？　それに最近、私をあまり見てくださらないわ。もしかして私に飽きてしまわれたのですか？」

「――アリシア……。それは違う。私の気持ちは……君に出会った――あの時のまま変わっていない。だが……」

公爵はそう言ったきり、口を閉じてうつむいた。理由は言いたくないらしい。

「でしたら、どういうことなのですか？」

「――む、無理なのだ。アリシアとそういうことは……もう二度と――できない」

「もしかして、あの夜のことを気にしておいでなのですか？」

二度目に体を重ねた時、誤解による嫉妬《しっと》から、公爵は私をひどく抱いた。そのことを気に病《や》んでいるのだろうか。

「サイラス様に信じていただけなかったことは辛い思い出ですけれど、おかげでクリスを授かりました。今は感謝しているくらいです」

「――そういうことでは……ただ……私が駄目なのだ」

「何か悩んでいらっしゃるのなら、私に相談してください。二人で幸せを見つけていこうと約束したじゃないですか」

「私はアリシアとこのまま一緒に眠るだけで充分だ。だからそういうことは……もう必要ない」

公爵は私を見もせずに、冷たい声でそう言った。

「わかりました。でしたら私、今夜から自分の部屋で眠りますね」

「アリシア、君の部屋はここだろう！」

ベッドから出ようとする私を、公爵が止める。ここは元々公爵の寝室だが、今は二人の部屋ということになっていた。

「このお屋敷に来たころに使わせていただいた客室があります。ずっとそのままにしてあるので、整えてもらう必要もありませんから。これからはそちらで寝ることにします」

「ま……待て、アリシア。君のことはずっと、その……だがそういうことではないのだ」

そこまで言っても、公爵は相変わらず気持ちをはっきり言葉にしない。

「理由を教えていただけるまで、一緒の寝室では眠りません」

私は引き留めようとする公爵の手を振り払り、ガウンを羽織《はお》って寝室から出た。廊下を少し歩いて振り返ってみるが、寝室の扉は私が閉めた時のまま。物音すら聞こえてこない。

（サイラス様ったら信じられないわ。追いかけてもこないだなんて！　そんなに私を抱きたくないのね！）

泣きそうな気持ちになりながら、薄暗い廊下を抜けて渡り廊下に出る。渡り廊下は吹きさらしになっていて屋根があるだけだ。満天の星が煌《きら》めいているのが見える。

一番輝く星を目で追うと、一年前に公爵と見た春の星座が飛びこんできた。

思わず廊下の途中で足を止めて、夜空を見上げる。

(あれからもう一年になるのね。まさかあのころは、このお屋敷で暮らすようになるなんて思ってもみなかったわ。――それなのに、今のほうがあのころよりもサイラス様を遠く感じるのは、どうしてかしら。今だって、彼の考えていることがわからない)

「やっぱり私に魅力《みりょく》がないのが原因なのかしら……」

子どもを産んだせいで、体のどこかがたるんでいるのだろうか。もしかしたら公爵はそんな醜《みにく》い体は抱けないと、素直に言えないだけなのかもしれない。

そう考えると辻褄《つじつま》が合う。優しい彼のことだ、私が傷つくだろうと気遣っているに違いない。

悲しくて涙が頬を流れたその時、背後に公爵が立っていることに気がついた。

彼はガウンすら羽織《はお》っていない。

きっと、あまりにショックでしばらく愕然《がくぜん》としていたのだろう。けれど我に返り、慌てて追いかけてきたのだ。本当に公爵らしい。

「アリシア、泣いているのか⁉」

私の涙に気がついた公爵は、大股で近づいてくる。そうして私の頬に手を当て、まるで世界が終わるかのような悲愴《ひそう》な声を出した。

「アリシア！　アリシア！　あぁ、すまない。お願いだから私を置いていくな！」

「……初めに私を拒絶したのはサイラス様じゃないですか」

「違う……それはっ！」

そうしてしばらくの間、彼は無言になる。けれど意を決したように再び口を開いた。

「違う――私は、アリシア。君をもう苦しめたくはないのだ」

「どういうことですか？」

公爵は質問には答えずに私を強く抱きしめた。そして何度も私の肩に頭を擦《こす》りつけてくる。

(どういうことだかさっぱりわからないわ。今、私を苦しめているのは、目の前にいるサイラス様だというのに……)

戸惑いながらも、私はされるがままになっていた。そして十分以上が経過したころ、公爵がようやく重い口を開く。

「――クリスを産む時……君は壮絶《そうぜつ》な痛みに耐えていた。それなのに……私は何もできず、君の苦痛の声を聞きながら廊下で待つことしかできなかった。あんな痛みを君にもう一度経験させるくらいなら、ああいうことは二度としなくていい」

「……サイラス様、そんなことを考えていらしたのですか？」

公爵は黙ったまま私を抱く腕に力をこめた。体が細かく震えているのがわかる。

（確かに陣痛《じんつう》は痛かったけれど、そんなものはクリスの顔を見たらすぐに忘れてしまったわ。それなのにサイラス様は私を想うあまり、まるで自分のことのように苦しんでいたのね）

彼の優しさに、心の奥まで満たされる。

私は彼の震える背中にそっと手を当てて、ぎゅううっと抱きしめた。

「サイラス様、女性の体はそんなにやわではありません。愛するサイラス様との赤ちゃんを授かれるのでしたら、何度でも耐えてみせます。それよりもサイラス様と繋がれないほうが、よっぽど辛いです」

「――そ、そうなのか⁉　アリシア」

「そうです。だって私は、サイラス様を心から愛していますもの。それに、サイラス様との可愛い赤ちゃんがもう一人欲しいです」

公爵は体を離すと、信じられないと言わんばかりに私の顔を見た。愛情のこもった熱い視線で、私はとろけそうになる。

彼の瞳には私への愛情が溢《あふ》れんばかりに浮かんでいる。しばらく見つめ合っていたが、公爵が突然、こんなことを言った。

「アリシア、できるだけ優しくするが、どこまで理性が持つかわからない。もしこれ以上は駄目だと思ったら、私を殴って止めてくれ」

「――えっ？　殴るって？　きゃぁっ！」

驚いている間に、体が宙に浮く。一年前と同じように公爵に抱き上げられ、私は彼を見上げた。

額《ひたい》に垂れた前髪が、公爵の青い瞳の前で揺れる。そして熱情に浮かされた瞳が私を捉《とら》えた。

「ここからなら西の客間が一番近いな。申し訳ないが、もう我慢できそうにない。本当にアリシアは困った女性だ。こんなに私の心を乱して煽《あお》り立てる人間は、この世に君以外いない」

公爵は私を両腕に抱えたまま大股で歩き出す。しばらく歩くと懐《なつ》かしい扉が見えてきて、その前で足を止めた。

公爵が取っ手に手をかけた時、私は彼の頬に手を当てる。

「一年前のあの日、私サイラス様に一瞬で恋に落ちました。貴方は心の温かいとても繊《せん》細《さい》で真面目な男性です。ずっと私をサイラス様のおそばにおいてくださいね」

「――あぁ……アリシア……」

公爵は客間に入ると、思い出のベッドの上に私を横たえ、全身を舐《な》めるように見た。

今まで我慢をさせた分、性急に抱かれるのかと想像していたのに、彼はネグリジェの紐《ひも》をゆっくりほどく。

煽情的《せんじょうてき》なネグリジェは、はらりとはだけて肌を滑り、胸をあらわにした。

「初めての夜はゆっくり君を味わえなかった。二回目の日は君を他の男に取られるかもしれないと不安で仕方がなかった。だから今夜は、じっくりとアリシアを堪能《たんのう》したい」

公爵は切なげな表情で、私の体に顔を埋《うず》めた。温かい吐息が肌を撫でたかと思うと、すぐに熱い唇を落とされる。

「あっ……！　は……っ、あ……！」

唇はせわしなく動き、胸の蕾《つぼみ》やおへそ、首筋まで舐《な》められて、体が熱くなってきた。

公爵の舌と指は、時間をかけて味わうように、ゆっくりと私の体中を這《は》い回る。その緩慢《かんまん》な愛撫《あいぶ》で全身に快感が満ち、柔らかいシーツの上で身をよじらせた。

「あぁ……っ、んん……っ――」

時間の概念がなくなってしまうほどに心地よくされて、全身の細胞が快感を貪《むさぼ》っていく。

「君の体はしなやかで本当に美しい。理性で抑えつけるのも、もう限界がきていた。私が何度、服の下に隠された君の裸体を思い返し、欲望に耐えていたか知っているのか……。ああ、まるで夢のようだ」

公爵の指と舌は全身を愛撫《あいぶ》し続けるが、肝心の部分には触れてこない。

さっきから股の間がきゅううぅんとしていて、私は思わず両足を擦《こす》り合わせた。

その仕草に気づき、公爵が一瞬固まる。

「――アリシア、なんて可愛らしく煽《あお》るのだ。ちょうどいい、味を確かめてみたかった……」

「……？　サイラス……さま……？」

官能に浮かされた頭では、何も考えることができない。あっという間に両足を開かれ、公爵がそこに顔を埋《うず》めた。

ぬるりとした感触で、公爵が秘部を舌で愛撫《あいぶ》しているのだと知る。

「え……あっ！」

足を閉じようとするが、公爵がそれを許さない。

秘部は度重なる愛撫《あいぶ》によって、しとどに濡れている。愛蜜を啜《すす》り上げる音が聞こえてきて、羞恥《しゅうち》が湧いた。

「や……やめ……そんなところ、恥ずかし……あぁ……！」

「どうしてだ？　やめないし、恥ずかしがる必要もない。アリシアの肌は甘いが、ここはもっと甘い」

それからどのくらいの時間、執拗《しつよう》に舐《な》められていたのだろうか……。与えられるばかりの快楽に酔っていると、目の前に欲情を宿《やど》した公爵の瞳が現れた。

彼は私の足を折り曲げるようにして体に押しつけると、ゆっくりと剛直を入れてくる。

時間をかけて濡らされたそこは、公爵をゆっくり迎え入れた。

「ああ、アリシア。君の中はなんて気持ちがいいのだ……」

「あぁっ――サイラス様っ……！　愛しています！」

肉体の中心を押し広げられる慣れない感触に、思わず抱きついてしまう。

公爵ともう一度、心も体も繋がれた。それだけで幸せが心の中に満ちてくる。

しばらく感動に浸《ひた》った後、公爵が一度熱い息を吐き、ゆっくりと腰を動かしはじめた。

「あぁ……っ！　んん……！」

何度も探るように時間をかけて奥まで挿入《そうにゅう》され、快感に導かれる。壊れ物を抱くかのように優しく私を抱く公爵は、愛情に満ち溢《あふ》れていた。

——『殴ってでも止めろ』という言葉の意味を、私は正しく知った。互いに何度も絶頂に達したというのに、公爵は私を抱くのをやめようとしないのだ。

公爵の『できるだけ優しくするが、どこまで理性が持つかわからない』は、『激しく抱く』という意味ではなく、『抱くことをやめられないだろう』ということだったらしい。

快感を与えられすぎて、そろそろ下半身の感覚がなくなってきた。

それなのに、公爵はいまだに私の全身を愛撫《あいぶ》し、熱っぽい目で何度も挿入《そうにゅう》を繰り返す。

これほど欲している公爵を殴って止めるなんて、私にはできない。

（あぁ、サイラス様は私の体を気遣って、こんなに我慢してくださっていたのだわ……）

そう思うと無表情の公爵が愛《いと》しくて、愛情が溢《あふ》れてくる。何度も彼の頬にキスをして、私を抱く腕に頬ずりした。

そして外が白《しら》みだしたころ、公爵はなおも私を抱き続けた。

しかし何度目かの絶頂に達すると、繋がったまま、私を見つめて動かなくなる。

「——さい……らすさま？」

掠《かす》れた声で彼の名を呼ぶ。すると公爵の頬に一筋《ひとすじ》の涙が光った。

「アリシア……アリシア……私は君を愛している。同じ日々を繰り返すだけだった私を、君が救ってくれた。君が私を一人前の男にしてくれて、クリスの父親にしてくれた。これ以上ない幸せを与えてくれて……ありがとう」

「ふ……ふふ。私こそ、ありがとうございました。サイラス様――。でももう眠ったほうがいいです……私……もう限界ですぅ……」

私はついに、意識を失うようにして眠りについた。

エピローグ

――公爵と出会ってから、もう四年あまりが過ぎた。

「おかあさま。あっちに猫ちゃんがいるって！」

そう言って三歳のクリスが庭を駆けていく。私はテラスの上から、侍女のローラたちと小さな背中を見守っていた。

初夏の王国は、朝でもすでにかなり暑い。眩《まぶ》しいほど鮮やかな色をつけた花が、テラスの周りを埋め尽くしていた。

生まれたばかりの時は金色の髪に緑の目をしていたクリスだったが、一歳になるころには公爵と同じ茶色の髪と青い瞳になった。

あとで知ったところによると、金髪と緑の目を持って生まれてくるのは、王族の血を引く証《あかし》なのだそうだ。

貴族の間では有名な話だというから、おそらくルーカス様も知っていただろう。ということは、貴族ならば赤ちゃんを見ただけで、父親がどういう血筋の者かわかるに違いない。

それを知っていながら、ルーカス様は私と子どもを公爵から隠し通そうとしてくれたのだ。

彼の愛情の深さを想うと、今でも胸が痛む。あれからもルーカス様は独身で、時々公爵邸に顔を出しては、クリスと遊んでくれる。

それはさておき、髪と瞳の色の話を聞いて、私はとある違和感に気がついた。私が妊娠しているかもしれないと屋敷に滞在を強制しなくても、生まれた子を見れば、公爵は自分の子かどうかすぐにわかったに違いない。つまりあの日々は、必要不可欠なものではなかったのだ。

私がそう問い詰めると、公爵はしぶしぶ白状した。

嘘をついてでも、私と一緒にいる口実が欲しかった——ひとときも離れたくなかったのだ、と。

もちろん直接的な言葉ではないが、照れながら少しずつ話してくれた。最後のほうは、あまりの恥ずかしさに息も絶え絶《ただ》えになっていたけれど。

どうやら彼も私を初めから愛してくれていたらしい。

そんな公爵からの初めての手紙は、今でも大事に保管してある。結婚式後にダレン様が渡してくれたものだ。報告書かと思うほど論理的で事実を連ねられただけのラブレターだけど、何度読み返しても胸が熱くなる。

愛とはどんなものなのかを論理的に分析することから始まるラブレターを受け取ったのは、おそらく王国の長い歴史の中でも私が最初で最後だろう。

そんなことを考えていると、背後から声をかけられた。

「アリシア……君は馬鹿なのか？　外で肌を出していると蚊に刺されてしまうよ。誰かが君の肌の上の赤い斑点《はんてん》を見たら、私がつけた口づけの痕《あと》だと誤解してしまうじゃないか。私の公爵としての威厳に関わる。これでも羽織《はお》っておきなさい」

公爵はそう言うと、薄い生地の肩掛けで私をぐるぐる巻きにする。それでもまだ足りないとばかりに、私を背後から抱きしめた。

今でも、彼の心配性と素直ではない性格は相変わらずだ。

使用人たちも彼の不器用な優しさがわかってきたようで、私たちを生暖かい目で見守ってくれる。

「サイラス様。私、今からお仕事に行ってきます。クリスのこと、お願いしますね」

その言葉に、公爵は私を抱きしめる腕の力を強めた。

クリスが一歳になったころから、私は図書館での仕事を再開したのだ。

「君はもう公爵夫人なのだから、他の男に指一本でも触れさせては駄目だよ。それと、絶対に男と二人きりになってはいけない」

「ふふ、そうね。七分二十八秒以上は、絶対に二人きりにならないようにするわ。だから心配なさらないでください」

すると公爵は小さな声で唸《うな》り、私を抱きしめたまま動かなくなった。彼はしばらくそのままの状態でいたあと、私の首元に自分の頭を猫のようにすりすりと擦《こす》りつけてくる。

素直になれない公爵がいじらしいので、ついつい意地悪なことを言ってしまうのだ。けれど、このくらいにしておこう。このままでは仕事に遅れてしまう。

「サイラス様、私は貴方を心から愛しています」

私の言葉を聞いて、公爵は腕の力を緩《ゆる》めた。私はその隙に振り返り、まだ頭《こうべ》を垂れたままの公爵の顔を両手で挟む。このままでは彼の顔がよく見えない。

無理やり持ち上げた公爵の顔は真っ赤で、しかも口角を微妙に上げて歯を食いしばっているようだ。

(照れているのね。そんなに嬉しいんだわ。もう結婚して四年経つのに、まだ言葉一つでこんな風になるのだから、困っちゃうわ……ふぅっ)

私は呆れつつも、胸をときめかせた。

震えている彼に顔を寄せると、公爵は期待したのか唇を少しだけ開いた。私は彼に誘われるままに深いキスを落とす。

熱い口づけを繰り返していると、誰かがドレスの裾《すそ》を引っ張ってくる。私が唇を離すと、公爵は名残《なごり》惜しそうに体を引いた。

ドレスを引っ張られたほうを見下ろせば、そこにはクリスがいて、私たちを睨《にら》んでいた。その表情があまりに公爵にそっくりで、私は笑ってしまう。

「ふふっ……どうしたの？　クリス」

するとクリスはもう一度私のドレスの裾《すそ》を引っ張り、怒ったように言い放つ。

「みんなの前で、はしたないです。こうしゃくけの恥ですよ」

どこでそんな言葉を覚えてくるのだろうか……おそらくダレン様から教わっているのだろう。

私はため息をつくと、腰を屈《かが》めてクリスの顔を見た。そして両手で抱きしめ、クリスの頬にチュッとキスをする。

するとクリスは顔をさらに険《けわ》しくして叫んだ。

「おとうさまには口でした！　だから僕にも同じようにちゅうしてください！」

我《わ》が息子ながら素直でない性格だ。公爵に似てしまったらしい。

というかもう、これはメイスフィールド公爵家の遺伝としか思えない。普通に、自分にも口にキスをしてほしいと言えばいいのに。

そう思いながらも、要望に応《こた》えて唇に軽いキスを落とす。

それでもクリスは不満そうだ。私に抱きつくと、公爵に向かって大きな声で言った。

「おとうさま、おかあさまは僕のです！」

「クリス、アリシアは四年前に教会が正式に認めた私の妻だ。誰の所有かという話をするなら、私のものということになる。それは王国が定めた法律にも記載されているからね」

大人のくせに子どものような性格の公爵が、自分の息子を論破しようとする。

クリスが泣きそうになったので、私は慌てて彼を抱っこした。

「サイラス様！　私は誰のものでもありません！」

私がそう言うと、公爵とクリスは睨《にら》み合う。普段はとても気が合う父子《おやこ》なのだが、私が絡むといつもこんな感じになる。

公爵が私を愛してくれているのは嬉しいけれど、息子と張り合うのはどうにかしてほしいものだ。

すると、いつの間にか現れたダレン様が、私に抱っこされたクリスに声をかける。

「クリス、そんなに甘えん坊では公爵家の恥だぞ。メイスフィールドの男は常に冷静で男らしくなければいけない。今度メイスフィールド家の五百年の歴史をじっくり語って聞かせよう。なんと言っても、クリスは公爵家の跡取りなのだからな。他人に弱みを見せるのは絶対に駄目だ。敵は必ず徹底的に潰せ」

どうやって公爵とダレン様の兄弟がこんな性格になったのか、わかってきた気がする。

でも素直ではない男性三人に囲まれた生活も、それほど悪くはないと、最近思いはじめた。

彼ら兄弟は確かに他人に対して厳しいが、一度認めた人間に対しては異常なほど警戒のハードルが下がる。それどころか、その人間に誰かが危害を加えようとすれば、完膚《かんぷ》なきまでにその相手を叩き潰すのだ。

事実、公爵夫人になった私は少々の意地悪をされたが、それをやった人物は、王城からいつの間にか姿を消していた。

公爵もダレン様も手段を選ばないため、今では私までもが社交界で恐れられているようだ。バートリッジ子爵家もその恩恵を受けていると、伯父《おじ》が手を叩いて喜んでいた。

ちなみに、以前は潰れかけていた父と兄の会社も、すこぶる順調らしい。

「あ、やだ。もうこんな時間だわ！　もう仕事に行かなきゃ！」

私はクリスを下ろすと、玄関に急ぐ。

「行ってらっしゃいませ、アリシア様」

「行ってらっしゃいませ」

廊下を駆ける間にすれ違った使用人たちに見送られ、大きなカバンを肩にかけて馬車に乗りこむ。

その時小さな窓越しに、寂しそうに玄関に立つ公爵が見えた。

「お昼過ぎには戻ってきます。そうしたらスイカのゼリーを作るつもりなの。午後のお茶には間に合うはずよ。お仕事頑張ってくださいね！　愛しています、サイラス様！」

私はこれ以上ない笑みを浮かべて、窓越しに叫んだ。

すると公爵が真剣な目をしてこっちを見る。何かを言っているようだが、馬車が動きはじめたせいで聞こえない。その内に公爵の姿は見えなくなってしまった。

（――本当にサイラス様ったら……）

座席に腰を下ろした私は、背もたれに身を預けると両手を胸に当てた。心の中が温かいもので満たされて、胸の奥がジーンと熱くなる。

公爵の声は聞こえなかったが、その視線の鋭《するど》さや耳まで赤く染めた表情、唇の動きから、彼がなんと言ったのかおおよその見当はついた。

『私も……アリシアを、愛して……いる』

あの時……私に初めて公爵が愛の言葉を囁《ささや》いてくれた時と同じ台詞《せりふ》を言ってくれたのだろう。今にも死にそうな表情の公爵を思い返しては、胸がときめく。

（本当に素直じゃないわね。もう四年以上も一緒にいるのに、愛してるとなかなか言ってくれないわ。しかも今回は、サイラス様の声はまったく聞こえていないもの……。結婚式の日に一生分の愛しているを言ってしまったのかしら。本当に可愛らしいんだから……ふふ）

私は馬車の規則的な揺れに身を任せながら、公爵との出会いからの記憶をもう一度辿《たど》る。

あの朝、目が覚めたら、彼と繋がったままだった時からの思い出を――

書き下ろし番外編

『冷血公爵』の意外な一面

公爵のことはすべて知っていると思っていたのだが、そんな思い上がりはあっさりと覆されることになる。

それというのも公爵の意外な一面を知ってしまったから。

私、アリシア・メイスフィールドが初めての出産を終えてから一週間が経った。

陣痛から八時間のお産を終え、体力を消耗しきったあと毎日三時間おきの授乳におむつ替え。さぞかしクタクタの日々になるのだろうと思っていたのだが、予想とはまったく違った。

睡眠時間も充分に確保できているし、体もそう辛くはない。

けれども子育ては予想もつかないことの連続なのだ。もう半刻ほどクリスが泣き続けているのだが、その原因がわからない。

私はクリスを抱きながら困り果てていた。

これ以上泣き続けたら、生まれたばかりのクリスは呼吸困難になりそうだ。

「どうしたのかしら、クリスったら。もう何も思いつかないわ」

母乳も飲ませたばかりだし、おむつも綺麗なものに替えた。そろそろ眠ってもいい時刻なのに泣き止む気配は一向にない。

自分が泣きそうになりながらクリスをあやしていると、サンルームに足を踏み入れた公爵がクリスを一見してこう言った。

「アリシア、太陽の光が眩《まぶ》しいようなので、クリスを抱いて座るならこちらのソファーに座ったほうがいい。それにあまり服を着せすぎるのもよくない。赤子は体温が高いものなのだからね。それと抱いている時は背中に手を当てていると落ち着くものだよ。さあ、私に抱かせてみなさい」

そうして公爵は私の腕からクリスを抱き上げた。

産後から今までずっと、こうして公爵はクリスの世話をしてくださる。

しかも彼は初めての子育てとは思えないほど手際がいい。まごついている私とは大違い。

せっかく雇《やと》ってくださったクリスの世話係の出番がないほど。

公爵は無駄のない動きでクリスのカーディガンを脱がせると、いつもの無表情で泣き続けている我《わ》が子の顔を覗《のぞ》きこむ。

生まれたばかりの赤ん坊が言葉を理解できるはずはない。

なのに公爵はクリスに対しても決して赤ちゃん言葉は使わない。

まるで大人に話しかけるように理路整然と説明するのだ。

「クリス、君はまだ生まれたばかりでこの世界に戸惑っているのだろう。だが安心しなさい。君には私とアリシアがついている。何があっても君を守ってあげると約束しよう。だから今はゆっくり眠りなさい。赤ん坊には睡眠が必要なのだ」

するとクリスはあっという間に泣き止んだ。

公爵の大きな腕の中にすっぽりと抱かれたクリスは、今まで泣いていたことが嘘のようにすやすやと眠りはじめている。

(すごいわ。私が何をしても駄目だったのに……さすがはサイラス様だわ)

小さな赤子を抱いている姿は、『冷血公爵』と恐れられている公爵にはまったくそぐわない。そのちぐはぐさが、私にはとても微笑ましく映る。

すると眠ったままクリスが公爵の親指を掴《つか》んだ。

その瞬間、公爵は肩をぶるりと震わせる。

大きく震えた肩に力が入っているのが見てとれる。

きっと感動しているのだろう。

父子の微笑ましい姿を見て、思わず笑顔になってしまう。

(ふふっ、サイラス様ったら。子どもはお嫌いではないだろうとは思っていたけど、こんなに子煩悩な方《かた》だとは思いませんでした)

生まれたばかりのクリスを見た時、公爵はあまりの嬉しさに息をするのも忘れてしまったほどだった。そうして涙を流しながら震える腕でクリスを抱いた公爵が、とても緊張していたことを覚えている。

なのにもうこんなに上手に抱くことができるようになった。クリスをあやすのは、私よりうまいかもしれない。

そんなことを考えながら微笑んでいると、公爵が硬い表情のままで私のほうに向き直った。

その瞳は相変わらず鋭《するど》くて、野生の獣《けもの》でも殺せそうなほど冷たい。

「……ひっ!」

まだ公爵のそんな表情に慣れていない世話係が小さい悲鳴を上げた。

「アリシア、眠ることができるのならば今のうちに寝ておきなさい。残念ながら私は母乳をあげることができない。クリスのための母乳が出なくなったら困るのは君だけではないのだからね」

「――あ、はい。ありがとうございます、サイラス様。でもお仕事の邪魔ではないでしょうか？　そんな風にクリスを抱いたままでは何もできません」

（サイラス様はメイスフィールド家当主としてのお仕事以外に、王国の要職にも就いていらっしゃる。赤ちゃんが生まれたからといってないがしろにはできないはずだわ）

するとと公爵は、私にさらに冷たい視線を向けた。

「アリシア、君は私を誰だと思っているのだ。名門メイスフィールド家の当主だぞ。そのために何ヶ月も前から仕事を調整してある。アリシアが気にすることは何もない。だから君はさっさと寝室に戻りなさい」

冷たく突き放すような物言いだが、私の体を思いやってくださっているのは明らか。

公爵が休みを取ってくれていることは知っていたが、それでも公爵家には一日に何度も王城から官吏《かんり》が訪ねてきている。

どうしても公爵でないといけない仕事があるようだ。

私はそれを彼が睡眠時間を削ってこなしているのを知っている。

（本当にサイラス様は優しい方《かた》ですね……心から愛しています）

「ありがとうございます、サイラス様。あの、でも……」

「なんだ、アリシア……」

さらに低い声が聞こえてくる。

怒《いか》りを抑えているように聞こえて、周りの使用人たちはハラハラしているようだ。

そろそろフォローしなくてはいけない。私は飛びきりの笑顔を公爵に向けた。

「あの、休ませてくださるのは助かるのですけれど、私も少しくらいはサイラス様との時間を過ごしたいです。数分だけでもいいので、ご一緒させてもらっても構いませんか？」

私がお願いすれば公爵はダメだとは言わない。

案の定、公爵は顔を赤くして私から目を逸《そ》らした。

「本当に君はわがままだな。だがそこまで言うなら仕方がない。ここで私とクリスと一緒にいるといい」

「はい、ありがとうございます。でも私が一緒にいたいのはサイラス様ですから」

私は明るく答えると、クリスを抱く公爵の腕に頬を寄せ、スーツの背をぎゅっと握りしめる。

まさかこんなに密着されるとは思わなかったのだろう。

公爵は全身を金属のように硬くさせた。

けれども出産からずっと、公爵に触れる機会がほとんどなかったのだ。

久しぶりに公爵の温かさを肌で感じて、心が落ち着いていく。

（こうしていると安心するわ……）

しばらく公爵に甘えてから、次の授乳時間までベッドで過ごすことにする。

公爵の体も心配だが、私の体もまだ完全には元通りになっていないようだ。ベッドに横になるとすぐに睡魔が襲ってきて眠ってしまった。


そんな風に毎日を過ごしていたのだが、気がつけば公爵の子煩悩に拍車がかかっていた。

ある日、執事が助けてくださいと言わんばかりの顔をして私の部屋にやってきた。

「アリシア様……申し訳ありませんが、もうアリシア様に頼るしか……」

私は育児の合間にゆっくりと一人で紅茶を飲んでいた。クリスの面倒は公爵が見てくれている。

「どうしたの？　何かあったの？」

けれどもその理由を、執事は言い淀む。

不審に思いながら、書斎に足を踏み入れた途端、思ってもみない光景に驚きの声を上げてしまう。

「ど、どうされたのですか？　サイラス様。その布のようなものはなんですか？」

公爵は輪になった布を肩からかけてクリスを抱いている。彼が言うには、なんでも南の国の赤ちゃんを抱っこするためのものらしい。

「あぁ、アリシアか。ゆっくりと休めたか？　これは便利なものらしいので作らせてみた。こうすれば片手が自由になって仕事もできるのだ」

そう言って公爵は片手でクリスを抱きながら、立ったまま書類を読みはじめた。クリスが涎《よだれ》を垂らしているのに気がついたのか、書類を読みながら胸ポケットからハンカチを出してクリスの口元を拭《ぬぐ》う。

公爵の上品なスーツのポケットは赤ちゃん用品でいっぱい。

あやすための鈴の入ったラトルに、クリスのお気に入りのぬいぐるみ。ハンカチはポケットからはみ出すほどの枚数を用意しているよう。

クリスを抱く手つきも慣れたもので、「うーうー」と声を出しながら手を握ったり開いたりするクリスを、体を前後に揺らすことでうまくあやしている。

子煩悩さが溢《あふ》れて心が和《なご》む姿なのに、当の公爵はいつもの冷徹な表情のまま。

そのギャップがその違和感をさらに増大させている。

ない。

執事が縋《すが》りつくような目で私を見る。こんな姿を王城の官吏《かんり》に見られるわけにはいか
ない。

（もう、サイラス様ったら……！）

私は微笑ましく思うやら呆れ返るやらで、どんな顔をしていいかわからない。

そうして相変わらず、大人に語るように赤ちゃんに話しかけている。

「クリス、少しは首が座ってきたがまだ完璧ではない。三ヶ月ほどすれば自分で光景を変えられるだろうが、今は我慢するべき時だ。無理をするのは感心しない行動だ」

クリスの世話をしてくれるのは助かるが、でもさすがにこれは行き過ぎだ。名門メイスフィールド家の当主の格好ではない。

「サイラス様、お仕事をされている時は私がクリスの面倒を見ますから。サイラス様はお仕事に集中してください」

公爵からクリスを引き取ると、彼は眉をしかめた。

「この私が仕事と育児の両立もできないと思っているのか、アリシア」

きっと公爵はクリスが愛《いと》しすぎて、一時《いっとき》も離れたくないのだろう。

（本当に不器用な人ね。加減というものを知らないんだから……）

でもそんな公爵も可愛らしくて微笑ましい。

けれど、それとこれとは話が違う。

私は思わず表情が緩《ゆる》んでしまいそうなところをぐっとこらえて、頬を膨《ふく》らませた。

「私だってサイラス様と一緒にいたいのに、クリスばかり抱いているのは不公平です」

これは公爵に少し子煩悩を控えてもらうための台詞《せりふ》だけれど、私の本音もちょっぴり混ざっている。

「ですからお仕事をされている間は、私がここでクリスの面倒を見ます。そうすれば親子三人一緒にいられますよね。私もサイラス様のお仕事をしていらっしゃる姿が見られて嬉しいです。私、サイラス様が紙にペンを走らせている音が、ことのほか好きなの」

そういって目を合わせると、公爵は耳まで赤くした。

そして、すっと視線を逸《そ》らすと大きな声を出した。

「わ、わかったアリシア！　だがクリスが泣いたら私が抱くことにする。君が疲れて母乳が出なくなると困るからね」

私はにっこりと微笑みながら、公爵から妙な布とラトルにぬいぐるみ、ハンカチを取り上げる。

公爵は目を見開いて抵抗していたが、私は笑顔でそれを制した。執事が助かったという表情を浮かべる。

書斎には赤ちゃんを寝かせるクレードルを運んでもらう。

「アリシア、すぐに終わらせるから」

そういうと公爵はものすごい集中力で一気に仕事を終わらせた。

（やっぱりクリスを抱きながらよりも、このほうが効率がいいに決まっているわ）

「さぁ、アリシア。仕事は終わらせたぞ。だからクリスを私に抱かせなさい」

硬い表情で手を伸ばす公爵を見て、私は笑いを噛み殺した。

本書は、2018年8月当社より単行本として刊行されたものに書き下ろしを加えて文庫化したものです。


この作品に対する皆様のご意見・ご感想をお待ちしております。

おハガキ・お手紙は以下の宛先にお送りください。

【宛先】

〒150-6008 東京都渋谷区恵比寿4-20-3 恵比寿ガーデンプレイスタワー 8F
（株）アルファポリス　書籍感想係

メールフォームでのご意見・ご感想は右のQRコードから、
あるいは以下のワードで検索をかけてください。

アルファポリス　書籍の感想　検索

ご感想はこちらから

ノーチェ文庫

冷血公爵《れいけつこうしゃく》のこじらせ純愛《じゅんあい》事《じ》情《じょう》

南《みなみ》玲《れい》子《こ》

2020年6月30日初版発行

文庫編集－斧木悠子・宮田可南子
編集長－太田鉄平
発行者－梶本雄介
発行所－株式会社アルファポリス
〒150-6008 東京都渋谷区恵比寿4-20-3 恵比寿ガーデンプレイスタワー8F
TEL 03-6277-1601（営業）　03-6277-1602（編集）
URL https://www.alphapolis.co.jp/
発売元－株式会社星雲社（共同出版社・流通責任出版社）
〒112-0005 東京都文京区水道1-3-30
TEL 03-3868-3275
装丁・本文イラスト－花綵いおり
装丁デザイン－ansyyqdesign
印刷－株式会社暁印刷

価格はカバーに表示されてあります。

落丁乱丁の場合はアルファポリスまでご連絡ください。

送料は小社負担でお取り替えします。


ISBN978-4-434-27352-0 C0193